HO-Markt
JOBST
SUSANNE
FRANK KÜHNE
LETSCHO
JULE
Helden des Buches

SVEN
PATRIZIA
INGO
LEGO-MANN
OBSTONKEL

Franziska Gehm

# PULLER-PAUSE

## im Tal der Ahnungslosen

Klett Kinderbuch

*Für meine Eltern und meinen Bruder*

## Pullerpause

„Ich muss mal."

„Mama, du warst grad im Mittelalter erst."

„Eine Frau muss tun, was eine Frau tun muss. Und jetzt muss sie!"

„Du könntest es locker noch die paar Jahrzehnte aushalten, bis wir wieder zu Hause sind." Jobst verdrehte die Augen zum oberen Rand seiner Brille. „Können wir nicht einmal durchfahren?"

„Dass du es immer so eilig hast, zurück in die Gegenwart zu kommen."

„Zukunft wäre besser."

„Zukunft geht nicht."

Jobst seufzte.

Seine Mutter wuschelte durch seine Haare, als wollte sie Jobsts Gedanken durcheinanderbringen. Das tat sie schon ohne Wuscheln oft genug. Jetzt stand sie auf und zog an der Notbremse. Es pfiff, quietschte und rumpelte. Der Koffer eierte. Das Klicken der Jahreszahlen am Schloss wurde immer langsamer, dem Klocken der Stäbe bei einem Glücksrad gleich.

Wie die meisten, die in den Urlaub fuhren, hatten Jobst und seine Mutter immer einen Koffer dabei. Doch im Gegensatz zu den meisten, die im Koffer frische Unterhosen, Zahnbürsten und auf der Hinreise Fernweh und auf der Rückreise Heimweh hatten, saßen die beiden selbst im Koffer.

Der Koffer war alt und groß. So groß, dass zwei Menschen gerade so hineinpassten. „Wir zwei Riesenbabys im Bauch, was?", sagte Jobsts Mutter immer und knuffte Jobst. Sie nutzte jede Gelegenheit, um mit Jobst zu kuscheln. Wobei im Koffer mehr gequetscht als gekuschelt wurde. Jobst drückte seiner Mutter mit den Füßen die Nase platt und sie machte ihm mit den Knien Segelohren. Doch sobald sie den Koffer geschlossen hatten, war es vorbei mit der Enge. Das Innere des Koffers verwandelte sich in einen kleinen Raum. Ähnlich einem Zugabteil oder der Kabine einer Kutsche. Es gab bequeme Sitze, aber keine Fenster. Und kein Klo.

Das Zahlenschloss klickte ein letztes Mal.

„Pullerpause!", rief Jobsts Mutter, als wäre das der tollste Programmpunkt der ganzen Reise.

Kaum war das letzte Klicken verklungen, verwandelte sich das Abteil wieder in den Koffer. Jobst schob den Innenriegel zur Seite. Langsam öffnete er den Koffer. Das war der Moment, den er am meisten liebte und fürchtete. Ein Süß-saurer-Drops-Moment.

Einmal waren sie mit dem Koffer mitten in einer Schlammpfütze auf einem Acker gelandet, von einer Bühne hatte Rockmusik zu ihnen herübergewabert und ein langhaariger Mann, der außer einem Schwung Holzperlenketten um den Hals nackt gewesen war, war lachend in den Armen von Jobsts Mutter gelandet. Hatte sie gut gefunden.

Ein anderes Mal hatte Jobst aus dem Koffer direkt auf den Hintern eines Mammuts gespäht, das gerade groß machte. Sehr groß.

Und beim vorletzten Urlaub waren Jobst und seine Mutter mitten auf ein Schlachtfeld geraten. Sie hatten sich gerade noch ducken können, bevor ein Ritter sie einen Kopf kürzer machen konnte.

Der Koffer, mit dem Jobst und seine Mutter verreisten, war kein teurer Hartschalenkoffer aus dem Fachgeschäft für Reisebedarf. Er hatte weder ergonomische Tragegriffe noch ein Teleskopgestänge noch Flüsterräder mit patentiertem Kugellager.

Der Koffer war alt. Seit Generationen war er im Besitz der Familie von Jobsts Mutter. Das Leder war zerschlissen, die Kanten abgenutzt. Aber er funktionierte tadellos. Unter dem Griff befand sich ein Zahlenschloss. Damit stellte man das Ziel der Reise ein. Delhi, Dublin oder Dingelskirchen? Nein! Mit diesem Koffer reiste man nicht von einem Ort zum anderen, sondern durch die Zeit.

In diesem Sommer hatten Jobst und seine Mutter Susanne Urlaub im Mittelalter gemacht. Ritterturnier, Schnabelschuhe, Läuse – all inclusive. Jobst wäre (wie immer) lieber in die Zukunft gereist. Aber seine Mutter hatte (wie immer) das Reiseziel bestimmt. Und sie hatte (wie immer) behauptet, es wäre Jobsts Idee gewesen. Außerdem konnte man mit dem Koffer nur in die Vergangenheit und zurück in die Gegenwart reisen.

Als Jobst jetzt den Koffer vorsichtig von innen öffnete, warf er einen Blick aufs Zahlenschloss: 1987. Das war gut. Mammutmist von oben und Ritterschläge von der Seite waren schon mal unwahrscheinlich.

## Es war einmal

Jobst stieg in seinen mittelalterlichen Bundschuhen aus dem Koffer und sah sich um.

Sie waren auf dem Gehweg an einer Straßenkreuzung gelandet. Weit und breit waren weder Autos noch Menschen zu sehen. Gegenüber reckte sich ein grauer Wohnblock in den Himmel, der aus lauter Platten gebaut war. Dahinter breitete sich eine große Baustelle aus. Ein Kran schwenkte eine weitere Platte auf ein Fundament zu. Als würde ein Riesenkrake mit Bauklötzen spielen.

Jobsts Mutter streckte sich, streifte die Ärmel ihres Mittelaltergewands nach oben und atmete tief ein. „Herrlich, frische Luft!“ Sie hielt inne. „Obwohl. Riecht irgendwie … nach abgebrannter Grillparty.“

Jobst drehte sich um. Hinter ihnen reihte sich ein altes Haus ans andere. Stumm starrten die Fenster, die gelblichen Gardinen wie halb geschlossene Lider. Der Putz war braun, grau und bröckelte. In einem Fenster im Erdgeschoss stand ein Kaktus, in dem ein abgeknicktes rotes Fähnchen steckte. Vereinzelt waren Fenster zugemauert. Eine Taube starrte von einer verrosteten

Dachrinne auf Jobst herab. Sie regte sich nicht. Nichts regte sich. Eine Stille lag wie Staub auf der Welt.

„Wir sind im Märchen von Dornröschen gelandet. Hier schläft alles", sagte Jobst.

In dem Moment fuhr ein Auto auf die Straßenkreuzung zu und knatterte über das Kopfsteinpflaster. Es war hellblau, hatte runde Scheinwerfer und wirkte zu klein für die vier oder fünf Leute, die sich hineingequetscht hatten. Als der Fahrer am Lenkrad riss und das Auto um die Kurve eierte, fürchtete Jobst, es würde umkippen.

„Ein Trabi!" Jobsts Mutter sah dem Auto verzückt nach, als wäre es ein seltenes, putziges Tierchen. „Die sind aus Pappe."

„Autos aus Pappe? Ich sag ja, wir sind im Märchen."

„Nein, in der DDR."

„DDR? Drei dicke Riesen? Welches Märchen ist das denn?"

„Ein sozialistisches. Es war einmal die Deutsche Demokratische Republik."

Jobst runzelte die Stirn, doch auch zwischen den Stirnfalten fanden sich nur winzige Krümel an Wissen über dieses Land. Vielleicht, weil er immer auf Durchzug schaltete, sobald es um Vergangenheit und Geschichte ging. Vielleicht, weil er schwarze Löcher, Roboter und Beamen spannender fand als finstere Jahrhunderte, Raubritter und Kutschfahrten. Wenn man sowieso mehrmals im Jahr in die Vergangenheit reiste, musste man sich doch nicht auch noch in der Gegenwart mit ihr beschäftigen, fand Jobst. Das war im Prinzip wie mit Reiseführern. Er hatte nie verstanden, wieso Leute schon vor der Reise alles über ihr Urlaubsziel lesen. Das ist doch, als würde man sich vor einem Kinobesuch die Handlung vom Film haarklein erzählen lassen.

Der Trabi holperte noch ein paar Meter weiter über das Kopfsteinpflaster und hielt vor der Großbaustelle in einer zementgrauen Pfütze. Fahrer und Beifahrer stiegen aus, klappten die Sitze um und drei weitere Männer krabbelten von der Rückbank nach draußen. Sie hatten blaue Arbeitsanzüge an, gelbe Helme auf und rauchten. Der Fahrer öffnete den Kofferraum und holte einen Kasten Bier heraus. Dann gingen die Blaumänner auf die Großbaustelle zu und verschwanden in einem Bauwagen.

„Ich such mir mal ein beschauliches Örtchen." Jobsts Mutter lief mit wallendem Kleid und Haar auf eine Ligusterhecke zu, hinter der ein Fahnenmast in die Höhe ragte.

Einen Moment blieb Jobst neben dem Koffer stehen. Er sah links die Straße hinunter. Eine Frau mit Lockenwicklern im Haar und einer geblümten Kittelschürze trat in Pantoffeln aus einem der alten Häuser. Gemächlich schlurfte sie auf eine graue Mülltonne zu, hob den Deckel und leerte ihren Müll hinein. Sie sah kurz auf, starrte Jobst an, dann schlurfte sie zurück ins Haus.

Jobst blickte rechts die Straße hinunter. Eine Katze schlenderte über das Kopfsteinpflaster, sprang auf den Gehweg und schmiegte sich an einen roten Hydranten.

Jobst sah sich nach seiner Mutter um. Noch immer war sie hinter der Ligusterhecke verschwunden. Dieses Mal schien es wirklich dringend gewesen zu sein. Jobst musterte das Auto auf der anderen Straßenseite und zögerte. Langsam ging er über die Straße auf den parkenden Trabi zu. Er lief einmal um das Auto herum. Es hatte nur zwei Türen, winzige Außenspiegel und der Kofferraum wirkte so klein, dass Jobst sich fragte, wie der Bierkasten hineingepasst hatte.

Jobst blickte zum Bauwagen, aus dem Gelächter drang. Dann beugte er sich vor und klopfte vorsichtig an die Fahrertür. „Pappe", murmelte er. Er drückte die Nase gegen das Fahrerfenster, schirmte mit den Händen links und rechts das Gesicht ab und spähte ins Innere. Das schwarze Plastiklenkrad sah aus wie von einem Kindertretauto. Die Sitzpolster waren durchgesessen, aber gepflegt. Es gab keinen Schaltknüppel. An der Beifahrertür war eine Kurbel und auf dem Beifahrersitz lag eine breit gesessene, blau-weiße Schachtel mit der Aufschrift *Sprachlos*.

Jobst versuchte gerade zu erkennen, welche Höchstgeschwindigkeit auf dem Tacho stand, als ein Schrei erklang. Jobst kannte diesen Schrei. Spitz wie ein Eiszapfen bohrte er sich in seine Gehörgänge und ließ sie schockgefrieren. Jobst machte einen Satz um den Trabi herum und rannte über die Straße, ohne nach links und rechts zu sehen.

Seine Mutter stand auf dem Gehweg, raufte sich die Haare und schrie: „Der KOFFER! Unser Koffer! Wo ist der Koffer!?!“ Im Stechschritt lief sie ein paar Meter nach links und wieder nach rechts. „Wo ist er?“, rief sie. „Oh Gott, UNSER KOFFER!“

Jobst starrte auf den Gehweg. Dort, wo eben noch ihr Zeitreisekoffer gestanden hatte, war nur noch ein breit gequetschter Löwenzahn zu sehen.

„Also, ich war nur kurz drüben bei dem Pappauto. Hier war weit und breit kein Mensch“, sagte Jobst. Dabei sah er lieber zum platten Löwenzahn als seiner Mutter in die Augen.

„Er MUSS irgendwo sein. Jemand muss ihn mitgenommen haben, aus Versehen. Oder – ha! … Jo-hobst, mein Schatz?“ Seine Mutter senkte den Kopf, grinste ihn an und kniff ein Auge zu. Dazu wackelte sie mit dem Zeigefinger. „Willst du deine arme mittelalte Mutter verarschen?“

Jobst blinzelte hinter den Brillengläsern. „Nein.“

„Schade.“ Von einer Sekunde auf die andere verschwand das Grinsen aus dem Gesicht von Jobsts Mutter. „DER KOFFER!“, schrie sie und warf die Arme in die Höhe. „Ohne unseren Koffer sind wir verloren!“

„Nu machen Se mal nich son Tamtam hier!“, kam eine knorpelige Frauenstimme aus einem der alten Häuser hinter ihnen. Die Frau mit den Lockenwicklern lehnte mit verschränkten Armen auf einem gelben Kissen auf dem Fensterbrett. „Erst schändigen Se den sozialistischen Fahnenmast – Pionierblase, was? – und dann bläken Se rum, als würde es Südfrüchte regnen.“

„Verzeihen Sie." Jobsts Mutter trat einen Schritt Richtung Lockenwickler. „Sie haben nicht zufällig etwas gesehen? Hier stand eben noch ein großer, alter Koffer." Sie deutete auf den Gehweg mit dem platten Löwenzahn.

Die Lockenwicklerfrau musterte Jobst und seine Mutter mit starren Augen. „Ich sehe nichts, höre nichts und sage nichts." Mit einem Ruck richtete sie sich auf, zerrte das Kissen von der Fensterbank und knallte das Fenster zu.

Eine Sekunde später ratterte die Jalousie runter, dass der Putz auf die Fensterbank bröckelte.

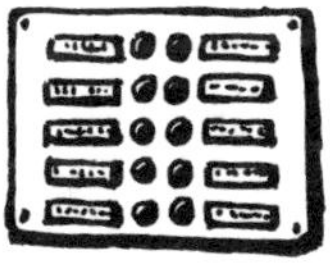

## Sprachlos

„Vielleicht hat jemand aus einem dieser Häuser den Koffer genommen oder zumindest was gesehen“, sagte Jobsts Mutter. „Der Koffer kann nicht weit sein, ich hab's im Urin!“

Jobst dachte daran, dass seine Mutter mit ihrem Urin gerade einen Fahnenmast gegossen hatte und somit wohl weder Urin noch eine Vorahnung in ihrer Blase haben konnte. Aber er vermutete, dass sie jetzt nicht darüber diskutieren wollte.

Jobsts Mutter trat an einen der dunklen Hauseingänge und drückte mit der flachen Hand auf alle Klingeln. Jobst sah zu den Fenstern. Im zweiten Stock wackelte eine graue Gardine. Im ersten Stock zog jemand einen Vorhang zu.

Jobst ging einen Hauseingang weiter. Von der Haustür blätterte die braune Farbe ab. Die Tür stand einen Spalt offen und aus dem dunklen Hausinneren drang kühle Luft und der Geruch von Bohnerwachs. Jobst überflog die Klingelschilder: *Tettenborn, Gerlach, Rosenstiel* … Er klingelte bei Rosenstiel.

„Ich glaube, die Klingeln sind alle kaputt.“ Jobsts Mutter hatte die Hände in die Hüften gestemmt und starrte die alte Häuserreihe herausfordernd an.

Im Haus vor Jobst riss jemand ein Fenster auf. Ein Mann mit Halbglatze, dafür aber mit dichtem dunklen Schnauzbart, blickte mit hochgezogenen Augenbrauen nach unten.

„Herr Rosenstiel?", rief Jobst nach oben. „Nur eine kurze Frage …"

„Ich habe keine Altstoffe!", bellte Herr Rosenstiel und murmelte, bevor er das Fenster schloss: „Sogar in den Ferien ist man vor diesen Pionieren nicht sicher …"

Jobst und seine Mutter warfen sich ratlose Blicke zu.

Von der anderen Straßenseite klang Gelächter herüber. Ein Mann trat aus dem Bauwagen und ging mit einer Bierflasche in der Hand auf den Trabi zu.

„Komm!" Jobsts Mutter schnappte ihren Sohn bei der Hand und zog ihn über die Straße.

„Gegrüßt seid Ihr, werter Gesell", rief Jobsts Mutter und lief winkend auf den Mann zu. „Erlaubet mir gnädigst eine geringe Frage: Sahet Ihr aus Eurer Kate, wohin unsere Bagage entschwand?"

Der Mann verschluckte sich an seinem Bier und hustete ein „Hä?".

Jobst zupfte am Mittelalterkleid seiner Mutter. „Falsche Zeit. Du redest mit mittelalterlicher Zunge."

Der Mann nahm einen großen Schluck und musterte Jobst und seine Mutter von oben bis unten. „Fasching is nich." Seine Augen waren braun und warm wie Mokka. Leise fragte er: „Geschlossene, was? Abgehauen?"

„Wir nicht. Nur unser Koffer." Jobst zeigte zum Gehweg auf der anderen Straßenseite. „Da stand er. Weg ist er."

„'n Koffer stehn lassen, allet klar." Der Mann grinste und die Falten unter seinen Augen lachten.

Er riss die Beifahrertür vom Trabi auf, nahm die weiß-blaue Schachtel vom Sitz, fummelte eine platt gesessene, kleine Zigarre heraus und steckte sie sich an. Er zögerte kurz, dann hielt er Jobsts Mutter die Schachtel hin. Sie las die *Sprachlos*-Aufschrift und schüttelte den Kopf. Der Mann hielt Jobst die Schachtel hin. Jobst blinzelte. Der Mann zwinkerte und steckte die Packung in die Brusttasche seines Arbeitsanzugs.

„Vielleicht haben Sie und Ihre Kollegen etwas bemerkt", sagte Jobsts Mutter.

Der Mann kratzte sich mit der Bierflasche hinter dem Ohr. „Was war denn drin?"

„Nichts", sagte Jobst.

„War er neu?"

„Alt."

„Und ihr habt ihn einfach da stehen lassen?"

„Na ja, ich musste dringend … etwas erledigen." Jobsts Mutter machte ein ernstes Gesicht.

„Wegjegangen, Koffer von dannen."

„Wie bitte?"

„Na ja, so 'n Köfferchen kann man immer gebrauchen, für all die dollen Reisen in die sozialistischen Bruderländer." Der Mann paffte eine *Sprachlos*-Wolke.

„Sie meinen, jemand hat den Koffer geklaut?“ Jobsts Mutter sah den Mann an, als wäre er der Dieb.

„Jeklaut? Wird nur im Westen. Den schönen, alten, leeren Koffer wird jemand aus Versehen mitgenommen haben. Oder aus purer Neugierde. Oder aus Geigel.“

„Und wo ist er jetzt?“, fragte Jobst.

Der Mann nahm einen Schluck Bier, spitzte die Lippen und schmatzte. „A & V?“

„Alt und Verschwunden?“, fragte Jobsts Mutter.

„Arsch und Verderben?“, fragte Jobst.

Seine Mutter gab ihm einen Klaps.

Der Mann sank langsam auf die Motorhaube des Autos und betrachtete Jobst und seine Mutter, als wären sie aus dem Boden geschossene Kokospalmen. „Wo kommt ihr denn her?“

„Aus dem Mittelalter“, sagte Jobsts Mutter, während Jobst im gleichen Moment „Aus dem Koffer“ sagte.

Der Mann nickte langsam. Der Mokka in seinen Augen wurde cremig vor Wärme. „Geschlossene, wusste ich's doch.“

„Ganz egal, wo wir herkommen – wir brauchen unseren Koffer! Sonst sitzen wir hier in der DDR fest.“ Jobsts Mutter nickte energisch.

„Da seid ihr nicht die Einzigen. So schlimm ist das nun auch wieder nicht. Lässt sich schon aushalten, was?“ Der Mann nahm einen weiteren Schluck Bier. Er tippte ein paar Mal mit dem Flaschenhals an seine Lippen, dann nuschelte er: „Fundbüro!“

Als er die hilflosen Gesichter von Mutter und Sohn bemerkte, fügte er hinzu. „Die Straße hier weiter Richtung Zentrum, bei der alten Stadtmauer rechts, dann links und gleich nach der *Jugendmode* isses. Vielleicht gibt's da auch 'nen flippigen Fummel für euch. Also, ich meine, was ihr da anhabt, sieht schon auch schnieke aus, aber …"

„Fundbüro, natürlich! Seid bedankt und gehabt Euch wohl." Jobsts Mutter lächelte, drehte sich um und marschierte los.

Jobst folgte ihr, blieb nach zwei Schritten stehen und sah zurück. „Wie schnell fährt der?"

Der Mann warf einen Blick auf den hellblauen Trabi. „Hundert, locker." Er klopfte auf das Autodach. „Rennpappe eben." Der Mann grinste und zwinkerte.

Jobst blinzelte. Dann winkte er kurz, drehte sich um und rannte seiner Mutter nach.

## Pfirsiche und Polizei

Jobsts Mutter lief im Stechschritt die Straße entlang, als wollte sie zu Fuß zurück ins 21. Jahrhundert. Dabei spähte sie alle paar Sekunden nach einer Spur vom Koffer und nach Jobst, der ihr mit kleinen schnellen Schritten folgte.

„Hundert fährt er. Und das Modell heißt Rennpappe, nicht Trabi!", rief Jobst.

Seine Mutter war damit nicht zu beeindrucken. Sie war selbst ganz Rennpappe, stürmte die Straße entlang, bis sie an einem Laden vorbeikam, vor dem sich eine Schlange gebildet hatte.

„Verzeihung, was gibt es denn hier?", fragte sie den Letzten in der Schlange.

Der Mann sah sie durch dicke Brillengläser an. „Keine Ahnung."

Jobst betrachtete das Schaufenster. *HO Lebensmittel, OBST & GEMÜSE* stand auf einem großen weißen Schild über dem Laden. Im Schaufenster waren ein paar Erbsendosen zu einer Pyramide aufgetürmt, daneben lagen drei Kohlköpfe. Hinter den Kohlköpfen stand ein Bilderrahmen mit einem großen Foto. Es zeigte einen Mann mit grauen Haaren, die sich auf der vorderen Kopfhälfte schon zurückzogen. Der Mann trug eine Brille mit dickem braunem Rand und einen Anzug mit Anstecker im Knopfloch. Sein Lächeln war nur ein Hauch, und er blickte milde und wissend. Vermutlich der Besitzer des Obstladens.

Über der Erbsendosenpyramide, den Kohlköpfen und dem Foto vom Obstonkel hing ein Schild mit der Aufschrift: *Mein Arbeitsplatz – Mein Kampfplatz für den Frieden.*

„Aber Sie müssen doch wissen, wonach Sie anstehen", sagte Jobsts Mutter.

Der Mann mit der Brille zuckte die Schultern.

Eine kleine dicke Frau weiter vorne in der Schlange drehte sich um und rief: „Pförs'sche!"

„Kann man das essen?" Jobsts Mutter sah die kleine dicke Frau verwundert an.

„Verzeihung, offenbar stammen Sie nicht aus dieser Region unserer Republik", mischte sich ein Mann ein, der es in der Schlange schon bis zur Eingangstür des Ladens geschafft hatte. Er war zierlich und trug eine Nickelbrille. „Bei der Ware, die heute ausnahmsweise in dieser vorbildlichen sozialistischen Verkaufsstelle feilgeboten wird, handelt es sich um Pfir-sich-e."

„Kommen Sie auch aus dem Mittelalter?", fragte Jobst.

Hinter den kleinen runden Brillengläsern blitzten wache Augen auf. „Nein, junger Mann. Aus dem Theater."

Jobsts Mutter, die sich beim Wort „Mittelalter" offenbar wieder daran erinnerte, warum sie eigentlich hier waren und beim

Wort „Theater“, was sie gleich veranstalten würde, drängte an der Menschenschlange vorbei in den Laden.

„Was soll ’n das?“

„Vordrängel-Genehmigung von ganz oben, oder wie?“

„Die is ja wohl nich ganz knusper!“

Jeder in der Schlange beschwerte sich lauthals über Jobsts Mutter oder warf ihr böse Blicke nach. Nur Nickelbrille guckte neugierig.

Jobst seufzte. Musste seine Mutter wirklich in jedem Jahrhundert auffallen?

Widerwillig folgte er ihr mit gesenktem Kopf in den Laden und murmelte: „Entschuldigung, ich muss mal eben … tut mir sehr leid … Verzeihung … darf ich mal?“

Jobsts Mutter schob sich zwischen zwei junge Frauen an den Verkaufstresen. „Verzeihen Sie, dass ich hier so hereinplatze. Aber ich suche einen Koffer. Vielleicht wurde er zufällig hier abgegeben.“

„Koffer?“, sagte die Verkäuferin mit der blonden Dauerwelle.

„Hammer nich“, sagte die andere Verkäuferin mit roter Dauerwelle.

„Nur Pförs’sche“, fügte die blonde Dauerwelle gelangweilt hinzu.

„Sind Sie sich sicher? Bei all der Kundschaft, die Sie haben … Es ist nämlich so, dass unser Koffer nur ein paar Meter weiter in diese Straße …“

„Mensch, mach die Flocke! Wir wollen och mal heeme kommen heute", rief ein Mann von hinten, gefolgt von zustimmendem Gemurmel.

„Erst steht man sich die Beene im Betrieb krumm, dann inner Schlange, und jetzt kommt noch so 'ne Kaputte daher."

„Koffer im Gemüseladen. Und Schlübber beim Fleischer, oder was?"

„Aber der Koffer ist unheimlich wichtig!", rief Jobsts Mutter.

Jobst starrte auf eine einsame Erbse am Boden und hätte sich am liebsten in sie verwandelt. Binnen weniger Minuten hatte seine Mutter es geschafft, einen ganzen Obst- und Gemüseladen gegen sie aufzubringen. Sie sollten verschwinden, bevor sie mit Tomaten und Eiern beworfen wurden. Oder mit Erbsendosen.

„Dann gehen Se doch zur Polizei und erstatten Vermisstenanzeige", riet die junge Frau am Tresen.

In der Schlange gluckste und kicherte es.

„Mensch, die Mäuse sind heute aber auf Zack, da kommen se schon!" Ein Mann auf der Türschwelle zeigte auf die Straße.

Ein grün-weißes Auto mit ausgeschalteten Blaulichtern auf dem Dach näherte sich dem Laden.

„Die Polizei, dein Freund und Helfer. Fragen Se die mal." Die rote Dauerwelle nickte Jobsts Mutter zu.

Sofort stürmte Jobsts Mutter an den Leuten vorbei aus dem Laden, rannte auf die Straße und stellte sich mit ausgebreiteten Armen mitten auf die Fahrbahn.

Die Reifen quietschten, die Polizisten schnellten nach vorne und klebten fast an der Frontscheibe. Durch die Schlange ging ein Johlen.

Jobst stand auf dem Gehweg. „Ich bin eine Erbse, ich bin eine Erbse …“, murmelte er.

Die Polizisten waren auf den Autositzen wieder nach hinten geschleudert worden und starrten die Frau an, die im wallenden Kleid mit den Armen fuchtelte, als wollte sie abheben und ihnen aufs Autodach steigen. Sie warfen sich einen Seufzer-Blick zu, rückten ihre Polizeimützen gerade und stiegen aus. Blechern knallten die Autotüren.

Die Leute in der Schlange verstummten. Keiner dachte mehr an Pförs'sche.

„Was hammer denn hier? Aufgeschrecktes, entlaufenes Huhn aus der Handelsorganisation, was?“, fragte der Polizist, dessen weißgraues Hemd über dem dicken Bauch spannte.

„Können Sie sich ausweisen?“, fragte der jüngere Polizist mit Schnauzer.

Jobsts Mutter trat auf den jungen Polizisten zu und nahm seine Hand. „Lieber, werter Herr Polizist, was bin ich froh, dass Sie hier vorbeikommen!“

„Sollten froh sein, dass wir Se nich überfahren haben“, sagte der Dicke.

„Sie kommen wie gerufen!“ Jobsts Mutter hielt die Hand des jungen Polizisten fest umschlungen. „Ich habe einen Verlust zu melden.“

„Verstand?", tippte der dicke Polizist.

„Etwas Furchtbares ist passiert. Unser Koffer ist verschwunden. Wir hatten ihn dort vorne auf dem Gehweg abgestellt und nur ganz kurz … ähm, den sozialistischen Fahnenmast bewundert und schwups, weg war er!"

„Der Fahnenmast?!" Der Dicke riss die Augen auf.

„Der Koffer! Sie müssen ihn finden, ich bitte Sie inständig!" Jobsts Mutter tätschelte und schüttelte unablässig die Hand des jungen Polizisten.

„Bitte unterlassen Sie umgehend diese körperlichen Übergriffe auf einen Vertreter der offiziellen Organe der Staatsmacht." Der Polizist mit dem Schnauzer entzog Jobsts Mutter seine Hand, wischte sie kurz an der Hose ab und verhakte seine Hände hinter dem Rücken. „Ich wiederhole: Können Sie sich ausweisen?"

„Ausweisen? Ich bin eine Frau in Not! Was müssen Sie da noch mehr wissen?"

„Aber hallo." Der dicke Polizist schnaufte. „Für uns sind Se erst mal keine Frau in Not, sondern ein öffentliches Ärgernis, das den ganzen Verkehr zum Erliegen bringt."

Jobsts Mutter sah die Straße auf und ab. „Welchen Verkehr?"

„Eben." Der Dicke nickte.

„Hören Sie, Sie müssen uns helfen. Jemand hat unseren Koffer mitgenommen, vielleicht aus Versehen. Sicher haben Sie Möglichkeiten. Wir müssen eine Vermisstenmeldung schalten, Flugblätter drucken, Radiodurchsa…"

„Fluchbläddder?!? Sagten Sie FLUCHBLÄDDER???“, rief der dicke Polizist.

„Nein, Flugblätter.“

„Nu och noch frech werden, was!“ Der Dicke stemmte die Hände in die Hüften.

„Werte Bürgerin, wir verfügen durchaus über eine gesunde Portion Humor“, erklärte der junge Polizist mit versteinertem Gesicht. „Aber es gibt Grenzen, die Sie nicht überschreiten sollten. Ich fordere Sie abermals auf, sich auszuweisen, ansonsten sehen wir uns gezwungen, Sie mitzunehmen.“

„Ich bitte Sie, werte Staatsdiener! Alles kein Grund zur Aufregung“, rief der Mann mit der Nickelbrille und trat mit schnellen Schritten aus der Schlange zu Jobsts Mutter. „Es handelt sich um ein Missverständnis, was sich schnell aus der Welt räumen lässt. Mein Name ist Frank Kühne, Regisseur des städtischen Theaters. Meine geschätzte Mitarbeiterin – ein verdientes Mitglied unseres sozialistischen Theaterkollektivs – ist gerade nicht ganz sie selbst.“ Er legte eine Hand auf den Rücken von Jobsts Mutter und lächelte sie milde an.

Jobsts Mutter blickte verständnislos zurück.

„’ne Schauspielerin? Auch das noch!“ Der dicke Polizist schnaufte.

„Wir stecken gerade mitten in den Proben für ein Stück über den antifaschistischen Widerstand, in dem ein Koffer voller Flugblätter an den Nazis vorbei zu den einzelnen Gruppen im Untergrund geschmuggelt werden muss“, fuhr Nickelbrille fort. „Die Genossin hier geht dabei ganz in ihrer Rolle der tapferen Widerstandskämpferin auf. Sie hat die Rolle so sehr verinnerlicht, dass sie gar nicht mehr herausschlüpfen kann. Nicht wahr?“ Der Mann knuffte Jobsts Mutter in den Rücken.

„Was für eine Rolle? Ich brauche den Koffer, unbedingt!“ Jobsts Mutter ruckelte mit den Schultern, um die Hand des Theatermenschen abzuschütteln.

Dieser grinste die Polizisten breit an. „Sehen Sie?“

„Schluss mit dem Theater!“, sagte der Polizei-Schnauzer.

„Ich hasse Theater“, sagte der Dicke.

„Ganz recht, wir wollen Sie auch gar nicht weiter aufhalten, denn die Proben rufen. Kommen Sie, meine Liebe, die Bühne wartet auf Sie!“ Der Regisseur nahm Jobsts Mutter an der Hand und versuchte sie von den Polizisten wegzuziehen.

„Meine Liebe, Quark!“, protestierte Jobsts Mutter. „Ich will meinen Koffer!“

„Ihr Koffer ist im Theater, keine Sorge“, sagte Nickelbrille.

„Im Theater? Wie kommt er denn da hin?“ Jobsts Mutter sah den Regisseur mit großen Augen an.

Jobst erwachte aus der Erbsenstarre. Er schnappte sich die andere Hand seiner Mutter. „Komm, Mama. Du musst zur Probe.“

Frank Kühne schenkte Jobst einen dankbaren Blick. Gemeinsam zogen sie Jobsts Mutter von der Straße und weiter den Gehweg entlang.

„Und der Koffer ist wirklich in Ihrem Theater?“

„Aber ja doch."

„Wieso haben Sie das nicht gleich gesagt?"

„Ach, bis zu einem gewissen Punkt war es doch ganz unterhaltsam."

„Sie machen sich lustig über mich?"

„Nicht doch, meine Liebe!"

„Ich bin nicht Ihre Liebe!"

„Wir werden sehen."

„Den Koffer will ich sehen, mehr nicht!"

Die Polizisten blickten Jobst und seiner Mutter und dem Theaterregisseur nach, bis sie nach ein paar Metern an der Stadtmauer rechts abbogen.

„Wir sollten das melden", sagte der junge Polizist.

„Wir sollten 'nen Kaffee trinken", der Dicke.

## Alles nur Theater

Jobst betrat den kleinen Theatersaal und zog die schwere Tür hinter sich zu.

Der Saal war leer und lag im Halbdunkel. Nur auf der Bühne brannte eine kleine Leselampe und beleuchtete ein aufgeschlagenes Buch. Jobst glaubte zu sehen, dass der rote Bühnenvorhang wackelte. Aber schon eine Sekunde später war er sich nicht mehr sicher.

Jobst folgte dem Regisseur in den Seitengang und musterte die Sitzreihen. Der Samt auf den Klappstühlen war speckig und zerschlissen. Staub schwebte wie durch einen verwunschenen Märchenwald. Es roch nach altem Parkett, alten Schuhen und alten Geschichten.

„Also, wo ist er? Hier? Oder da?" Jobsts Mutter wirbelte von einer Zuschauerreihe zur nächsten. „Rücken Sie den Koffer raus!"

Der Regisseur stand mit schmalen Schultern am Rand. So reglos wie ein Theaterkostüm, das über einem Kleiderständer hing. Nur ab und zu blinzelte er hinter seinen runden Brillengläsern. Jobst stand ebenso reglos und blinzelnd neben ihm.

Jobsts Mutter wetzte jetzt durch eine der mittleren Zuschauerreihen. Alle paar Schritte klappte sie einen der Sitze um, als könnte dieser ihren Koffer verschluckt haben.

„Unser Koffer! Wo ist unser Koffer?“ Sie raffte ihr mittelalterliches Kleid und stieg über eine Zuschauerreihe in die nächste. Durch eine Reihe robbte sie auf dem Boden. Dann tauchte ihr wilder Haarschopf eine Reihe vorne wieder auf.

Die beiden Zuschauer am Rand sahen Jobsts Mutter dabei zu, wie sie durch die Stuhlreihen marschierte, Sitze umklappte, sich bückte, mit wehenden Haaren wieder in die Höhe schoss, „Der Koffer! Der Koffer! Der Koffer!“ rief und weiterstürmte.

„Lust auf ein Kaltgetränk?“, fragte der Regisseur Jobst. Seine Stimme war rau und weich zugleich, wie der verschlissene Samt auf den Theatersitzen.

Jobst nickte und folgte Frank Kühne zur Bühne. Er setzte sich auf den Bühnenrand und wartete, bis der Regisseur mit zwei Flaschen zurückkam.

„Milch oder Cola?“, fragte Frank Kühne.

Jobst deutete auf die braune Flasche. Das rot-grüne Schild mit der weißen Aufschrift *Vita-Cola* klebte etwas schief auf der kleinen dicken Flasche, die ebenfalls klebte. Jobst nahm vorsichtig einen Schluck. Der Regisseur löste geschickt den Deckel aus Alupapier, der die Milchflasche verschloss. Frank Kühne trank. Jobst trank. Beide sahen dem mittelalterlichen Derwisch, der schimpfend und fuchtelnd durch den Zuschauerraum wirbelte, mit ruhigem Interesse zu.

Frank Kühne räusperte sich. „Ist sie immer so …?“

„Peinlich?“ Jobst nickte. Darauf gleich mal zwei Schluck Cola.

„Temperamentvoll. Ausdrucksstark. Leidenschaftlich.“ Frank Kühne schmeckte der Milch nach, als wäre sie Schampus.

Jobst spürte einen Rülpser aufsteigen und verschluckte ihn. „Leiden schafft sie. Stimmt.“

Jobsts Mutter robbte gerade von der zweiten in die erste Sitzreihe. Ihr Kopf schoss mit wippenden Locken vor Jobst und Frank Kühne in die Höhe. „Es reicht! Ich will jetzt endlich unseren Koffer sehen!“ Sie starrte auf die Flasche in Jobsts Hand. „Du trinkst doch nicht etwa Cola?“

Jobst sah auf das Etikett. „Angeblich schon. *Vita Cola*. Schmeckt sehr gesund. Ist bestimmt von glücklichen Cola-Kühen.“

Jobsts Mutter holte Luft. „Du weißt, dass Cola … Ach, egal jetzt. WO IST DER KOFFER?“

„Werte Kollegin, der derzeitige Aufenthaltsort Ihres Gepäckstückes ist mir leider unbekannt“, sagte der Theaterregisseur.

„Was?! Aber Sie sagten doch, der Koffer wäre im Theater!“

„Bedaure, ist er nicht. Wichtig ist allein, dass Sie jetzt im Theater sind.“ Frank Kühne fügte leise hinzu: „Hier sind Sie in Sicherheit.“

„Sie haben uns unter Vortäuschung falscher Tatsachen in diesen düsteren Theatersaal gelockt!“

„Ich habe Sie gerettet.“

„Gerettet? Wovor denn, bitte?“ Jobsts Mutter verschränkte die Arme.

„Vor der Polizei.“

„Die Polizei *ist* der Retter!“

Frank Kühne sah Jobsts Mutter mitfühlend an. „Eine interessante Ansicht.“

„Hören Sie mal, Herr Theatermann, wären Sie nicht aufgetaucht und hätten uns mit in ihre Showbude geschleift, würde die Polizei jetzt mit einer Großfahndung nach unserem Koffer suchen, hätte ihn womöglich schon gefunden und mein Sohn und ich wären glücklich auf dem Weg nach Hause. Aber nein, wir stehen hier, Sie flößen meinem Sohn Cola ein – schwarze Füße, verätzter Magen, Sie wissen ja wohl Bescheid –, während ich durch die Sitzreihen robbe.“

„Hätte ich Sie nicht von den Polizisten weggeschleift, hätten die Polizisten Sie weggeschleift. Und zwar an einen Ort, wo es weder Cola noch Milch gibt, man aber gut möglich schwarze Füße bekommen kann, und Sie höchstens vor Verzweiflung über den Zellenboden gerobbt wären.“ Frank Kühne nahm einen großen Schluck Milch.

Jobst nahm einen großen Schluck Cola.

Jobsts Mutter nahm einen großen Schluck Luft. „So ein Unsinn! Warum sollten die Polizisten mich festnehmen? Ich suche doch nur unseren Koffer.“

„Sie springen vor Polizeiautos. Sie können sich nicht ausweisen. Sie wollen Flugblätter drucken. Und Sie sehen sehr merkwürdig aus. Also, angenehm anders, würde ich sagen, aber das sehen die Polizisten hier vermutlich anders." Frank Kühne zog eine Augenbraue hoch. „In diesem Land werden Menschen aus viel nichtigeren Gründen verhaftet. Ich wollte Ihnen nur helfen, da Sie eine Kollegin sind."

„Kollegin?" Jobsts Mutter musterte Frank Kühne. „Wieso sollten wir Kollegen sein?"

„Mir sieht man es nicht sofort an wie Ihnen und Ihrem Sohn. Aber diese wunderbaren mittelalterlichen Kostüme, dazu noch Ihr ausdrucksstarkes Auftreten. Ich bin seit zwölf Jahren Theaterregisseur. Glauben Sie mir, meine Liebe, ich erkenne Schauspieler mit geschlossenen Augen!" Frank Kühne lächelte. Das Grübchen auf seinem Kinn zog sich in die Breite.

„Schauspieler!" Jobsts Mutter schnaufte. Ihre Augen aber glänzten geschmeichelt. „Offenbar können Sie ja noch nicht einmal mit offenen Augen zwischen gespieltem und echtem Drama unterscheiden."

„Ja aber." Frank Kühne ließ die Milchflasche sinken. „Wenn Sie keine Schauspieler sind, was dann?"

„Wir sind nur auf der Durchreise", sagte Jobst. „Wir wollten hier nur eine kurze Pull…Pu...Pause machen."

Der Theaterregisseur beugte sich vor und fragte leise: „Seid ihr von drüben?"

Jobsts Mutter schielte nach rechts und links auf der Suche nach Drüben. „Nein, wir sind von übermorgen."

Frank Kühne machte ein Gesicht, als wäre er von gestern.

## Vorschlag mit Haken

„Das ist alles ganz einfach“, begann Jobsts Mutter. „Wir sind auf der Durchreise vom Mittelalter in die Gegenwart. Diese ist von hier aus gesehen natürlich Zukunft, genau genommen das 21. Jahrhundert. Wir haben zwei Wochen Urlaub im Mittelalter gemacht. Da müssen Sie auch mal hin. Vorzügliches Essen, tolle Ritter-Shows, nur die Hexenverbrennungen waren nicht so meins. Auf jeden Fall komfortabler als der letzte Urlaub in der Steinzeit. Nächstes Jahr wollen wir nicht ganz so weit fahren. Vielleicht in die Belle Époque. Wobei da auch ein verlängertes Wochenende reichen könnte. Was meinst du, Jobst?“

Jobst hob den Kopf. „Also, ich würde lieber …“

„Ja, du hast recht. Man sollte die Belle Époque nicht unterschätzen. Da gibt es doch so manches zu sehen. Die Weltausstellung. Die Eröffnung des Eiffelturms. Den Untergang der Titanic … Wo war ich stehen geblieben? Ach ja, hier.

Wir sitzen also jetzt hier fest. Es sollte nur ein kurzer Zwischenstopp sein. Mal auftanken, und das Gegenteil davon, Sie verstehen schon.“ Jobsts Mutter zwinkerte dem Theaterregisseur zu.

„Nein. Ich verstehe gar nichts. Aber ich muss nicht alles verstehen. Wo auch immer Sie herkommen, wo auch immer Sie hinwollen – Sie müssen es mir nicht sagen, wenn Sie nicht wollen. Sie werden Ihre Gründe haben."

„Aber das habe ich Ihnen doch gerade alles erklärt."

„Aus dem Mittealter. Schön, belassen wir es dabei", sagte Frank Kühne.

Jobsts Mutter seufzte. „Jedenfalls brauchen wir unseren Koffer, um zurück nach Hause zu kommen."

„Dass Sie Ihren Koffer brauchen, das habe ich sofort verstanden. Und gerne bin ich bei der Suche behilflich. Es gibt verschiedene Möglichkeiten. Wir könnten es im A&V versuchen."

„Arsch und Verderben." Jobst nickte wissend.

Frank Kühne sah Jobst über den Rand seiner Nickelbrille an. „An- und Verkauf."

Jobsts Mutter raffte ihr Kleid. „Worauf warten wir noch?!"

„Der A&V hat heute Ruhetag. Und überhaupt – ich fürchte, die Suche nach dem Koffer könnte ein Weilchen in Anspruch nehmen", sagte der Theaterregisseur.

„Ein Weilchen? Ein Stündchen? Ein Tagchen? Ein Monatchen?" Jobsts Mutter riss die Augen auf.

„Nun ja. Dass wir den Koffer heute noch finden, halte ich für sehr unwahrscheinlich."

„Aber wo sollen wir denn jetzt hin? Auf einen längeren Aufenthalt in der DDR sind wir nicht vorbereitet. Wir haben keinen Cent!"

„Cent haben wir auch nicht. Nur DDR-Mark und Pfennige. Aber die brauchen Sie nicht, beziehungsweise habe ich eine Idee. Ich mache Ihnen einen Vorschlag", sagte Frank Kühne. „Sie und Ihr Sohn können in meiner Datsche wohnen, bis der Koffer wieder auftaucht. Es gibt sogar Strom und fließendes Wasser. Ich muss hinzufügen, kaltes Wasser."

Jobst fand, „Datsche" klang wie eine Mischung aus Dachgeschoss und Zwetschge. Vielleicht war es eine Dachgeschosswohnung, in die ein Zwetschgenbaum ragte. Oder aber eine zwetschgenblau gestrichene Dachgeschosswohnung. Oder ein kleines Haus in der Krone eines Zwetschgenbaums.

„Das ist überaus freundlich von Ihnen", sagte Jobsts Mutter. „Wir sind auch gar nicht anspruchsvoll, schließlich kommen wir gerade aus dem Mittelalter, und wir bleiben auch nicht lange. Das wäre wirklich wunderbar …

Moment. MOMENT! Erst locken Sie uns in Ihren Theatersaal, und jetzt in Ihre Dätsche. Die Sache hat doch einen Haken, mein L-I-E-B-E-R!"

Frank Kühne räusperte sich. „Haken würde ich es nicht nennen, eher ein weiteres, großzügiges Angebot. Sie wohnen in meiner Datsche, ich helfe Ihnen bei der Suche nach dem Koffer, und bis dieser wieder auftaucht, schließen Sie sich unserem Theaterkollektiv an. Bei uns liegt nämlich ein gewisser Engpass vor. Eine der Schauspielerinnen hat sich mitten in den laufenden Proben von dannen gemacht. Und Sie, meine Liebe, wären der ideale Ersatz."

„Sie wird doch wohl wiederkommen. Bestimmt hatte sie nur einen schlechten Tag", sagte Jobsts Mutter.

„Nein, sie hatte keinen schlechten Tag. Vermutlich hatte sie sogar einen sehr guten Tag. Sie ist nach drüben abgehauen."

Jetzt war es Jobst, der nach links und rechts schielte.

„In den Westen", fügte Frank Kühne hinzu. „In die BRD. Die offizielle Version ist allerdings, dass sie unbekannt verzogen ist."

„Und Sie meinen ernsthaft, *ich* könnte für diese Schauspielerin einspringen?", fragte Jobsts Mutter.

„Sie müssen! Sie sind wie gemacht für diese Rolle."

„Welche Rolle?"

„Die Hauptrolle."

Jobsts Mutter war sprachlos. Ein Vorfall, der nur alle elf Jahre vorkam, sodass Jobst ihn höchstens bei seiner Geburt hätte erlebt haben können, woran er sich aber (leider) nicht erinnerte.

„Aber ich … ich bin keine Schauspielerin. Ich habe einmal im Kindergarten den Backofen bei *Frau Holle* gespielt und dabei vor Lampenfieber auf die Bühne gemacht."

„Das ist vielen großen Schauspielern schon passiert. Sie sind ein Naturtalent. Vertrauen Sie mir. Außerdem ist hier niemand allein. Wir sind ein Kollektiv und ich bin immer für Sie da."

„Das ist sehr nett von Ihnen und Ihrem Kollektiv", sagte Jobsts Mutter. „Aber ich bin nicht immer für Sie da. Sobald der Koffer auftaucht, sind wir weg, und Sie stehen wieder mit einer unbesetzten Hauptrolle da."

„Darüber können wir immer noch reden, wenn der Koffer wieder da ist. Glauben Sie mir, mit dem Risiko, dass Schauspieler von heute auf morgen verschwinden, kann ich umgehen. Ich bin mir sicher, bei Ihnen lohnt es sich, dieses Risiko einzugehen. Wollen wir darauf anstoßen? Ich heiße Frank." Der Theaterregisseur reichte Jobsts Mutter die Milchflasche.

„Susanne." Jobsts Mutter, geradezu milchfarben im Gesicht, nahm einen großen Schluck und reichte die Flasche zurück.

Frank trank und lächelte Susanne mit einem Milchbart an.

„Prost!" Jobst ließ die Cola gegen die Milchflasche klongen.

## Der Geist

Gerade als Jobst den Mund voll koffeinhaltiger Limonade hatte, erklang aus den Tiefen des Theaters ein Jaulen. Jobst zuckte zusammen und ein paar braune Spritzer stiebten aus seinem Mund und besprenkelten sein Mittelalterhemd.

„Öch bön dörrr Goist, dörrr euch erscheint. Ihr zittert zu Recht, denn öch bön böse, öööcht!"

Abermals erklang das Jaulen. Danach rumpelte es. „Scheiße!"

„Vielleicht ist das der Geist der flüchtigen Schauspielerin", sagte Susanne.

„JULE!", rief Frank Kühne. „Hör sofort auf mit dem Unfug!"

„Alles, was ihr bläkt, ist wert, dass es zugrunde geht!", erwiderte der Geist.

„Und bist du nicht willig, so brauch ich Gewalt!" Frank Kühne hielt dem Vorhang drohend die Milchflasche entgegen.

„Ah, Moment, das kenn ich doch … ist das nicht Goethe?", fragte Jobsts Mutter.

„Nein. Meine Tochter." Frank Kühne trat an den Vorhang und zog ihn mit einem Ruck zur Seite.

Dort stand ein Mädchen mit Ritterhelm. Es öffnete das Visier. „Kuckuck!“

„Kuckuck“, sagte Jobst leise.

Das Mädchen sah zu Jobst. Seine hellgrünen Augen lachten.

„Ich kuckuck dich auch gleich!“, sagte Frank Kühne. „Wie oft habe ich dich schon darüber belehrt, dass du nicht mit den Requisiten spielen sollst?“

„Ein Theater ist kein Spielplatz!“, sagte die Tochter des Regisseurs mit erhobenem Zeigefinger und verstellter Stimme.

„Obwohl in einem Theater schon gespielt wird“, dachte Susanne laut nach. Doch als sie Frank Kühnes strafenden Blick sah, fügte sie schnell ein „Verzeihung“ hinzu.

„Musst du erst wieder durch die Falltür stürzen oder dich in der Seilwinde verheddern und dann kopfüber in den Wagen der Mutter Courage krachen?!“ Frank Kühne nahm seiner Tochter den Ritterhelm vom Kopf. Er hielt kurz inne und strich ihr zärtlich die halblangen dunkelblonden Haare glatt. Dann wandte sich der Theaterregisseur an die Besucher. „Verzeihen Sie diesen Auftritt. Meine Tochter Juliane.“

Juliane machte einen Knicks, bei dem sie fast mit der Nasenspitze den Boden berührte und einen imaginären Rocksaum hochzog. „Jule die Erste. Hocherfreut.“

„Das ist Frau Susanne, eine ganz wunderbare Kollegin, die demnächst in der Hauptrolle unser Publikum begeistern wird, da habe ich keinerlei Zweifel“, fuhr Frank Kühne fort. „Und das ist ihr Sohn namens …“

„Jobst“, sagte Jobst.

„Jobst? Etwa wie der bretonische Heilige Jodokus aus dem 7. Jahrhundert oder wie der Graf Jobst Hermann von Holstein-Pinneberg?“, fragte Frank Kühne.

Susanne runzelte die Stirn.

„Jobst wie Jobst“, sagte Jobst.

Frank Kühne nickte zufrieden und wandte sich an seine Tochter. „Ich bringe Susanne und Jobst in unsere Datsche, wo sie vorerst übernachten werden, da sie keine Bleibe haben.“

„Ich komme mit!“ Jule sprang von der Bühne.

## Sabbelfrosch und Seerosen

Kurz darauf saßen Susanne, Frank, Jobst und Jule in einem alten weißen Auto. Jobst suchte noch nach einem Gurt, als Frank Kühne schon aus der Theatereinfahrt auf die Straße gebogen war und sie über Kopfsteinpflaster ruckelten.

„Hinten gibt es keine Gurte", sagte Jule. „Und so, wie mein Vati fährt, bräuchte man noch nicht mal einen Gurt, wenn man auf der Motorhaube sitzen würde." Sie zwinkerte wie Frühlingszwiebel.

„Lieben Sie Oldtimer?", fragte Jobst.

„Dieses Automobil habe ich einem Bekannten abgekauft." Frank Kühne rümpfte die Nase. „Das hatte rein gar nichts mit Liebe zu tun, es war reine Notwendigkeit. Schon bei der Vorstellung, 15 Jahre auf einen Trabi zu warten, ergraut mein Haupthaar."

Jobst nickte wissend. Die Rennpappen waren offenbar sehr begehrt und langwierig in der Herstellung. „Und wie heißt diese Marke?"

„Sabbelfrosch." Jule kurbelte das Fenster ein Stück herunter. Die Haare strichen über ihr sonnengoldenes Gesicht wie Wellen über einen Sandstrand und streiften einen kleinen Leberfleck auf ihrer Wange.

„Jobst kommt direkt aus dem Mittelalter. Da gibt es keine *Saporoschs*, nicht wahr?“ Frank Kühne zwinkerte Jobst im Rückspiegel zu.

Jobst blinzelte durch die Brille zurück. Jule hatte recht. Ihr Vater tuckerte durch die Straßen, als würde er auf rohen Eiern fahren. Bei dem Kopfsteinpflaster und den Schlaglöchern, die sie mitnahmen, wurde man aber selbst bei 15 km/h ordentlich durchgeschüttelt. Jobst hielt sich an der Rückenlehne des Beifahrersitzes fest – ohne Gurt fühlte er sich trotz der niedrigen Geschwindigkeit nicht ganz sicher – und sah aus dem Fenster.

Die meisten Häuser sahen müde und alt aus, als läge ein Farbfilter über ihnen. Vielleicht war es das schwüle Gelb des Sommers, vielleicht die Farbe der Zeit.

Eine alte, dicke Frau unterhielt sich mit einer anderen alten Frau, die aus einem Fenster sah. Ein Kind hockte in einem Hauseingang und biss von einem Brötchen ab. Zwei bärtige Männer standen neben einem Lastwagen voller Kohle und rauchten. Sie warteten auf etwas, ohne Ungeduld in schläfriger Ruhe.

„Aufgemerkt! Hier haben wir etwas für Freunde historischer Ausflüge.“ Der Theaterregisseur zeigte auf ein großes Gebäude auf einem Hügel. „Der Stolz unserer Kleinstadt. Unser Schloss! Es wurde 1534 auf den Fundamenten einer mittelalterlichen Burganlage errichtet. Nach 15 Jahren Bauzeit war es vollendet und bezaubert bis heute.“

„Wie ein Trabi", sagte Jobst.

„Unter diesem Aspekt habe ich das noch nie betrachtet." Frank Kühne runzelte die Stirn.

Das Schloss sah nicht anders aus als all die unzähligen Schlösser, die Jobst schon gesehen hatte. Der Blick zum Schloss war halb verdeckt von einem großen, rechteckigen Schild, das am Fuß des Hügels auf zwei Pfosten stand. Darauf war zu lesen: *PROLETARIER ALLER LÄNDER, VEREINIGT EUCH!*

„Proletarier" hatte Jobst schon mal gehört. Aber wo? Vielleicht waren Proletarier so was wie Vegetarier. Nur wieso und wozu sollten sie sich vereinigen? Gegen die Wurstindustrie?

„Ach, schau mal da, Jobst, das kennen wir schon!" Jobsts Mutter deutete auf ein flaches Gebäude, vor dem sich eine Schlange gebildet hatte. Sie kurbelte das Beifahrerfenster herunter, steckte den Kopf heraus und rief: „Na, gibt es Pförs'sche?"

Die Leute sahen ihr verstört nach. Eine Frau tippte sich an die Stirn.

Kichernd und hocherfreut über ihr angewandtes Wissen schloss Susanne das Fenster.

„Das ist die SERO-Annahmestelle", sagte Jule. „Da gibt es keine Pfirsiche."

„Was dann? Seerosen?", fragte Susanne.

„Gerne erkläre ich unseren weit gereisten Gästen aus dem Mittelalter dieses fortschrittliche System unseres geliebten Heimatlandes", sagte Frank Kühne. „‚SERO' steht für Sekundärrohstoffe, also Altstoffe wie Zeitungspapier, Flaschen, Gläser und Ähnliches. Die Bürger des Landes bringen ihre Altstoffe zur SERO-Annahmestelle und von dort werden sie in den Wirtschaftskreislauf zurückgeführt."

„Die Leute stehen Schlange, um ihren Müll abzugeben?" Susanne sah den Theaterregisseur mit großen Augen an.

Frank Kühne schüttelte den Kopf und konnte ein Grinsen nicht unterdrücken. „Susanne, werte Kollegin, du bist wirklich eine unglaublich überzeugende Schauspielerin. Ganz große Kunst! Aber wollen wir das Theater nicht lieber auf die Bühne beschränken?"

„Welches Theater?"

„Na schön, ganz wie du meinst. Dann spielen wir einfach weiter. Besuch aus dem Mittelalter, das hat einen noch höheren Unterhaltungswert als Westbesuch", sagte Frank Kühne.

„Westbesuch. Hatten die Schulzes neulich. Die haben ihr eigenes Klopapier mitgebracht!", fügte Jule hinzu.

„Habt ihr hier kein Klopapier?", fragte Jobst.

„Doch, ist aber eher Klopappe", erwiderte Jule.

Frank Kühne bog auf einen Kiesweg. Der *Saporosch* rollte durch mehrere Schlaglöcher und Jobst hatte das Gefühl, in einer Waschmaschine zu sitzen (Schleudergang) statt in einem Auto. Nach ein paar Metern hielten sie vor einem beigefarbenen Tor. Darüber stand: *Kleingartenanlage Zur sonnigen Ruhe.*

## Dä Dätsche

Sie folgten Frank Kühne über Kieswege, vorbei an ordentlich gepflegten Hecken und Zäunen, bogen links ab, rechts, wieder rechts, wieder links. Jobst kam sich vor wie in einem Labyrinth. Wenn er hier verloren ging, würde er nicht nur in der DDR, sondern auch noch in einer Kleingartenanlage in der DDR festsitzen. Schlimmer ging's nicht.

Ein nacktes Kind schoss auf einem Roller vorbei und bog in einen Garten ein, vor dessen Laube ein geblümter Sonnenschirm aufgespannt war. Darunter saßen mehrere Männer auf Campingstühlen. Sie trugen Badehosen und dicke Bäuche. Drei Frauen saßen auf einer Hollywoodschaukel und hatten Bikinis an, aber keine Bikinifigur, was ihnen herzlich egal zu sein schien. In einer Zinkbadewanne hockte ein Kleinkind und goss mit einer Gießkanne das Bein von einem Badehosenonkel.

„Grüß Gott!", rief Susanne freundlich über den Gartenzaun.

„Mach ich, wenn ich ihn treffe", rief der begossene Badehosenonkel zurück und hob eine Bierflasche zum Gruß.

In den meisten Gärten blühten Blumen und die gepflegten Beete waren voller Gemüsepflanzen. Jobst erkannte Erbsen,

Kohlrabi, Möhren, Tomaten, Blumenkohl. In manchen Gärten gab es kleine Gewächshäuser, in manchen Gartenzwerge. In einem Garten hatte jemand in einen alten Autoreifen Stiefmütterchen gepflanzt.

„Parzelle 112“, sagte Frank Kühne und öffnete das Vorhängeschloss an einem kleinen Gartentor. Das Gartentor quietschte, als er es aufstieß. „Willkommen in der Oase des Sozialismus.“

In der Mitte des Gartens, auf einem kleinen Rasenstück, stand ein alter Apfelbaum. Entlang der Umzäunung breiteten sich Gemüsebeete aus. Jemand musste sie mit viel Liebe angelegt haben. Doch der Boden war ausgetrocknet und länger nicht geharkt worden. Nur dem Unkraut, das sich bereits hier und da auf den Beeten zeigte, schien das nichts auszumachen.

Auf dem Rasenstück rund um den Apfelbaum blühten Gänseblümchen, tupften das Gras wie fröhliche Sommerschneeflocken. Saftig gelber Löwenzahn säumte den Steinplattenweg zur Gartenlaube. Die Laube schlummerte unter einer duftenden Decke, fast zugewuchert von violetten Klematis. In Trauben hingen die Reben vom Dach und von einem hölzernen Rundbogen vor dem Laubeneingang. Nur hier und da schimmerte etwas blaue Farbe durch, mit der die Laube vor langer Zeit gestrichen worden war.

„Ein herrlicher Garten!“, sagte Susanne. „So natürlich und wild.“

Frank Kühne, der gerade die Gartenlaube aufschloss, richtete sich auf und sah sich im Garten um, als wäre er hier selber zu

Gast. „Meiner Frau würde das nicht gefallen, fürchte ich. Die ganzen Gemüsebeete, das Obst und die Beeren. Da müsste man wohl mal … nun ja. Leider ist mir Gartenarbeit zutiefst zuwider. Das Bücken, die Blasen an den Händen, der Dreck unter den Fingernägeln …"

„Wo ist deine Frau?", fragte Susanne.

„Sie arbeitet an ihrer sozialistischen Persönlichkeit." Frank Kühne trat in die Gartenlaube und breitete mit einem Lächeln auf dem Gesicht die Arme aus. „Tretet ein, hoher Krieger, der sein Herz mir ergab! Legt den purpurnen Mantel und die Goldsporen ab!"

„Ach, ich liebe diese Goethe-Zitate!" Susanne nickte wissend.

„Das war von Gottfried Keller", erwiderte Frank Kühne.

„Na ja, ich hab's nicht so mit Namen", sagte Susanne. „Aber Gesichter kann ich mir sehr gut merken."

„Hereinspaziert in unsere Datsche, die nun auch eure ist", fuhr Frank Kühne fort. „Der Komfort mag euch gering erscheinen, doch versichere ich euch, es ist alles vorhanden, was es zum Leben braucht."

Durch die beiden kleinen Fenster, vor denen traurige Gardinen hingen, drang nur wenig Licht in die Laube. Links neben der Eingangstür standen ein Herd und eine Spüle, deren Wasserhahn tropfte. Darüber hing ein Regal aus Holz mit Geschirr, Gläsern und Lebensmittelpackungen darauf. Neben der Spüle und unter dem Fenster stand eine blaue Sitzbank. Darauf lagen zwei runde Kissen, die wie Marienkäfer aussahen.

Vor der Sitzbank stand ein Tisch mit beigefarbener Wachstuchdecke, deren Muster verblichen war.

Jobst zog die Luft ein. In der Laube roch es nach verregnetem Campingurlaub.

Jule trat an einen gelb-braun-geblümten Vorhang im hinteren Teil der Datsche und zog ihn auf. Ein breites Bett kam zum Vorschein. Darüber war eine Holzdecke eingezogen, auf der allerlei Gerümpel lagerte.

„Das ist eure Koje. Man passt sogar zu dritt rein. Ist urst bequem. Nur die Mücken gehen einem auf den Senkel, die kommen von der Regentonne draußen. Ach so, und die Rattenfamilie, die unter dem Bett wohnt, hält sich nicht an die Nachtruhe."

„Jule! Was erzählst du denn da? Welch Unfug!", sagte Frank Kühne.

„Wie oft hast du hier geschlafen? Und wie oft habe ich hier geschlafen?" Jule sah ihren Vater herausfordernd an. „Na siehste!"

„Wie dem auch sei, die sanitären Anlagen befinden sich mit einem gesonderten Eingang im östlichen Nebenflügel der Datsche", fuhr Frank Kühne fort.

„Hä?", machte Jobst.

„Das Klo ist draußen", sagte Jule. „Immer dem Geruch nach."

„Solltet ihr euer geschmackvolles, aber etwas aufsehenerregendes, mittelalterliches Gewand ablegen und etwas bequemere, zeitgemäße Bekleidung anlegen wollen, könnt ihr euch hier frei bedienen.“ Frank Kühne öffnete einen alten Kleiderschrank. „Zwar sind es nur alte Wechselsachen für den Garten, aber zumindest dürften sie von der Konfektionsgröße her passen.“

Jule und ihr Vater warteten draußen, während Susanne und Jobst sich umzogen. Ein paar Minuten später traten sie aus der Gartenlaube und standen unter dem Klematis-Bogen wie auf einer Showbühne.

„Ta-taaa!“, rief Susanne. „Eben noch Mittelalter, jetzt DDR!“ Sie trug eine Hose mit Schlag, von deren tapetenähnlichem Muster einem schwindelig wurde, und einen kurzärmeligen Strickpullover.

Jobst hatte eine braune Cordhose mit Herzchenflicken auf den Knien an, die statt eines Reißverschlusses am Hosenstall Knöpfe hatte, wobei einer der Knöpfe fehlte. Das verwaschene T-Shirt reichte ihm nur knapp bis zum Hosenbund. Sobald er den Arm hob, gab es den Blick auf seinen Bauchnabel frei. Auf das rote T-Shirt war ein Teddybär gedruckt, der einen Gürtel mit einer Schnalle aus den olympischen Ringen trug. Darüber stand: *MOCKBA 1980*. Dazu trug Jobst Sandalen. Die waren zwar viel bequemer als seine mittelalterlichen Bundschuhe, sahen aber viel bescheuerter aus. Jobst hatte nicht gedacht, dass diese Steigerung noch möglich war.

„Ihr seht reizend aus. Wie schön, dass ihr etwas gefunden habt, was euch passt“, sagte Frank Kühne. „Ich würde vorschlagen, nach all der Aufregung und nach eurer langen Reise und dem erfolgreichen Einzug in die Datsche trinken wir erst mal was. Die Kinder eine Brause und wir zwei einen schönen Muckefuck, Susanne?“

„Muckefuck“, wiederholte Susanne, die nichts Gutes ahnte.

„Na, einen Kaffee. Mit viel Fantasie …“, sagte der Theaterregisseur.

## Bud Spencer im Schrebergarten

Frank und Susanne veranstalteten ein fröhliches Muckefuck-Kränzchen in der Datsche. Jule und Jobst lagen in einer Hängematte, die von der Datsche zum Ast eines Pflaumenbaums gespannt war, der über den Nachbarzaun ragte. Die Hängematte war aus einem Seilnetz geflochten, das auf Jobsts Unterarmen Abdrücke hinterließ. Die beiden hatten die Beine im Schneidersitz angezogen. Nur ihre Sohlen berührten sich. Jobst war sehr warm in den Schuhen, obwohl es Sandalen waren.

„Stimmt das mit den Ratten?", fragte Jobst.

Jule trank einen Schluck Brause. „Verrate ich, wenn du mir sagst, wo ihr herkommt."

Das Gartentor quietschte. Ein Junge, der einen Kopf größer und doppelt so breit war wie Jobst, kam auf sie zu. Er lief mit schlenkernden Armen über den Gartenweg, seine braunen Locken wippten im Takt. Als er Jobst sah, verlangsamte er seinen Schritt. Er hatte eine zusammengerollte Zeitschrift in der Hand und blieb vor Jule und Jobst stehen.

„He, Keule, mach die Biege! Das ist mein Platz!" Er gab Jobst mit der Zeitschriftenrolle einen leichten Klaps aufs Knie.

„Entschuldige." Jobst blinzelte den Jungen unschuldig durch seine Brillengläser an, blieb aber sitzen.

„Hat dir schon mal jemand mit einem Vorschlaghammer einen Scheitel gezogen?" Der Junge stellte sich breitbeinig auf.

„Nein", sagte Jobst.

„Er meint nicht, was er sagt", erklärte Jule.

„Aber Bud Spencer meint, was er sagt", sagte der Junge.

Jule verdrehte die Augen. „Letscho hält sich manchmal für Bud Spencer. Er hat alle Filme gesehen und kennt alle Sprüche."

„Bud Spencer?" Jobst sah fragend von Jule zu dem Jungen.

„Ich glaub, mein Trecker humpelt!" Der Junge fasste sich an den Kopf. „Der kennt Bud Spencer nicht! Aus welchem Sputnik bist du denn gefallen? Komm, Grünschnabel, mach mal Platz."

Jule und Jobst zogen die Beine an und Letscho quetschte sich zwischen sie in die Hängematte. Der Ast vom Pflaumenbaum ächzte. Die Hängematte wackelte und sank bedrohlich in die Tiefe.

Letscho nahm Jobst die Brauseflasche aus der Hand. „Danke, Willibald!" Er nahm einen großen Schluck und reichte Jobst die Flasche zurück.

„Ich heiße Jobst."

„Jobst wie Obst?", fragte Letscho.

„Jobst wie der heilige Jodokus", erwiderte Jobst.

„Oder der Graf von Holstein-Pinneberg", fügte Jule mit ernstem Gesicht hinzu.

„Kann man sich nicht aussuchen, seinen Namen, noch nicht mal seinen Spitznamen", sagte Letscho. „Manche heißen wie ein heiliger Graf Lokus, andere wie eingemachte Paprikatunke."

„Wenn du sie auch die ganze Zeit futterst", sagte Jule.

„Macht 'ne gute Figur." Letscho klopfte sich auf den Bauch. Der schwabbelte wie Wackelpudding. Die Sommersprossen auf Letschos Nase lachten. „Jetzt erzähl mal, du Fallobst, kommst du aus dem Tal der völlig Ahnungslosen? Ich meine, Bud Spencer nicht kennen!"

„Jobst kommt aus dem Mittelalter", sagte Jule.

Letscho sah von Jule zu Jobst. „Genau. Und ich bin Pittiplatsch, der Liebe. Vergackeiern kann ich mich selber, ihr Eimer."

Jobst räusperte sich. „Im Mittelalter haben wir nur zwei Wochen Urlaub gemacht. Wir waren auf dem Heimweg und haben hier kurz gehalten. Eigentlich komme ich aus der Zukunft. Wir haben einen Zeitreisekoffer. Man kann mit ihm in die Vergangenheit und zurück in die Gegenwart reisen, und zu verschiedenen Orten natürlich. Aber jetzt ist er sowieso verschwunden."

Letscho starrte Jobst ungläubig an. Er lehnte sich zu Jule und flüsterte: „Klapse?"

Jule zuckte mit den Schultern. „Seine Mutter erzählt genau das Gleiche."

„Dann liegt es in der Familie. Wie bei den Hartmanns, wo der Alte sich mit Straßenlaternen unterhalten hat und seine

Tochter nackt mit 'nem Kochtopp auf'm Kopp über die Leninallee gerannt ist, weißte noch? Alle weggesperrt", sagte Letscho.

„Wir sind nicht verrückt", sagte Jobst. „Es klingt nur verrückt für euch."

„Okay. Test. Wie viel ist 235 plus 151?", fragte Letscho.

„376", sagte Jobst nach drei Sekunden.

„Korrekt", sagte Letscho.

„Quatsch. 386", sagte Jule.

„Na, so ungefähr." Letscho winkte ab. „Wie heißt die Hauptstadt von Jugoslawien?"

„Jugoslawien? Ich glaube, das gibt es nicht mehr", sagte Jobst.

„Jugoslawien gibt es nicht mehr? Da wurden alle Winnetou-Filme gedreht!"

„Meinst du Kroatien? Da war ich mal. Und die Hauptstadt heißt Zagreb", sagte Jobst.

Letscho und Jule warfen sich verstörte Blicke zu.

„Jetzt mal eine Heimatkundefrage, 1. Klasse", sagte Letscho. „Wie heißt der Staatsratsvorsitzende der DDR?"

„Keine Ahnung. Wo ich herkomme, interessiert das auch keinen", sagte Jobst.

Jule und Letscho blieb der Mund offen stehen.

„Der kennt Erich Honecker UND Bud Spencer nicht." Letscho schüttelte fassungslos den Kopf. „Also, Freund Birne, von drei Fragen null richtig beantwortet. Ziemlich schlechter Schnitt, wenn du mich fragst. Sieht ganz nach Klapse aus. Und der Zauberkoffer ist auch verschwunden, so ein Pech aber auch."

„Wenn wir den finden, glaubt ihr mir dann?", fragte Jobst.

„Also ich bin aus Prinzip nicht sehr gläubig, aber wenn ich diesen Koffer sehe, vielleicht werde ich noch bekehrt", sagte Letscho.

„Wir helfen dir, den Koffer zu finden", sagte Jule.

„Echt?" Letscho sah sie verwundert an. „Auf welchem Parteitag wurde das denn ohne mich beschlossen?"

„Ist doch besser, als die ganzen Sommerferien nur rumzuschlenzen und zu warten, bis was passiert", fand Jule und sprang auf. „Also los, die Sonne geht bald unter. Worauf warten wir? Wir haben einen mächtig gewaltigen Plan."

Letscho, der in der Hängematte nach Jules Satz zur Seite gekullert war, starrte auf Jobsts Füße. Sie steckten in Jules alten Sandalen. Die große Zehe ragte einen halben Zentimeter über den Rand.

„Mit den Tretern willst du auf Koffersuche gehen? Da kommste gerade mal bis zum Gartentor. Ich leihe dir meine alten Stoffidas." Er nahm Jobst die Flasche aus der Hand und trank die Brause in einem Zug aus. „Na dann, Kofferjagd! Mal was Neues."

## Ein Drama

Am nächsten Tag saßen Jule und Jobst in der ersten Reihe des Theatersaals. Sie hatten jeder ein Brötchen in der Hand, puhlten den warmen, weichen Teig heraus und rollten ihn zu Kügelchen, bevor sie ihn in den Mund steckten, wo er herrlich matschig wurde.

Jobst hatte in der Datsche nicht gut geschlafen. Zum einen hatte seine Mutter geschnarcht, wenn auch nur leise, zum anderen hatte er den fremden Geräuschen gelauscht. Der Wasserhahn hatte getropft, Holz hatte geächzt und Blätter geraschelt. Und da waren noch all die anderen Geräusche gewesen, die Jobst nicht hatte zuordnen können.

Wie immer, wenn er nicht einschlafen konnte, hatte er an den vergangenen Tag gedacht. Morgens war er noch mit seiner Mutter im Mittelalter gewesen, nachmittags saßen sie schon in der DDR fest, und abends hatte Jobst zwei neue Freunde. Oder so etwas in der Art. Mit Freunden kannte er sich nicht so gut aus.

Jobst hatte Jule und Letscho gestern noch gezeigt, wo der Koffer verschwunden war. Der Löwenzahn an der Stelle war noch immer platt gedrückt. Letscho fand, das wäre ein Beweis ‚so dünn wie Dünnschiss'. Sie hatten die Wohngegend abgesucht, bis es dämmerte.

Am Morgen waren Frank und Jobsts Mutter gleich nach einer Tasse Muckefuck zum A & V und ins Fundbüro gefahren. Jule und Jobst hatten derweil ihr *Trink Fix* getrunken, das wie Kakao schmeckte und laut Jule nur in einem Spezialgeschäft namens *Delikat* zu kaufen und recht teuer war. Was Jule nicht davon abhielt, drei Extralöffel in die Milch zu rühren, nachdem ihr Vater und Susanne gefahren waren.

Im „Arsch und Verderben" und auch im Fundbüro hatten sie nichts von einem Koffer gewusst. Und so waren sie alle erst mal ins Theater gefahren, damit sich Susanne mit ihrer Rolle vertraut machen konnte, wie Frank Kühne sagte. Sie stand seit einer halben Stunde auf der Bühne, hielt ein Blatt mit dem Text in der Hand und fuhr sich mit der anderen Hand alle paar Sekunden durch die Haare.

„Und bitte!", sagte Frank Kühne und nickte ihr aufmunternd zu.

„Es war Nebel auf der Wiesen, der war schuld", las Susanne vom Blatt ab und machte mit dem linken Arm wallende Bewegungen, die wohl den Nebel darstellen sollten. „Der Feldhauptmann hat noch einem Regiment zugerufen, sie sollen todesmutig kämpfen, und ist zurückgeritten." An dieser Stelle stieß Jobsts Mutter die Faust in die Höhe und ritt wie ein Kindergartenkind über die Bühne, dazu wieherte sie. „In dem

Nebel hat er sich aber in der Richtung geirrt, so dass er nach vorn war und er mitten in der Schlacht eine Kugel erwischt hat." Sie hielt sich die Hand vor die Augen, stolperte über die Bühne, zuckte zusammen, fasste sich an die Brust und sank vor dem Theaterregisseur röchelnd zu Boden.

Jule starrte auf die Bühne und vergaß, ihre Brötchenteigkuller in den Mund zu stecken. Jobst sah lieber auf die blauen Stoffturnschuhe, die Letscho ihm geliehen hatte.

Frank Kühne blickte auf die röchelnde Susanne hinab, als wäre ein zerzauster Paradiesvogel aus dem Himmel gestürzt und ihm direkt vor die Füße gefallen. Er schob die Brille auf seiner Nase hoch und runzelte ratlos die Stirn.

Schließlich warf Susanne schwungvoll die Haare nach hinten, stand auf und strahlte den Regisseur an. „Wie war ich?"

„Ganz … unglaublich."

„Das heißt, ich kann die Hauptrolle wirklich spielen?" Susanne faltete die Hände und wippte vorfreudig auf den Zehenspitzen.

Frank Kühne strich sich über das Kinn. „Nun ja, *Mutter Courage* ist eigentlich keine Komödie, aber der Parteisekretär sagte nur, wir sollen unsere kulturpolitische Aufgabe ernst nehmen. Das kann man durchaus humorvoll umsetzen."

„Mein Vati muss völlig verzweifelt sein", flüsterte Jule.

Jobst nickte. „Meine Mama ist die schlechteste Schauspielerin aller Zeiten. Und unseren Koffer hat sie vor lauter Theater auch vergessen."

„Keine Sorge. Darum kümmern wir uns“, versicherte Jule.

„Worauf du einen lassen kannst!“, rief Letscho, der sich plötzlich von hinten über die Sitzreihe schwang und statt auf dem Sitz mit dem Hintern auf dem Boden landete. Er stand mit einer eleganten Drehung auf, als wäre das alles Teil einer einstudierten Turnübung, und begutachtete kurz den Riss an der Innenseite seiner Jeans, den er sich beim Sprung zugezogen hatte. „Bekommt mein Erwin mal etwas Frischluft.“

„Erwin?“, fragte Jobst.

„Frag nicht“, sagte Jule und stand auf. „Los, nichts wie raus hier, bevor deine Mutter wieder über die Bühne galoppiert.“

## Die Letscho-Bande

„Ich habe nachgedacht“, sagte Jule, als sie zehn Sekunden später vor dem Theater standen. „Jobsts Koffer kann überall und nirgends sein. Und genau da werden wir suchen!“

„Wir brauchen eine Leiter, einen Trichter, zwei Wollfussel und 100 Gramm grüne Erbsen!“ Letscho tat, als würde er an einer unsichtbaren Zigarre ziehen, und kniff die Augen zusammen.

„Mächtig gewaltig, Egon.“ Jule grinste.

„Erwin? Egon? Von wem redet ihr? Und wozu brauchen wir Wollfussel?“, fragte Jobst.

„Mein Herz! Hilfe!“ Letscho sank genauso theatralisch zusammen wie Susanne wenige Minuten zuvor auf der Bühne, nur mit etwas mehr schauspielerischem Talent. „Er kennt Egon Olsen nicht! Oh du arme, unwissende Kreatur!“

„*Die Olsenbande*. Noch nie im Fernsehen gesehen? Egon, Benny und Kjeld, die immer einen Plan haben?“, sagte Jule.

„Der immer schiefgeht“, fügte Letscho hinzu und stand wieder auf. „Anders als bei uns also.“ Er fasste an den Griff eines Handwagens, der neben dem Theatereingang stand. Der

Wagen war aus blauem Gitter, hatte Gummireifen mit roten Felgen und war bis über den Rand mit gebündeltem Altpapier gefüllt.

„Ich dachte, wir suchen den Koffer." Jule starrte auf den Handwagen.

„Und ich dachte, wir fangen beim SERO damit an. Da kann ich gleich mal etwas Altpapier in Aluchips umsetzen", sagte Letscho.

„Hauptsache, wir fangen überhaupt mal an", fand Jobst. „Ich habe gehört, je mehr Zeit nach einem Verbrechen vergeht, desto schwieriger ist es aufzuklären."

„Alles klar, Herr Kommissar", sagte Letscho.

Letscho und Jule zogen den Handwagen, Jobst lief neben ihnen auf dem Gehweg. Er trat auf eine lose Gehwegplatte und seine Stoffturnschuhe bekamen ein paar matschbraune Flecken. Am Straßenrand parkten vereinzelt Autos und ab und zu knatterte ein Trabi oder ein Moped vorbei. Nach ein paar Minuten waren sie wieder verschwunden und hinterließen graue Abgaswolken und den Geruch von Öl und Benzin.

An einer Bushaltestelle stand eine alte Frau. Sie hatte einen Luftballon in einer Hand und zu ihren Füßen lehnte ein Autoreifen. Jobst musterte sie neugierig im Vorbeigehen und wäre beinahe vor eine graue Mülltonne gelaufen, aus der es nach altem Obst und nach Asche roch.

„Augen auf im Straßenverkehr, Pionier Pflaume." Letscho zog Jobst von der Mülltonne weg.

Jobst ging langsam weiter. Obwohl sie zu dritt durch die Straßen liefen, hatte er das Gefühl, er ging allein. Er gehörte nicht dazu, nicht richtig. Wie immer, egal ob Vergangenheit oder Gegenwart, immer war er in seiner eigenen Welt. Er fragte sich, warum Jule und Letscho ihm bei der Suche nach dem Koffer helfen wollten. Aus purer Langeweile, vermutete Jobst. Und das war auch okay.

Ein Fahrradfahrer fuhr über das Kopfsteinpflaster. Auf einem Sitz zwischen seinen Beinen saß ein Kleinkind. Die Einkäufe im Korb auf dem Gepäckträger schepperten. Auf der gegenüberliegenden Straßenseite lief ein Mann. Obwohl es ein warmer Sommertag war, trug er eine beigefarbene Jacke und eine lange Hose in der gleichen Farbe. Sogar seine Haare waren beigefarben und sahen aus wie ein *Lego*-Haarteil.

Vor einem Schaufenster blieb Jobst stehen. Eine Gardine verdeckte die obere Hälfte des Fensters. Darunter hing ein Schild: *Öfters sich was Besonderes leisten.* Links und rechts neben dem Schild stand jeweils eine Pyramide aus Bohnenbüchsen. Sonst war das Schaufenster leer.

Jobst zuckte zusammen, als er hinter dem Schaufenster zwei Augen bemerkte, die ihn anstarrten. Zuerst dachte Jobst, es wäre eine Schaufensterpuppe, so reglos stand der Junge im Laden. Sein Blick war starr und unheimlich, als wollte der Junge ihn damit durchbohren. Ein paar Sekunden erwiderte Jobst den Blick, dann hielt er es nicht mehr aus und blinzelte. Jobst versuchte dem unangenehm stechenden Blick des Jungen ein

Lächeln entgegenzusetzen. Die Augen des Jungen verengten sich zu zornigen Schlitzen.

Jobst wandte sich ab und ging weiter. Dabei hatte er das Gefühl, den stechenden Blick des Jungen noch immer in seinem Nacken zu spüren.

Letscho und Jule waren weitergelaufen und hatten nicht mitbekommen, dass Jobst stehen geblieben war. Letscho wirbelte mit einem Arm, als wäre er der Dirigent einer Marschkapelle. Jule wandte ihm das Gesicht zu und lachte. Letschos Wangen glühten und seine Augen glänzten.

Jules Lachen wehte zu Jobst. Es war wie ein Erdbeben und ein Vulkanausbruch zusammen, mit Lavafunken und allem Drum und Dran. Jobst hätte sich am liebsten mit ausgebreiteten Armen in den Lavaregen gestellt. Oder noch besser: selbst so ein Lachbeben ausgelöst. Aber er kannte keine coolen Sprüche von Bud Spencer. Wahrscheinlich glaubte Jule ihm noch nicht einmal, dass er aus der Zukunft kam. Für sie war er nur irgendein Spinner.

In dem Moment drehte sich Jule zu ihm um. Sie lachte mit den Augen. Kleine Lavafunken landeten in Jobsts Bauch.

„Aufschließen, Sportsfreund!“, rief Letscho.

Jobst ging schneller, weg von dem Schaufenster mit dem seltsamen Jungen. „In dem Schaufenster da eben …“, begann er, nachdem er Jule und Letscho eingeholt hatte. Er stockte. Es reichte, wenn Jule und Letscho ihn für einen Spinner hielten. Er musste nicht auch noch wie ein Muttersöhnchen dastehen, das Angst vor einem fremden Jungen hatte, nur, weil der ihn schief angeschaut hatte.

„Schaufenster?" Jule sah Jobst fragend an. „Was ist damit?"

„Das Schaufenster … ich meine, alle Schaufenster, wieso sind die bei euch so leer?"

„Was heißt hier leer? Stehen doch jede Menge sozialistische Losungen drin", sagte Letscho. „Die schmecken zwar nicht so gut wie Westschokolade, machen dafür aber auch nicht dick."

Sie bogen um die nächste Straßenecke und blieben vor einer flachen Baracke stehen. Neben der Tür hing ein Schild: *Sekundärrohstoffe, Annahmestelle.*

Letscho stellte den Handwagen ab und nahm zwei Bündel Altpapier heraus. Jule und Jobst schnappten sich je ein weiteres Bündel.

„Sind das deine alten Schulhefte? Wieso schmeißt du die alle weg?", fragte Jule mit Blick auf das Altpapier.

„Wozu soll ich die aufheben?", fragte Letscho. „Meinst du, wenn ich mich später als staatlich geprüfter Rübenverzieher langweile, will ich noch mal ein bisschen in meinem alten Heimatkundeheft schmökern?"

„Na ja, eine Extrarunde hast du schon gedreht", sagte Jule. „Kann doch sein, du brauchst die noch mal."

„Du bist sitzen geblieben?", fragte Jobst.

„War gar nicht so einfach." Letschos Augen schimmerten, fast sah es wie Stolz aus. „Totale Totalverweigerung. Sonst schleifen die dich bis zur Zehnten mit."

„Du könntest wenigstens so tun, als würde dich das interessieren“, sagte Jule.

„Pfff, ist doch sowieso alles egal“, fand Letscho.

„Wieso?“, fragte Jobst.

„Weil hier alles seinen Gang geht.“ Letscho stieß mit den Altpapierstapeln die Tür zur Annahmestelle auf.

Die Baracke war voller Kisten mit leeren Flaschen, bis zur Decke stapelten sich Pakete aus alten Zeitungen. Es roch nach Alkohol, der Fußboden klebte und schmatzte bei jedem Schritt.

Ein Mann, dessen Haut wie zerknitterte, vergilbte Zeitung aussah, deutete mit dem Kopf auf eine große Waage. Letscho, Jule und Jobst stapelten die Altpapierbündel darauf. Der Mann warf einen Blick auf die Waage, dann kramte er in einer kleinen Metallkasse und reichte Letscho eine Handvoll Münzen.

„Wurde hier zufällig ein Koffer abgegeben?“, fragte Jule.

Der Mann schüttelte den Kopf.

„Vielleicht wird noch einer abgegeben“, sagte Jobst.

Der Mann schüttelte abermals den Kopf.

„Falls jemand einen Koffer vorbeibringt, könnten Sie im Stadttheater Bescheid sagen?“, fragte Jule.

Der Mann sah die drei Kinder ausdruckslos an.

„Es ist wirklich sehr wichtig, verstehen Sie?“, sagte Jobst.

Der Mann drehte sich um und hob die Altpapierbündel von der Waage.

„SERO-Fisch. Der sagt nie was“, erklärte Letscho, als sie wieder vor der Annahmestelle standen.

„Kein Koffer. Und jetzt? Gehen wir zur Polizei?“, fragte Jobst.

„Zur Polizei? Bist du noch ganz knusper?“ Letscho ließ die Münzen in seiner Hand klimpern.

Ein paar sahen aus wie Spielzeuggeld aus Jobsts Kaufmannskasse, mit der er als kleiner Junge gespielt hatte.

„Jetzt bring ich schnell den Handwagen zurück in unsere Garage und dann gehen wir erst mal gepflegt einkaufen.“

## Cousin vom Mond

Der Laden war kaum größer als ein Wohnzimmer und nannte sich *Konsum*. In den Regalen standen Büchsen und Gläser, Tüten und Tuben. Die Etiketten waren ausgeblichen, auf manchen Produkten klebte nur ein weißer Zettel mit einfarbigem schwarzem Aufdruck. Jobst begutachtete ein Glas, in dem sich Spaghetti in Tomatensoße kringelten. Es sah aus wie durchgekaute Gehirnmasse. Er griff nach einer Packung *Tempobohnen*. Wahrscheinlich machten die ordentlich Tempo im Hintern.

Jobst stellte die *Tempobohnen* zurück, bog in die nächste Reihe ein und blieb mit einem Schlag stehen, als wäre er vor eine Betonwand gelaufen. Vor ihm stand ein Junge. Breitbeinig, mitten auf dem Gang, sah er Jobst an. Jobst erkannte die Augen sofort. Sie starrten noch eindringlicher als vorhin durch die Schaufensterscheibe. Der Junge war ungefähr so alt wie Jobst. Der Schnürsenkel an seinem linken Schuh war auf. Seine Knie waren voller Schorf. Seine Hände waren zu Fäusten geballt.

Dieses Mal lächelte Jobst nicht.

Der Junge regte sich nicht. Doch sein Blick machte Karate mit Jobst.

„Ich flipp aus!“, rief Letscho aus der Gemüseecke. „Die haben Letscho!“

Jobst machte auf dem Absatz kehrt und lief zum Gemüse, als hätte Letscho nach ihm gerufen. Letscho hielt ein Glas eingelegte Paprika in die Höhe und drückte es dann an seine Brust.

Jobst zupfte Letscho am T-Shirt und flüsterte: „Letscho, da drüben in der Reihe steht einer.“

„’n Koffer?“

Jobst schüttelte den Kopf und schob Letscho in die Reihe, in der er den Jungen gesehen hatte. Letscho musterte die Regale und sah Jobst fragend an. Jobst starrte den Gang entlang. Die Reihe war leer. Der Junge war verschwunden.

„Da war eben noch …“, begann Jobst.

„Brausepulver?“, rief Jule, trat vom anderen Ende in die Reihe und hielt drei kleine Tüten in die Höhe.

„Was denn nun?“, fragte Letscho Jobst.

„Ach, egal.“

Letscho zuckte mit den Schultern und ging zur Kasse. „Einen Koffer haben Sie nicht zufällig?“, fragte Letscho die Verkäuferin, nachdem er das Brausepulver und die eingelegte Paprika bezahlt hatte.

„’nen Goffer? Nee, meen Guder, tud mir leid. Hier lässt zwar ab und zu mal eener eenen Goffer stehn …“, die Verkäuferin gluckste und ihr ganzer runder, glücklicher Körper samt Dauerwelle wackelte.

„Es hat jemand einen Koffer stehen gelassen?" Jobst sah die Verkäuferin mit großen Augen an. „Einen alten braunen aus Leder?"

„Alt und braun, das kommt hinne." Die Verkäuferin gluckste abermals. „Aber nisch aus Leder, aus Luft, meen Guder."

„Sie meint, jemand hat gefurzt", flüsterte Jule dem verwirrten Jobst zu und zog ihn aus dem Laden.

Genau wie Jule und Letscho es getan hatten, riss Jobst das Brausepulvertütchen auf, leckte den Zeigefinger an und steckte ihn in die Tüte. Als die Tütchen leer waren, waren ihre Finger und Zungen gelb.

Sie folgten der Straße einen kleinen Hügel hinauf. Jobst sah sich ein paar Mal um. Aber der Junge aus dem *Konsum* war verschwunden. Das ungute Gefühl nicht.

Auf der Kuppe stand ein großes, altes Haus, dessen Putz einmal weiß gewesen war. Über dem Eingang hing ein Schild: *PIONIERHAUS Juri Gagarin.* Davor hatten sich ein paar Kinder versammelt.

„Die Pioniere haben heute Ausgang", sagte Letscho.

„Was sind das für Pioniere?" Jobst kannte vor allem die Pioniere, die in Amerika den Wilden Westen erobert hatten. Von diesen Pionieren hier hatte er bisher nur mitbekommen, dass sie eine schwache Blase hatten und gerne Altstoffe sammelten.

„Na, Pioniere eben. Da machen alle ab der ersten Klasse mit", erklärte Jule. „Als Jungpionier, das sind die Kleineren, bekommt man ein blaues Halstuch und als Thälmannpionier dann ein rotes und natürlich die weiße Pionierbluse. Und man muss den Pionierknoten lernen …“

„… und sich an die Gebote der Pioniere halten.“ Letscho stellte sich auf wie ein General und zitierte: *„Wir Thälmannpioniere lieben unser sozialistisches Vaterland, die Deutsche Demokratische Republik! Wir Thälmannpioniere lieben die Wahrheit, sind zuverlässig und einander Freund. Wir T…“*

„Hör auf. Das will keiner hören“, sagte Jule und ging weiter.

„Orr Mann, da kann ich einmal was auswendig aus der Schule“, schmollte Letscho.

„Letscho musste einen Nachmittag lang die Gebote abschreiben, weil er mehrmals beim Pioniernachmittag gefehlt hat“, erklärte Jule.

„Und diese Uniform, die haben die Pioniere immer an?“

„Quatsch! Nur, wenn man muss. Zu irgendwelchen besonderen Anlässen“, sagte Jule.

„Und selbst dann kann man sie noch zu Hause vergessen“, fügte Letscho hinzu.

Mittlerweile waren sie am Pionierhaus angekommen. Ein Mädchen in einem karierten Kleid und mit einer seltsamen Frisur trat auf sie zu.

„War ja klar, der Kürbis“, flüsterte Letscho.

„Hallo, Jule, hallo, Torsten“, begrüßte sie das Mädchen.

„Seid bereit, immer breit!“, rief Letscho, hob die Hand an die Schläfe und salutierte.

„Trifft bei dir ja voll zu", erwiderte das Mädchen, dessen rotblonde Locken sich wie ein riesiger Helm um den Kopf bauschten, und warf einen hämischen Blick auf Letschos Bauch.

„Hallo, Patrizia", sagte Jule. „Was gibt's Tolles im Pionierhaus? Eierlaufen und Sackhüpfen?"

„Ich weiß gar nicht, was du hast. Ferienspiele sind prima. Und meine Eltern müssen sich keine Sorgen machen, was ich tagsüber treibe."

„Mein Vater würde sich Sorgen machen, *wenn* ich in die Ferienspiele gehe", murmelte Jule.

„Außerdem ist das mit dem Eierlaufen und Sackhüpfen alter Käse. Morgen machen wir eine richtige Exkursion in den *VEB Lederwaren.*" Patrizia wippte auf den Zehenspitzen. Ihr Haarhelm saß steif wie Beton.

Jobst fragte sich, warum dieses Mädchen nur so eine grauenhafte Frisur hatte. Sonst sah sie eigentlich ganz nett aus. Sie hatte einen rosa Herzchenmund, eine spitze Nase und hellgraue Augen, mit denen sie wie ein verängstigtes Kaninchen guckte.

„Im Lederwarenbetrieb waren wir doch schon zigmal bei unserer Patenbrigade", sagte Jule.

Jobst nutzte die Pause, in der Patrizia ihren Herzchenmund zu einer Schnute verzog und Jule verächtlich ansah, und räusperte sich. „Wenn du so eine Pionierin bist, dann sammelst du doch immer alte Sachen. Hast du dabei vielleicht einen Koffer gefunden?"

Patrizias Herzchenschnute wurde noch breiter. „Ich bin Pionier, Pionierin gibt's gar nicht. Und Pioniere sammeln doch nicht ständig Altstoffe! Wer bist *du* denn?"

„Jobst." Jobst nickte vorsichtig. Er war sich nicht sicher, wie ein Pionier zu grüßen war.

Patrizia musterte Jobst von den feinen hellbraunen Haaren, über Jules Pulli, bis zu Letschos alten Stoffturnschuhen. „Seid ihr irgendwie verwandt?"

„Genau", sagte Jule schnell, bevor Jobst den Kopf schütteln konnte. „Jobst ist mein Cousin. Aus dem hintersten Kaff im tiefsten Tal der Sächsischen Schweiz."

„Tal der Ahnungslosen", fügte Letscho hinzu. „Und Jobst ist der ahnungsloseste Ahnungslose, den es dort gibt."

„Und wieso sächselt er dann nicht?", fragte Patrizia.

„Und wieso hast du einen Helm auf, wenn du gar nicht Motorrad fährst?", erwiderte Letscho.

Patrizia wurde rot und ihre Kaninchenaugen hoppelten. „Du bist gemein, du … du … Plattfuß am Nil!"

„Danke für das Kompliment." Letscho verbeugte sich lachend, öffnete das Glas Letscho, fischte sich ein Stück Paprika heraus und ließ es genüsslich in seinen Mund flutschen.

Patrizia streckte ihm gerade die Zunge raus, als ein Junge aus dem Pionierhaus trat und sich zu ihr stellte.

„Gibt's Ärger, Trizi?"

Der Junge war mindestens fünf oder sechs Jahre älter als sie. Seine krausen blonden Haare waren zu einer Igelfrisur gestylt und erinnerten Jobst an eine Pusteblume. Auf seiner Oberlippe lag ein erster Flaum. Er trug ein dunkelblaues Hemd, das am rechten Arm einen gelben Aufnäher hatte. Seine Sommerhose hatte Bügelfalten.

„Das ist Ingo, *mein* Cousin", sagte Patrizia zu Jobst. Sie lehnte sich an Ingo, als wäre er der Sheriff der Kleinstadt.

„Hallo." Jobsts erster Gedanke war, dass schlechte Frisuren offenbar in der Familie lagen. Jobsts zweiter Gedanke, dass er in Anbetracht der angespannten Situation lieber etwas Nettes sagen sollte.

Er deutete auf den Aufnäher an Ingos Hemd. „Die Marke kenne ich nicht. Aber echt ein cooles Hemd."

Ingo schielte kurz auf den Aufnäher, dann sah er Jobst misstrauisch an. „Das ist kein Markenzeichen, sondern das Zeichen der Freien Deutschen Jugend, du Kasper. Und was heißt ‚kuhl'? Kommst du vom Mond, oder was?"

„Du hast es erfasst", warf Letscho ein. „Genau wie Genosse Juri Gagarin schwebte Jobst aus fernen Welten zu uns."

„Hab ich von Bockwurst gesprochen, dass du deinen Senf dazugeben musst?" Ingo starrte Letscho grimmig an.

„Senf nicht, aber Letscho", erwiderte Letscho, fischte sich ein weiteres Paprikastück aus dem Glas und steckte es sich in den grinsenden Mund.

„Die kleine dicke Schlabberbacke hier wird doch nicht frech werden." Ingo kniff Letscho mit Daumen und Zeigefinger fest in die Wange.

In dem Moment fuhr ein Radfahrer an ihnen vorbei, Jule machte einen (übertriebenen und nicht ganz unbeabsichtigten) Satz zur Seite, stieß Letscho an, dessen Oberkörper nach vorne ruckte, wobei aus dem Glas in seiner Hand ein herrlich fetter Schwall Tomatentunke auf Patrizia und Ingo flotschte.

„Mein Kleid! Das ist aus dem *Exquisit*!“, kreischte Patrizia.

„Hast du sie noch alle?!“, schrie Ingo, dessen Gesicht, Hemd und Hose voller roter Punkte war, und holte mit der flachen Hand aus.

Letscho, Jule und Jobst gingen blitzschnell der Reihe nach wie die Röhrchen einer Panflöte in Deckung. Ingos Hand zischte durch die Luft, verfehlte Letscho, Jule und Jobst und landete mit einem lauten Klatsch in Patrizias Gesicht.

Patrizia schrie auf.

Ingo machte: „Äh.“

„Wenn's am schönsten ist, soll man gehen.“ Letscho schraubte mit einer zackigen Bewegung den Deckel auf sein Letschoglas. „Tschüssikowski!“ Er wirbelte herum und stürmte davon.

Jule schnappte sich Jobsts Hand, zog ihn mit sich und sprintete Letscho hinterher.

Jules Hand war warm und weich und klebte ein wenig, und während Jobst das dachte, liefen seine Beine wie von selber. Zunächst bekam er gar nicht mit, dass Ingo und Patrizia die Verfolgung aufgenommen hatten. Doch dann hörte Jobst ihre Schritte auf dem Gehweg hinter ihnen, trommelnd wie Kanonenkugeln.

„Wir kriegen euch, ihr Chaoten!“, rief Ingo.

Er klang leider gar nicht außer Atem, stellte Jobst fest.

Letscho rannte zielstrebig auf eine Häuserreihe zu. Die Altbauten sahen grau, verwahrlost und unbewohnt aus, einige waren zerfallen. Er riss die nächstbeste Haustür weit auf und verschwand, ohne sich umzusehen, im Haus. Die Tür schlug hinter ihm zu.

Jule beschleunigte ihre Schritte, sie zerrte an Jobsts Hand. „Mach mal Tempo, sonst haben die uns gleich!", keuchte sie und stürmte auf den Hauseingang zu. Sie riss die Tür auf, zog Jobst in den dunklen Hausflur und drei Stufen zum ersten Absatz hinauf.

„Ihr Schnecken, gebt auf!", rief Ingo.

Jobst zwickte es im Magen, als er hörte, wie nah Ingo und Patrizia schon waren. Hektisch sah er sich nach ihnen um. Schon tauchte Ingos Pusteblumenkopf in der Haustür auf. Die beiden waren nur noch zwei, höchstens drei Schritte entfernt. Da passierte es. Plötzlich, das Gesicht noch nach hinten gewandt, stolperte Jobst. Er verlor das Gleichgewicht, er verlor Jule. Mit ganzer Wucht krachte er auf den Treppenabsatz. Unter seiner Hand spürte er nur noch die kalte, harte Steinplatte.

Jule rannte weiter. Sie sprang die drei Stufen auf der anderen Seite des Absatzes mit einem Satz hinunter, riss die Hintertür auf und rannte davon, ohne sich nach Jobst umzudrehen. Jobsts Knie schmerzten, seine Hände und sein Herz.

Bevor Jobst sich aufrappeln konnte, waren Ingo und Patrizia bei ihm.

„Ist der kleine Mann vom Mond abgestürzt, was?“ Ingo nahm Jobst in den Schwitzkasten und rieb seine Faust so heftig auf Jobsts Scheitel, dass dessen Haare zu Berge standen und die Brille zu Boden fiel.

„Haben sich deine *Dick-und-Doof*-Freunde einfach aus dem Staub gemacht, wie gemein“, flötete Patrizia und grinste von oben auf Jobst herab. „An deiner Stelle würde ich mir andere Freunde suchen.“

Jobst rauschte das Blut in den Ohren. Er schielte zur Hintertür. Wahrscheinlich waren Jule und Letscho längst über den Hinterhof verschwunden. Wahrscheinlich saßen sie in irgendeinem Hauseingang und futterten Letscho. Wahrscheinlich waren sie froh, dass sie Jobst los waren. Diesen Spinner aus dem Mittelalter. Und wahrscheinlich, nein, sicher, waren sie auch nicht seine Freunde. Nie gewesen.

## Im Schwitzkasten

„Jetzt erzählst du uns mal schön, wo du herkommst." Ingo schloss den Arm noch fester um Jobsts Hals.

Jobst verzog das Gesicht. Ingos Atem roch nach saurer Milch. Sein blaues Hemd hatte dunkle Flecken unter den Achseln.

„Jetzt mach schon. Meinst du, uns macht das Spaß?" Patrizia, zu deren Füßen Jobsts Brille gelandet war, hob einen Fuß, als wollte sie auf die Brille treten.

„Und bloß keine Kinkerlitzchen. Wir wollen die Wahrheit hören", zischte Ingo.

Jobst überlegte fieberhaft. Er wusste, dass die Wahrheit zu viel für Ingo und Patrizia war. Würde er ihnen sagen, dass er aus dem Mittelalter kam und sich auf der Heimreise in die Zukunft befand, würde Ingo ihm mit der Faust über den Kopf reiben, bis Jobst eine Frisur wie Patrizia hatte.

„Ich bin nur zu Besuch hier", sagte er schließlich.

„Das wissen wir schon." Patrizia senkte den Fuß ein wenig. „Woher du kommst, wollen wir wissen."

„Aus München." Das war sogar die Wahrheit. Er wohnte in München, allerdings in einer anderen Zeit.

„Du bist von drüben?" Patrizia sah ihn an, als wäre er ein faszinierendes, gefährliches Tier.

Ingo ließ Jobst aus dem Schwitzkasten und stellte sich breitbeinig neben Patrizia. „Du kommst aus dem Westen? Dafür siehst du aber ganz schön scheiße aus."

„Ein Klassenfeind", hauchte Patrizia.

„Ich bin kein Feind. Von keiner einzigen Klasse", sagte Jobst. Vielleicht hätte er doch sagen sollen, dass er aus dem Mittelalter kam.

„Stimmt das, dass ihr im Westen rosarotes Klopapier habt?", fragte Patrizia.

Jobst zuckte mit den Schultern. „Rosa, gelb, bedruckt mit Blümchen … gibt es alles. Nur braun nicht. Glaube ich zumindest."

„Und diese Schuhputzdinger für unterwegs, funktioniert das wirklich?" Patrizias Augen glänzten wie Hochglanzschuhcreme.

„Keine Ahnung. Kann schon sein. Wieso, ist das jetzt wichtig?", fragte Jobst.

„Mensch, Trizi, das ist doch alles nur Reklame und Volksverblödung." Ingo winkte ab. „Die BRD-Bürger glauben diesen ganzen Quatsch. Wie diese eine Schnitte, die angeblich nur aus guten Zutaten wie Kakao, Butter, Eiern, Milch und Mehl gemacht ist. Ich habe versucht, das nachzubacken, das funktioniert überhaupt nicht. Diese ganzen Produkte, das sind die reinsten Drogen und machen abhängig! Kaufst du eins, wollen sie dir weismachen, du brauchst noch dieses und jenes andere Produkt dazu. Total üble Tricks. Es wird Zeit, dass euch mal jemand die Augen öffnet da drüben."

Jobst blinzelte. „Okay. Danke."

„Wieso kennst du überhaupt diese Werbung?" Patrizia sah ihren Cousin erstaunt an. „Guckt ihr etwa Westfernsehen?"

„Nein! Das hatten wir in der Schule … ähm, in Staatsbürgerkunde. Über die Aggressivität des imperialistischen Monopols."

Während sich Patrizia und Ingo über Schuhcreme, süße Schnitten und Werbung unterhielten, hatte Jobst unbemerkt seine Brille eingesteckt und kroch auf dem Treppenabsatz ein Stück Richtung Hintertür.

„HALT!", rief Ingo. „Wo willst du hin?"

„Ich dachte, ihr braucht mich nicht mehr, wo ihr euch so gut unterhaltet …"

„Moment, Freund Blase, wir sind noch nicht fertig", sagte Ingo. „Ich hätte da noch ein paar …"

Was immer Ingo hatte – womöglich weitere Ratschläge oder Fragen zur Herstellung von Süßwaren –, Jobst würde es nie erfahren. Denn in dem Moment schoss von oben etwas auf sie herab, verfehlte Ingo nur knapp und landete mit einem Klirren, Scheppern und Klatschen genau zwischen ihm und seiner Cousine. Es war ein Glas Letscho. Gewesen.

„HAST DU SIE NOCH ALLE?", brüllte Ingo und stürmte die Treppe hoch.

Patrizia zog sich ein Stück Paprika aus dem Kürbishelm, klatsche es auf den Boden und folgte ihrem Cousin.

Jobst rappelte sich auf und strauchelte auf die Hintertür zu, die sich genau in dem Moment öffnete. Jules Augen funkelten wildfeengrün. Jobst überkam eine heiße Welle der Erleichterung, vielleicht war es auch Glück oder etwas noch Größeres. Es fühlte sich unsagbar groß an.

Jule packte Jobst am Ärmel und zog ihn nach draußen. „Da rüber!", rief sie und rannte quer über den Innenhof.

Dieses Mal sah Jobst sich nicht um. Ohne Brille hätte er ohnehin keine Details erkannt. Er folgte Jule, die unglaublich schnell und geschickt über zugewucherte Blumenbeete lief, an verrosteten Wäschestangen und eingefallenen Schuppen vorbei, über Schutthaufen kletterte, über einen kniehohen Zaun sprang und schließlich in den Hintereingang eines Hauses rannte, das keine Tür mehr hatte und eher eine Ruine war.

„Runter. In den Keller!", keuchte Jule.

Sie trommelten ein paar Treppenstufen hinab und bogen scharf links ab in das erste Kellerabteil. Dunkelgraues Licht und fauler Geruch erfüllten den Raum. Auf dem Steinboden lagen vermodertes Holz und Scherben, in den Ecken Müll.

Jule lehnte sich an die bröckelnde Wand, holte tief Luft und blies sich ein paar Stirnfransen aus dem Gesicht.

Jobst blieb mitten im kleinen Kellerraum stehen, stützte die Hände auf die Knie und schnaufte. Seine Beine zitterten.

Jule sah zu Jobst. In ihren Augen glänzte Abenteuer. „Das war knapp." Sie stieß sich von der Wand ab, trat unter das kleine Kellerfenster, stellte sich auf eine alte Holzkiste und spähte hinaus.

Jobst richtete sich auf, zog seine Brille hervor und putzte sie so lange an seinem T-Shirt, bis sich seine Hände nicht mehr wie nervöse Spinnen anfühlten. Er setzte die Brille auf und stellte sich neben Jule. „Kommen sie?"

„Ja. Aber keine Angst. Die haben keine Ahnung, wo wir sind. Und hier trauen die sich nicht rein."

„Wieso nicht?"

„Weil in der Häuserreihe schon mal eine Decke eingestürzt ist und jemanden begraben hat."

„Aha …" Jobst schielte hoch zur Decke und ging langsam ein paar Schritte rückwärts Richtung Kellerausgang.

Plötzlich polterten Schritte auf der Kellertreppe und im nächsten Moment stürmte jemand in den Kellerraum. Jobst fuhr herum.

„Ist das Asthma oder Leidenschaft?", keuchte Letscho und stieß fast mit Jobst zusammen.

„Du warst doch eben noch oben in dem Haus da drüben. Wie hast du das gemacht?" Jobst sah Letscho bewundernd an.

Letscho war ein Superheld, wie in Jobsts Comics. Er war Letscho-Män. Unauffällig und gut getarnt, und dabei schnell, mutig und …

„Genau wie Bud Spencer es gemacht hätte." Letscho steckte die Daumen in die Gürtelschlaufen seiner Jeans und wippte in den Knien.

Vielleicht war er auch einfach nur total irre, dachte Jobst.

„Hier im Schwarzviertel gibt es ganz viele zerfallene Mauern, Löcher in den Decken, Durchbrüche und all so was", sagte Jule.

„Und wir kennen sie alle. Ist quasi unser Spielplatz." Letscho sank auf einen umgedrehten, verrosteten Eimer und wischte sich den Schweiß von der Stirn und den Nasenflügeln. „*Wir Thälmannpioniere halten unseren Körper sauber und gesund und treiben regelmäßig Sport.* Und, schon wieder ein Gebot erfüllt für heute! Wobei Körper sauber halten und Sport treiben sich total widersprechen. Meint ihr nicht?"

Jule hob ein altes Wellblech auf, stellte sich vor Letscho und wedelte ihm Luft zu. „Besser?"

Letscho schloss die Augen und lächelte. „Wüstenwind wie in *Tausendundeine Nacht.*"

Jobst räusperte sich. „Danke." Das nackte Wort kleckste wie eine Murmel auf den Steinboden.

Letscho öffnete die Augen. Jule hörte auf zu wedeln. Sie sahen Jobst fragend an.

„Na, dass ihr zurückgekommen seid und mir geholfen habt. Ich meine, ihr kennt mich ja kaum und so … Ich weiß nicht, ob ich das riskiert hätte."

„Klar hättest du." Jule sah Jobst ernst an.

Jobst blinzelte. Wie konnte Jule da so sicher sein, wenn er es selbst nicht wusste? Wieso war bei ihr alles so klar und einfach? Oder war es wirklich ganz einfach?

„Lass stecken." Letscho winkte ab. „Du schuldest mir ein Glas Letscho, Zwetschge."

„Außerdem war es unsere Schuld", sagte Jule. „Und deinen Koffer haben wir immer noch nicht gefunden."

Jobst stöhnte. „Verdammt, der Koffer!"

## Feierabend-Joghurt

Susanne stieß mit dem Knie das kleine Gartentor auf und marschierte über den Steinplattenweg auf die Gartenlaube zu. Die Löwenzähne schwenkten in ihrem Luftzug die Köpfe.

Jobst schloss das Gartentor, es quietschte leise, und folgte seiner Mutter. Doch nach ein paar Schritten blieb er stehen. „Guck mal, die Blumen!“

Es waren Gladiolen, zwei gelbe und eine rote, die neben dem Gartenpfad am Zaun wuchsen.

„Heute Morgen waren die noch nicht umgeknickt.“

Seine Mutter blieb stehen und drehte sich um. „Vielleicht der Wind“, sagte sie und ging weiter zur Gartenlaube.

„Wind? Heute war kein Wind“, murmelte Jobst zu sich selbst. Er ging in die Hocke, pflückte die drei geknickten Gladiolen und legte sie in seinen Arm.

Susanne zog und rüttelte bereits an der Tür der Gartenlaube. „Was ist denn …?!“ Sie stellte den Einkaufsbeutel ab, drehte den Schlüssel zum zweiten Mal im Schloss und riss die Tür auf. Nachdenklich betrachtete sie das Schloss. „Aber ich habe heute Morgen doch nur einmal abgeschlossen.“

„Muss Frank gewesen sein.“ Jobst betrat nach seiner Mutter die Laube, legte die Gladiolen ab und suchte nach einer Vase.

„Frank? Nein. Der war den ganzen Tag bei mir. Also, wir mussten ja schließlich jede Menge arbeiten. Vielleicht war seine Tochter hier.“ Susanne packte die Einkäufe auf den Tisch.

„Jule? Nein. *Wir* mussten schließlich den ganzen Tag den Koffer suchen.“ Jobst stellte die Gladiolen in eine leere Krautgulaschbüchse, nahm sich eine Flasche Joghurt, die seine Mutter ihm mitgebracht hatte, und setzte sich draußen unter den Klematis-Rundbogen vor die Laube.

Die Sonne hing tief und wie ein leuchtender, überreifer Pfirsich über der Kleingartenanlage. Insekten tanzten im honiggelben Licht, als wäre für sie jeder Sommerabend ein Fest. Aus einem Nachbargarten dudelte Schlagermusik mit Sahne herüber. Irgendwo plätscherte Wasser aus einer Gießkanne und floppten Badelatschen über Steinplatten.

„Was für ein Tag!“ Susanne rauschte aus der Datsche, wedelte sich mit einem Heft Luft zu und setzte sich neben Jobst. „Und noch ist er nicht vorbei. Bis morgen muss ich den Text der ersten Szene auswendig können! Auswendig lernen, das konnte ich doch noch nie gut. Ich bin eher so der Improvisationstyp.“

„Ich dachte der Explosionstyp.“ Jobst versuchte, den Joghurt aus der Flasche in seinen Mund zu schütten, doch der war eine feste blassrosa Masse, die jede Mitarbeit verweigerte.

„Aber auf der Bühne zu stehen, das ist schon toll. Ich hätte ja nie gedacht, dass in mir ein Schauspieltalent schlummert!“

„Schlummernde Talente soll man nicht wecken." Jobst versuchte mit dem Zeigefinger an den Joghurt zu kommen, doch der Finger war zu kurz.

„Und Frank ist so ein toller Regisseur. Er hat mich gleich dem halben Team … also, dem Kollektiv, vorgestellt. Alles ganz interessante Leute. Wir waren zusammen essen, in einer Kantine. Die Küchenfrau war so übertrieben unhöflich, die war bestimmt auch eine Schauspielerin. Das Kantinenessen war allerdings ein echtes Drama. Die panieren hier Wurstscheiben."

Jobst holte sich einen Löffel, um an den Joghurt zu kommen. Doch der Löffel war zu breit für den Flaschenhals.

„Und dann bin ich gleich mal mit meinem ersten Gehalt – Hast du schon gesehen, das Geld sieht hier aus wie aus dem Spielzeugladen? Putzig! – in den Supermarkt. Also, ‚Kaufhalle', nennt man es hier. Übersichtliches Angebot, aber interessant. Alles wirkt so … naturbelassen. Aber der Service! Als ich mich über die verschrumpelten Kartoffeln beschwerte, meinte die Verkäuferin nur, ich könnte ja selber zum Ernteeinsatz fahren."

Jobst hielt die Joghurtflasche kopfüber. Nichts passierte. „Schön, dass du einen so aufregenden Tag hattest. Also, ich habe den ganzen Tag unseren Koffer gesucht. *Unseren* Koffer, der dir *unheimlich* wichtig ist."

„Koffer?" Susanne öffnete eine Packung *Weizenkeim-Brot aus Kuhschnappel*, biss von einer Scheibe ab und kaute wie eine Kuh.

„Ja, Koffer. Braun, rechteckig, Zahlenschloss. Ich glaube, erst gestern bist du noch nach dem Koffer schreiend durch die Stadt gelaufen.“

„Ach, *der* Koffer. Und, habt ihr eine Spur?“ Susanne kaute und starrte stirnrunzelnd vor sich hin.

Jobst seufzte. Dann erzählte er seiner Mutter, dass er mit Jule und Letscho beim SERO gewesen war, im *Konsum*, beim Haus der Pioniere und im zerfallenen Schwarzviertel. Natürlich nur eine sehr kurze Kurzfassung.

Von Pionier Patrizia, Ingo-Pusteblume und der Letscho-Bombe erzählte er seiner Mutter nichts. Von dem seltsamen Jungen im *Konsum* auch nicht. Nicht, dass Jobst ihn vergessen hätte. Aber das hatte schließlich nichts mit ihrem Koffer zu tun.

„Und dann wollte Letscho unbedingt noch in diesen *Intershop*. Er meinte, da gibt es einfach alles, also warum nicht auch unseren Koffer. Aber ich glaube, das war nur ein Vorwand. Das war ein ganz normaler, kleiner, vollgestopfter Laden. Letscho und Jule taten so, als wären sie in die Geschenkekammer vom Weihnachtsmann geraten. Ständig atmeten sie tief ein und meinten, es würde wahnsinnig toll riechen. Dabei roch es wie in unserer Waschküche. Ewig haben sie alles angeschaut, aber gekauft haben sie dann doch nichts.“

Susanne kaute, schluckte und nickte. „*Intershop*. Schon mal gehört. Da können DDR-Leute Sachen aus dem Westen kaufen. Das heißt, wenn sie Westgeld haben.“

„Zum Schluss waren wir noch bei Letscho, also nicht in der Wohnung. Er meinte, seine Eltern hätten nicht gerne Fremde zu Hause. Wir waren nur in dem Wohngebiet. Lauter Blöcke, die alle gleich aussehen. Ich würde mich da ständig verlaufen. Und Jule meinte, die Wohnungen würden innen auch alle gleich aussehen, was praktisch wäre, weil man immer gleich weiß, wo das Klo ist."

„Ich war vorhin noch bei Frank zu Hause. Eine traumhafte Altbauwohnung. Was die in München in so zentraler Lage wert wäre! Müsste allerdings mal saniert werden. Warum lassen die das nur so verkommen? Na ja, und das Klo", Susanne trank einen Schluck Selterswasser aus der Flasche, „ist 'ne halbe Treppe tiefer im Treppenhaus. Stell dir vor, im Winter, nachts, du musst mal ganz dringend, hast vielleicht Magen-Darm-Alarm …"

„Mama, ich versuche hier zu essen." Jobst hielt die Joghurtflasche noch immer kopfüber und schüttelte vorsichtig.

Der Joghurt verharrte in blassrosa Starre. Langsam fragte sich Jobst, ob wirklich Joghurt in der Flasche war und nicht rosa Knetmasse.

„Und der Koffer?"

„Hm?"

„Ist der dir jetzt auf einmal egal, oder was?" Jobst schüttelte die Joghurtflasche etwas kräftiger.

„Nein! Natürlich nicht. Ich … hatte eben nur auch anderes zu tun. Der Koffer wird schon wieder auftauchen."

„Gestern hast du so laut nach dem Koffer geschrien, dass dich beinahe die Polizei verhaftet hätte", rief Jobst und rüttelte kräftig, sehr kräftig, an der Kopfüber-Joghurtflasche. „Und heute hast du anscheinend keine Sekunde an ihn gedacht. DAS!" – *schüttel* – „IST!" – *schüttel* – „DOCH ...!" Der Joghurt löste sich mit einem *Plopp*, rutschte mit Schwung aus der Flasche und klatschte mit einem *Flotsch* mitten in Jobsts Gesicht. „SCHEISSE!"

„Nein, Joghurt." Susanne presste die Lippen aufeinander, aber ihr Glucksen trompetete aus der Nase.

„Ha. Ha. Ha", machte Jobst.

Mit einem Scheibenwischer-Finger schob Susanne ihrem Sohn den rosa Brei von der Brille. Sie probierte den Joghurt, schnalzte mit der Zunge und runzelte die Stirn. „Interessant."

Jobst schleckte sich mit der Zunge den Joghurt um den Mund ab. Er befand, dass es nicht sonderlich schade darum war, und verschwand in der Gartenlaube. Kurz darauf kehrte er mit sauberem, aber noch immer leicht gerötetem Gesicht zurück. Er hatte eine *Schlager-Süßtafel* aus dem Einkaufsbeutel gefischt und schob sich ein Stück davon in den Mund.

Susanne streckte die Beine aus, lehnte sich an die Gartenlaube und verschränkte die Hände hinter dem Kopf. „Ist es nicht herrlich hier?"

Jobst zerkrümelte etwas von der schokoähnlichen Masse zwischen den Fingern und fütterte die Ameisen. „Gestern wolltest du so schnell wie möglich wieder weg."

„Na ja, einiges ist hier auch gewöhnungsbedürftig. Das heißt, an einiges möchte ich mich nie gewöhnen müssen. Aber es ist aufregend anders. Und das ist doch das Wunderbare am Leben: Man kann planen, so viel man will – doch das Leben lebt, Jobst. Es lässt sich nicht planen. Nach Plan würden wir jetzt zu Hause auf der Couch sitzen, beziehungsweise würdest du dich mit Comics, Hörspielen und Tablet in deinem Zimmer verbunkern. Stattdessen hat uns der Zwischenstopp direkt in ein aufregendes Abenteuer geführt!"

„Falsch. Du würdest nicht auf der Couch sitzen, sondern stundenlang telefonieren und dabei in der Küche etwas anbrennen lassen, dass die Nachbarn wieder die Feuerwehr rufen. Abenteuer genug, wenn du mich fragst."

Susanne pirschte sich rutschend an Jobst heran, legte den Arm um ihn und drückte ihn fest. „Gefällt es dir denn gar nicht hier? Dabei hast du so schnell Freunde gefunden. Und gleich zwei! Das sind zwei mehr, als du zu Hause hast."

„Ha, ha", machte Jobst, legte aber seinen Kopf auf die Schulter von seiner Mutter. „Jule und Letscho, die sind schon in Ordnung." In Jobsts Bauch wurde es ganz warm. „Aber länger hier leben … ich weiß nicht. Hier ist alles verschlafen und verschleiert. Und für Kinder gibt es Gebote, total komische, und keinen wundert das."

Susanne strich Jobst über den Kopf. „Wir müssen ja nicht gleich hier leben. Wir sehen uns nur mal um."

„Ach ja? Und was, wenn wir den Koffer nie wieder finden?"

„Natürlich taucht unser Koffer wieder auf. Sei nicht immer so muffig.“ Susanne knuffte Jobst in die Seite.

Jobst knuffte zurück. „Ich bin nicht muffig. Ich bin realistisch.“

„Also, ich finde es hier wahnsinnig aufregend. Dieses kleine, süße graue Land mit den kleinen, süßen Trabis und den herrlich mürrisch-herzlichen Leuten. Kein Wunder, dass ich mich in einen von hier verliebt habe.“

Jobst richtete sich auf und stieß Susannes Hand von seinem Kopf. „Nee, das ist jetzt nicht dein Ernst, Mama?!“

„Mein voller Ernst.“ Susanne schmunzelte.

„Wieso muss ich mich immer an Regeln halten und du nie? Auf Zeitreisen nicht, *niemals*, verlieben!“ Jobst stopfte sich drei Stück *Schlager-Süßtafel* auf einmal in den Mund. Er brauchte jetzt Zucker. Viel Zucker.

„Ich weiß. Würde ich auch niemals machen.“ Susanne hielt die gekreuzten Finger zum Schwur hoch und zwinkerte unschuldig. „Ich rede von deinem Papa.“

„Hä?“ Ein Stück *Schlager-Süßtafel* fiel aus Jobsts Mund auf sein Knie.

„Er ist in der DDR geboren. Seine Eltern sind aber irgendwann mit ihm ausgereist, als er noch ein Kind war. Und dann, Jahre später, als es schon längst keine DDR mehr gab, habe ich ihn kennengelernt.“

„Papa kommt aus der DDR?“ Jobst konnte sich nicht daran erinnern, dass sein Vater ihm das gesagt hatte. Wenn, dann hatte er da vermutlich gerade einen Comic gelesen und den Vortrag über die Vergangenheit seines Vaters als Hintergrundgeräusch an sich vorbeirauschen lassen.

„Er hat nicht viel davon erzählt. Wahrscheinlich konnte er sich kaum daran erinnern. Und seine Eltern wollten sich nicht daran erinnern.“ Susanne stand auf und klopfte sich die Weizenkeimbrotkrümel von der Hose. „Also, zerbrich dir nicht den Kopf. Der Zeitreisekoffer ist bisher noch nie verloren gegangen. Und bis er wieder auftaucht, genießen wir unser Abenteuer. Sieh es mal so: Das ist, als ob man auf dem Rückflug von Neuseeland noch mal Zwischenstopp in Thailand macht und zwei Wochen Strandurlaub dranhängt.“

Jobst zog die Augenbrauen hoch. „Nur ohne Strand und Meer und überhaupt allem.“

„Genau.“ Jobsts Mutter wedelte mit dem kleinen Heft und deutete Richtung Hängematte. „Ich muss dann mal meinen Text lernen. Schließlich will ich mich morgen auf der Bühne nicht blamieren.“

„Du? Dich blamieren?“ Jobst strengte alle Muskeln an, um ein ernstes Gesicht zu machen.

Die Mühe war umsonst, da seine Mutter sich bereits in der Hängematte niedergelassen hatte. Sie studierte den Text und machte dabei komische Verrenkungen mit Kiefer, Wangen und Stirn.

Jobst sah seiner Mutter einen Moment zu, dann schüttelte er den Kopf, schob sich ein weiteres Stück Schokolade in den

Mund und sah geistesabwesend zum Gartenzaun. Er dachte an einen thailändischen Strand. Er dachte an Frühlingsrollen. Er dachte an Letscho. Jobst spuckte einen Schwall braune Schokopampe aus und spülte mit einem Schluck Selterswasser nach.

Erst als er jetzt wieder zum Gartenzaun blickte, entdeckte er den Mann. Er stand am gegenüberliegenden Gartenzaun. Blassbraunes Hemd, *Lego*-Frisur.

Kaum bemerkte der Mann Jobsts Blick, lief er mit einer Gießkanne in der Hand weiter. Die Gießkanne wirkte wie eine Theaterrequisite.

## Ping und Pong

Jobst lag am Strand, den Blick aufs Meer gerichtet. Jule cremte ihm den Rücken mit blassrosa Joghurt ein. Letscho stand neben ihnen im Sand und jonglierte mit Pfirsichen. Im Wasser standen Patrizia und Ingo. Patrizia hatte einen Badeanzug aus rosa Klopapier an und Ingo einen Turban aus geblümtem Klopapier auf dem Kopf.

Jobsts Mutter führte am Strand einen Ausdruckstanz auf. Frank Kühne saß in einer Kuhle voller Milch und applaudierte.

Da entdeckte Jobst etwas, das im Wasser trieb. Er sprang auf und zeigte auf die Wellen. „Der Koffer! Unser KOFFER!"

Der Koffer trieb im Meer, immer weiter weg vom Strand. Aus dem Koffer guckte ein Kopf mit einer *Lego*-Frisur.

„Unser KOFFER! Wir müssen ihn retten!", rief Jobst. Doch keiner beachtete ihn.

Letscho biss lachend in einen Pfirsich, der sich in seiner Hand in eine Paprika verwandelte. „Geht alles seinen Gang."

Jobst rannte auf das Meer zu, wollte zum Koffer. Doch seine Füße versanken bei jedem Schritt im Sand und er lief auf der Stelle.

Patrizia und Ingo spielten jetzt Strandball. Als Schläger hielten sie jeweils eine riesige Tafel Schokolade in den Händen. Der Ball ping-pong-ping-pongte hin und her, obwohl die Schokoladenschläger zu schmelzen begannen.

„DER KOFFER!", brüllte Jobst, lief weiter auf der Stelle und versank immer tiefer im Sand.

„Du kommst hier nicht mehr weg", sagte Jule ernst.

„Ein Pionier hält seinen Koffer immer sauber", sagte Letscho.

Das *Ping-Pong* von Patrizia und Ingo wurde immer lauter. Der Koffer mit dem *Lego*-Mann trieb weiter aufs offene Meer. Der *Lego*-Mann hob den Arm und winkte steif.

„Der Koffer!"

*Ping-Pong. Ping-Pong.*

„Der Kooooffeeeer!"

*Ping-Pong. Ping-Pong.*

Jobst warf den Kopf herum. Seine Beine strampelten, versanken nicht im Sand, sondern verfingen sich in der Bettdecke.

„Der Koffer, der Kof… der Koff…" Jobst wachte auf, außer Atem vom Traum. Er starrte an die Decke der Schlafkoje, wo die Bilder vom Strand sofort verblassten. Er rieb sich die Augen und griff nach seiner Brille, die er neben das Bett auf den Boden gelegt hatte.

Jobst sah nach rechts. Seine Mutter lag auf dem Bauch, die Arme nach oben gestreckt wie eine erstarrte Eiskunstläuferin.

Sie schlief, mit dem Kopf auf dem kleinen Textheft. Aus ihrem leicht geöffneten Mund drang bei jedem Atemzug ein leises Schnarchen. Ihre dunkelblonden Locken breiteten sich wie ein goldener Wüstensturm auf dem Kissen aus.

Jobst strich vorsichtig über die Locken. Dann beugte er sich vor, sog ihren Geruch ein und schloss die Augen. Er war zu Hause.

*Ping-Pong.*

Jobst riss die Augen auf, richtete sich auf und stieß sich um ein Haar (denn genau so viel Platz war noch zwischen seinem Scheitel und der Schlafkojendecke) den Kopf.

Seine Mutter grunzte kurz und drehte sich auf die Seite. Wobei das Heft an ihrer Backe kleben blieb.

*Ping-Pong.*

Jobst hörte es ganz deutlich. Es kam von draußen. Er schwang die Beine aus dem Bett, schlüpfte in die Hose mit den Herzchenflicken und streifte ein Ringel-T-Shirt aus dem Schrank über.

*Ping-Pong.*

Schnell zog er die alten Stoffturnschuhe an und hoffte, dass er nicht gleich einen Strand vor der Gartenlaube vorfinden würde. Zeitreisen war schräg genug. Auf Reisen in seine eigenen Träume konnte Jobst gerne verzichten.

Jobst stolperte aus der Gartenlaube und blinzelte ins zitronengelbe Morgenlicht, das durch jede noch so kleine Lücke in der Klematis-Hecke floss und ihn kitzelte.

*Ping-Pong. Ping …*

„AUS!“

„Ach, komm. Der hat geleckt!“

„Von wegen!“

Jule und Letscho standen jeweils auf einer Seite eines alten, großen Holztisches. Der Tisch stand auf der Wiese. In der Mitte, wo der Tisch einen Spalt hatte und vermutlich ausziehbar war, klemmte ein langes, schmales Brett.

„Los, mach schon, du hast.“ Letscho nickte Jule zu.

Jule winkte Jobst mit ihrem Tischtennisschläger zu. „Spielste mit? Wir könnten Chinesisch.“

„Och nö, nich Chinesisch!“, maulte Letscho. „Is mir zu viel Gelaufe.“

„Dann eben Englisch“, sagte Jule.

Jobst runzelte die Stirn. Ihm kam das alles spanisch vor. Er trat an den Tisch heran. „Englisch und Chinesisch? Heißt das bei euch nicht Tischtennis?“

Letscho ließ den Tischtennisschläger gegen seine Stirn klatschen. Der dunkelrote Schläger war überall mit Kugelschreiber bemalt. *Bud Spencer* stand in fetten schwarzblauen Buchstaben in der Mitte. Daneben *Billy Eidel* und ein paar andere Namen, die Jobst nicht entziffern konnte. Am Rand löste sich bereits der rote Gummi.

„Orr Mann, du Pflaume. Du kennst keine Fernsehserien und hast auch keinen Blassen von Tischtennis. Wie bist du überhaupt überlebensfähig?“, fragte Letscho.

Jobst zuckte mit den Schultern. „Ich bin eher so der Federball-Typ."

„Federball", hauchte Letscho, sichtlich erschüttert.

„Aber eigentlich spiele ich lieber auf dem Tablet", fügte Jobst hinzu.

„Auf 'nem Tablett? Was denn, Kaffeetassen-Rücken?" Letscho runzelte die Stirn.

„Du weißt aber schon, wie Tischtennis geht?", fragte Jule. „Bei Chinesisch rennen alle um die Platte und bei Englisch spielen zwei gegen einen. Lass mal versuchen. Wir gegen die große Klappe da." Jule deutete mit dem Kinn Richtung Letscho.

„Pfff", machte Letscho. „Wenn euch meine astreinen Angaben um die Öhrchen zischen, denkt ihr, euch streift 'n Bus."

„Ich habe keinen Schläger", sagte Jobst.

„Kelle heißt das, du Keule", murmelte Letscho.

„Nimmste meine." Jule drückte Jobst ihre Kelle in die Hand und verschwand in der Gartenlaube.

Letscho musterte Jobst über die Tischplatte hinweg wie einen undurchsichtigen Gegner. Dann sagte er langsam: „Jetzt also zu dritt. Zu dritt kann man auch spielen." Er sah Jobst bedeutungsvoll an. „Aber ich spiele lieber zu zweit."

Jule kam aus der Gartenlaube und hielt ein kleines Buch hoch. *Briefe an Freunde* stand darauf. „Damit geht's auch." Jule stellte sich neben Jobst an den Tisch. „Kann losgehen! Aber nich schmettern."

„Machen wir 'n Match?", fragte Letscho.

„Erst mal warm spielen." Jule warf den kleinen weißen Ball in die Höhe und beförderte ihn mit dem Buch gekonnt über den Tisch.

Letscho spielte zurück auf Jobst, der den Ball annahm und im hohen Bogen ins Gebüsch feuerte.

„Federball, alles klar", sagte Letscho, während er im Gebüsch nach dem Tischtennisball suchte.

„Hier, so musst du die Kelle halten." Jule stellte sich hinter Jobst, rückte seine Hand auf dem Griff zurecht und zeigte ihm, wie man die Kelle führte.

Jules Haare strichen über Jobsts Wange. Sie rochen nach Honig und Mandel und Sommer.

Letscho, der mit Kelle und Ball wieder am Tisch stand, musterte sie mit zusammengekniffenem Mund. „Geht weiter!", rief er und ließ den Ball über den Tisch auf Jobst zuzischen.

Jobst riss im letzten Moment die Kelle hoch, traf den Ball und schmetterte ihn auf die äußerste rechte Tischecke, unerreichbar und zu schnell für Letscho.

„Von wegen Federball!", rief Jule. „Du bist ein Naturtalent!"

Jobst machte ein genauso überraschtes Gesicht wie Letscho.

„Ich glaub, meine Hose brennt", sagte Letscho. Er hob den Ball auf und trat zurück an den Tisch. „Also gut, Old Schmetterhand. Jetzt wird es ernst."

*Ping-Pong. Ping-Pong. Ping-Pong*, flog der Ball die nächsten Minuten über den Tisch hin und her. Einmal machte es auch

*DONG*, als der Ball vor Jobsts Brille knallte und einmal *BOFF*, als Letscho ihn nur noch mit dem Bauch annehmen konnte. Je länger sie spielten, desto besser wurde Jobst.

„Gültet nicht!“, hallte es durch den Garten oder „Falscher Acker!“ oder „Eh, voll geschnippelt!“.

Nachdem Jobst einen Ball so scharf über den Tisch geschossen hatte, dass Letscho ihn nur noch ins Aus befördern konnte, warf Letschodieseine Kelle auf den Tisch. „Mir reicht's. Die Pflaume hier wird mir zu gut. Ich glaub, ich steige auf Federball um.“

„Wollen wir ein Match spielen?“, fragte Jule Jobst.

„Na, Moment mal“, wandte Letscho ein. „Was ist mit dem Koffer? Wir hatten doch einen Plan.“

„Der Koffer.“ Jobst ließ die Kelle sinken. Wie hatte er den Koffer vergessen können? Er war nicht besser als seine Mutter. Nur statt Theater hatte er Tischtennisbälle im Kopf. Aber eben, beim Tischtennis, da hatte sich alles so leicht angefühlt. Leicht und groß zugleich, und richtig gut.

„Stimmt“, sagte Jule. „Wir hatten da vorhin so eine Idee. Deswegen sind wir eigentlich hergekommen, aber du hast noch geschlafen.“

„Wir gehen zur Polizei“, sagte Jobst.

„NEIN!“, rief Letscho. „Hier geht niemand zur Polizei. Wir gehen in den *VEB Lederwaren*.“

Jobst runzelte die Stirn. „Ist das diese Lederwarenfirma, von der Patrizia geredet hat?“

„Genau. Und dahin geht heute ein ganzer Trupp Kinder von den Ferienspielen“, erklärte Jule. „Da fällt es überhaupt nicht auf, wenn wir uns anschließen und ein bisschen umsehen.“

„Wonach?“

„Nach dem Koffer natürlich, du Huflattich!“, sagte Letscho. „Im *VEB Lederwaren* werden Koffer gemacht. Ist doch gut möglich, dass die sich euren Koffer zu Anschauungszwecken mitgenommen haben. Vielleicht wollen sie ihn nachbauen. Ist ja angeblich ein besonderer Koffer.“

„Er sieht aber ziemlich normal aus“, gab Jobst zu bedenken. „Zumindest solange man ihn nicht öffnet …“

„Hast du eine bessere Idee?“, fragte Letscho. „Oder willst du den ganzen Tag Tischtennis spielen?“

Ein paar Minuten später trat Jobst aus der Gartenlaube. Seine Mutter schlief noch immer. Nur das Heft klebte jetzt nicht mehr an ihrer Wange, sondern an ihrer Stirn. Jobst hatte ihr einen Zettel geschrieben. Wo seine Mutter den Tag verbringen würde, war Jobst schon klar. Und damit war auch klar, dass Letscho recht hatte: Jobst musste sich selber um den Koffer kümmern.

Als Jobst mit Jule und Letscho auf die kleine Gartentür zulief, streifte sein Blick die blütenlosen Gladiolenstängel. „Ach, Jule, warst du gestern irgendwann noch mal im Garten? Oder dein Vater?“

„Gestern? Nee. Da waren wir doch den ganzen Tag zusammen“, antwortete Jule. „Und mein Vati geht nur in den Garten, wenn er muss.“

„Hat sonst noch jemand einen Schlüssel?“

Jule zögerte. „Nein. Wieso?“

„Na ja, es ist nur …“ Jobst schüttelte den Kopf. „Ach, nichts.“

## Schöne Schilder

„Ist es noch weit?“ Jobst wackelte mit den Zehen in den Stoffturnschuhen. Durch die dünne Sohle spürte er jeden Stein. Seine Fußsohlen waren heiß und am Zerlaufen wie Raclette-Käse. Vermutlich rochen sie auch so.

Der Linienbus war ihnen vor der Nase weggefahren. Jule und Letscho hatten Jobst auf dem Weg zum Lederwarenbetrieb durch die halbe Stadt geschleift. Während des Fußmarsches hatten sie ihm ein Lied von einem kleinen Trompeter vorgesungen, der in der ersten Strophe noch ein lustiges Rotgardistenblut war, in der dritten dann aber nichts mehr zu trompeten hatte, da er in einem Kampf von einer feindlichen Kugel getroffen worden war.

Es war ein trauriges Lied. Jule und Letscho sagten, es wäre das einzige, von dem sie sich alle Strophen merken könnten, weshalb es sich hervorragend für einen langen Marsch anbot. Das hätten sie bereits im Winter beim Manöver „Schneeflocke“ mit ihren Schulkameraden getestet.

„Und was macht man sonst bei so einem Manöver? Außer traurige Lieder singen, meine ich?“, fragte Jobst.

„So durchs Gelände latschen“, erwiderte Jule. „Mit Karte und Kompass irgendwelche Stationen finden.“

„Hauptsache, man findet zum Schluss die Gulaschkanone“, sagte Letscho. „Wieso heißt das Ding eigentlich Gulaschkanone, wenn meistens Erbsensuppe drin ist?“

„Na, in euren Joghurtflaschen ist doch auch kein richtiger Joghurt drin“, fand Jobst.

„Nicht?“ Letscho runzelte die Stirn.

„Da vorne ist es.“ Jule zeigte auf ein altes Gebäude aus schmutzig gelben Backsteinen. Über dem runden Torbogen hing ein großes Schild mit der Aufschrift *VEB LEDERWAREN*. Die blaue Schrift auf dem Schild war verblichen, die Fenster waren matt und drecksblind. An das alte Fabrikgebäude grenzte ein neuer grauer Flachbau mit großen Fensterscheiben.

Jule und Letscho waren stehen geblieben.

Jobst drehte sich nach ihnen um. „Was ist? Gehen wir rein?“

„Das ist keine Eisdiele. Das ist ein volkseigener Betrieb“, sagte Letscho. „Da können wir nicht einfach reinspazieren.“

„An dem kommt keiner so leicht vorbei.“ Jule deutete auf ein kleines Häuschen neben dem Tor, in dem ein Mann saß.

Das Häuschen hatte auf drei Seiten Fenster und auf der Seite, die zum Torbogen zeigte, eine Öffnung im Fensterglas. Es erinnerte Jobst an die kleinen Kabinen, in denen die Ticketverkäufer auf dem Rummel saßen.

„Das ist Pförtner Heinemann. Ein ganz scharfer Hund“, erklärte Jule. „Der bewacht den *VEB Lederwaren*, als würden darin nicht Taschen und Koffer gemacht, sondern als wäre da ein urst wertvoller Schatz versteckt."

„Wenn unser Koffer da drin ist, dann hat er recht", sagte Jobst. „Und jetzt? Wie kommen wir da rein?"

„Man muss angemeldet sein", sagte Letscho. „Oder hier oben auf Zack." Er tippte sich an den Kopf. „Und wir haben schließlich einen todsicheren Plan."

„Wir brauchen eine Angelrute, einen Knallfrosch, einen Klumpen Knetmasse und einen Gabelstapler." Jule zog an einer unsichtbaren Zigarre.

„Mächtig gewaltig!" Letscho wippte auf den Zehenspitzen.

Jobst guckte wie ein Gabelstapler, dann wanderten seine Augenbrauen nach oben. „Schon wieder dieser Erich Olsen?"

„EGON. Erich ist jemand anderes", erwiderte Letscho.

„Los, wir verstecken uns dort, bis die vom Pionierhaus kommen." Jule lief auf eine große, rechteckige Werbefläche auf der anderen Straßenseite zu und verschwand dahinter.

Auf der Werbetafel stand: *DDR & UdSSR – Auf ewig verbunden.* Daneben waren eine Ähre, eine Sichel und ein Hammer abgebildet.

„Wieso stehen bei euch überall solche Schilder mit komischer Werbung?", fragte Jobst.

„Zur Landschaftsverschönerung", sagte Letscho und zog Jobst mit sich hinüber zum Schild.

„Und was bedeutet, ‚DDR und UdSSR auf ewig verbunden'?", fragte Jobst, als sie bei Jule hinter dem Schild standen.

Letscho runzelte die Stirn. „Du stellst Fragen. Das Zeug liest doch keiner. Geschweige denn, versucht, es zu verstehen. Diese ganzen Parolen, so hohl wie Schokoosterhasen."

„Das bedeutet, dass die kleine DDR für immer mit ihrem großen sowjetischen Bruder ganz dicke ist", erklärte Jule.

„Genau. Deswegen hat Jule auch einen Brieffreund in der Sowjetunion", sagte Letscho.

„Quatsch. Nur wegen dem Bonbonpapier."

„Und weißt du, warum die Sowjetunion unser Bruder ist?", fragte Letscho.

Jobst zuckte mit den Schultern. Er wusste nur, dass es diese Sowjetunion gar nicht mehr gab, beziehungsweise dass der größte Teil davon jetzt Russland hieß.

„Freunde kann man sich aussuchen …" Letscho grinste.

„Und was hat das mit Bonbonpapier zu tun?", fragte Jobst.

„Gar nichts."

„Aha."

„Guckt mal, Heinemann isst 'ne Bemme!" Letscho spähte zum Pförtnerhaus. „Kann der nicht zum Essen in die Kantine verduften? Mann, da krieg ich gleich Hunger."

Auch Jobst fuhr sich mit der Zunge über die Lippen, als er sah, wie der Pförtner von seinem Brot abbiss. Jobst hatte noch nicht gefrühstückt. Aber hier draußen gab es anscheinend keine Geschäfte. Außerdem hatte er überhaupt kein Geld bei sich. Jobst versuchte sich vom Loch in seinem Magen abzulenken und betrachtete das Gebäude genauer. „Eins verstehe ich nicht.

VEB. Das heißt also ‚volkseigener Betrieb'. Wieso darf das Volk dann nicht da rein? Also, das sind doch wir, das Volk. Oder ihr zumindest."

„Wir sind das Volk." Jule guckte nachdenklich.

„Wir sind das Volk, das immer folgt", sagte Letscho.

„Wenn das stimmt, was dort steht, dann gehört diese Firma da auch euch", sagte Jobst.

„Quatsch. Sie gehört allen. Und somit niemandem. Genau wie die Möbel in der Schule. Und weil die jedem gehören, kratzt jeder seinen Spruch rein", erklärte Letscho.

„Sie kommen!", rief Jule, als ein dunkelgelber Bus in die Straße bog.

Auf dem Schild links oben in der Fahrerkabine stand: *Sonderfahrt.* Der Bus röhrte an ihnen vorbei und hielt ein paar Meter weiter vor dem Eingang der Lederwarenfabrik. Die Falttüren öffneten sich schnaufend, als wäre der Transport von einer Gruppe Kindern Schwerstarbeit gewesen. Sofort sprangen die ersten Schüler heraus.

Aus der vorderen Falttür trat eine junge Frau mit Pferdeschwanz. „In Zweierreihe!", rief sie und wedelte mit einem Fähnchen.

„Das ist die Kollmann", flüsterte Letscho. „Pionierleiterin. Ganz frisch aus dem Ei geschlüpft."

„Und die jetzt hinten aus der Tür kommt, ist Frau Brock. Von den beiden dürfen wir uns nicht erwischen lassen", flüsterte Jule. „Wir warten, bis sie fast drin sind."

Letscho und Jobst nickten und behielten die Besucher aus dem Pionierhaus im Auge. Ganz vorne entdeckte Jobst den Kürbiskopf. Patrizia stand alleine in der Zweierreihe. Die Pionierleiterin beugte sich gerade zum Pförtnerhäuschen.

Herr Heinemann biss in aller Ruhe von seiner Stulle ab, kaute gründlich und nahm noch einen Schluck aus der Thermoskanne, bevor er sich um das Anliegen der Besucherin kümmerte. Er hörte der Pionierleiterin ausdruckslos zu, griff zum Telefonhörer, und kurz darauf erschien ein hochgewachsener Mann im blaugrauen Kittel und begrüßte Frau Kollmann.

Währenddessen war aus der ordentlichen Pionier-Zweierreihe ein Haufen gackernder und durcheinanderflatternder Enten geworden. Nur Patrizia stand wie angewurzelt da. Die Pionierleiterin schwenkte das Fähnchen und rief die Kinder zur Ordnung. Frau Brock grummelte dazu etwas Passendes von hinten. Dann ging es los. Die Pionierleiterin folgte dem hochgewachsenen Mann, Patrizia folgte zinnsoldatig der Pionierleiterin und die restlichen Kinder dackelten hinterher.

Kurz bevor die letzten Zweierreihen den Torbogen des *VEB Lederwaren* passierten, eilten Jule, Jobst und Letscho aus ihrem Versteck und schlenderten dann als letzte (und einzige) Dreierreihe hinterher.

Pförtner Heinemann sah ihnen nach und biss von der nächsten Stulle ab. Er hatte alles im Griff.

## Betriebsgeheimnisse

Jobst, Jule und Letscho hatten es geschafft. Der scharfe Hund Heinemann hatte noch nicht einmal geknurrt. Sie liefen mit der Ferienspiel-Gruppe über den Innenhof des Lederwarenbetriebs. In einer Ecke standen zwei Arbeiterinnen in Kittelschürzen, rauchten und sahen den Kindern freundlich nach.

Der Mann im blaugrauen Kittel öffnete eine große Eisentür und führte die Gruppe in eine Halle.

Frau Brock drehte sich um: „Aufschließen! Was märt ihr denn so rum da hinten?"

Jobst, Jule und Letscho duckten sich hinter die Kinder vor ihnen.

„Hat sie uns gesehen?", flüsterte Jobst.

„Und wenn schon. Ich glaube, die alte Brock weiß selbst nicht genau, wer bei den Ferienspielen dabei ist", sagte Jule.

In der Halle reihten sich Tische hintereinander. An den Tischen saßen Frauen in Kittelschürzen an Nähmaschinen. Manche blickten kurz auf, als die Kinder vorbeigingen, andere ließen sich nicht stören. An der Wand hing ein Schild: *Lederwaren aus der DDR. Qualität, die man gerne bei sich trägt.*

Der hochgewachsene Mann war stehen geblieben und erklärte etwas. Die Pionierleiterin sah zu ihm auf und nickte nach jedem Satz. Patrizia hatte die Hände hinter dem Rücken gefaltet und hörte aufmerksam zu. Das taten allerdings die wenigsten. Je weiter hinten die Kinder in der Reihe standen, desto spannendere andere Beschäftigungen fanden sie. Zwei Jungs erzählten sich Witze. Drei Mädchen flochten sich gegenseitig die Haare. Ein Junge popelte und ein anderer holte einen Riegel in glänzendem Papier aus seiner Tasche, packte ihn langsam aus und biss genüsslich davon ab.

„Mann, guck dir den an", rief Letscho. „Der hat 'nen Westriegel!"

Jule stieß Letscho mit dem Ellbogen in die Seite. Im gleichen Moment drehten sich der Junge und das Mädchen vor ihnen um.

Das Mädchen sah Jobst, Jule und Letscho an und zog die Nase kraus. „Wer seid ihr denn? Ihr gehört doch gar nicht zu uns."

„Klar, wir sind nur so unauffällig, dass du uns bis jetzt noch nicht bei den Ferienspielen bemerkt hast", erwiderte Letscho.

„Red keinen Stuss", sagte der Junge.

Jobst räusperte sich. „Ich bin zu Besuch. Und interessiere mich total für Lederwaren. Taschen, Portemonnaies, Koffer. Ich liebe Koffer, wisst ihr. Es ist mein allergrößter Wunsch, mal eine Lederwarenfabrik von innen zu sehen."

Der Junge runzelte die Stirn. „Bist du krank, oder was?"

„Genau. Er ist sehr kränklich, deswegen kann er nicht an den Ferienspielen teilnehmen. Obwohl er so gerne möchte“, sagte Jule.

„Klar, wer mag nicht gerne Sackhüpfen“, fügte Letscho hinzu.

„Für blöd verkoofen können wir uns selber“, sagte das Mädchen.

Jule seufzte und sah die beiden flehend an.

„Vera, Jens! Was gibt es denn da hinten zu quasseln? Hier spielt die Musik!“, rief Frau Brock.

Vera und Jens stellten sich kerzengerade hin und lächelten ihr schönstes Pionierlächeln, während Jobst, Jule und Letscho in Deckung gingen. Kurz darauf setzte die Gruppe sich wieder in Bewegung.

„Kommt, machen wir die Biege, bevor die zwei Petzen zur Pionierleiterin rennen“, sagte Letscho, als sie an einer Tür vorbeikamen, und fasste an die Klinke. „Mal ’n bisschen umsehen in der Bude.“

Jule und Jobst huschten mit Letscho in den Nebenraum. Der Raum war kleiner. Es roch nach einer Mischung aus Schuhladen und Bastelnachmittag. In der Mitte standen zwei große Tische. An den Tischen saßen vier Arbeiter. Zwei klebten etwas aus Leder, die anderen beiden spielten Karten. Keiner von ihnen beachtete die Kinder.

Ein Mann kauerte neben der Tür in einer Ecke vor einem Radio. Er hatte seine Mütze bis zur Nasenspitze ins Gesicht gezogen, die Hände auf dem Bauch verschränkt und lag mehr auf dem Schemel, als dass er saß. „Habt ihr euch verlaufen oder sucht ihr eure Patenbrigade?"

„Wir suchen einen Koffer", sagte Jobst.

Der Mann zögerte, dann richtete er sich auf und schob die Mütze aus seinem Gesicht.

„Herr Zander?", sagte Jule. „Was machen Sie denn hier?"

„Jule!" Herr Zander strich sich über das Kinn und lächelte. „Ich mach hier steile Karriere. Vom Theater in die sozialistische Produktion." Das Lächeln verschwand aus seinem Gesicht. „Geht's deinem Vater gut?"

Jule nickte. „Er hat gesagt, dass Sie versetzt wurden. Ich dachte, an ein anderes Theater."

„Na ja, ist auch irgendwie Theater hier." Herr Zander grinste schief.

„Sind Sie so was wie ein Aufseher?", fragte Jobst vorsichtig. „Ich meine, weil Sie hier in der Ecke sitzen."

„Aufseher? Nee. Ich sehe lieber gar nichts", sagte Herr Zander. „Ich warte auf ein Ersatzteil für die Walzenmaschine. Bisher haben wir sie selbst immer irgendwie wieder in Schuss bekommen. Aber jetzt … Warten, warten, warten. Und ihr? Sind doch Ferien. Wieso geht ihr nicht schwimmen oder so was?"

„Weil wir den Koffer von Jobst finden müssen", sagte Jule.

„Ihr sucht also einen ganz bestimmten Koffer?" Herr Zanders Augen zogen sich zu dunklen Schlitzen zusammen.

„Er ist alt, ziemlich groß und das Leder ist schon etwas zerschlissen", beschrieb Jobst.

Herr Zander sah Jobst merkwürdig an und flüsterte: „Er ist dunkelbraun, die Kanten sind abgenutzt und unter dem Griff ist ein Zahlenschloss?"

„Ja! Das ist er, das … das könnte er sein! Haben Sie ihn gesehen?" Jobsts Augen leuchteten.

Herr Zander kratzte sich hinter dem Ohr, seine Mütze verrutschte. Er sah zu Boden und dann kurz zu seinen Kollegen am Tisch. Sie spielten jetzt zu viert Karten und ließen sich durch nichts und niemanden stören.

„Bitte, Herr Zander, wenn Sie irgendetwas wissen", begann Jule. „Wir haben schon in der ganzen Stadt gesucht und Jobst braucht diesen Koffer sehr dringend."

Der ehemalige Kollege von Jules Vater holte tief Luft. Dann sah er die drei ernst an. Schließlich beugte er sich zu ihnen vor und flüsterte: „Ich weiß nicht, wo euer Koffer ist. Ich weiß nur, dass gestern schon mal jemand danach gefragt hat."

„Aber wer soll denn …? Meine Mutter war den ganzen Tag im Theater", überlegte Jobst laut. „Ich meine, wer soll denn sonst unseren Koffer suchen?"

Herr Zander schüttelte kurz den Kopf. „Die suchen den Koffer nicht. Die haben ihn, also, vermute ich mal. Sie wollten wissen, ob der Koffer hier aus dem VEB stammt. Wer ihn in Auftrag gegeben hat, solche Sachen."

„Wer, die?" Jobst blinzelte.

„Jemand, den ich noch nie hier gesehen habe und der hier nichts zu suchen hat. Alles klar?"

„Gar nichts klar!“, sagte Jobst laut.

Herr Zander zischte Jobst kurz an wie eine Giftschlange, schüttelte den Kopf und legte den Zeigefinger auf seinen Mund. Dann richtete er sich auf und sagte laut: „Nein, tut mir leid, eure Patenbrigade hat heute keine Zeit für euch. Am besten, ihr geht jetzt, sonst haltet ihr die Produktion unnötig auf.“

Letscho nickte.

Jule beugte sich zu Herrn Zander und drückte kurz seine Hand. „Danke.“

„Aber wieso? Wer war denn …?“, begann Jobst, bevor er von Letscho und Jule aus dem Raum geschoben wurde.

„Tschüssikowski!“, rief Letscho Herrn Zander zu, der die Mütze bereits wieder übers halbe Gesicht gezogen hatte und sich ganz der Produktion widmete.

## Pionier Petze

Die Pionierleiterin starrte Jobst, Jule und Letscho wie versteinert an. Nur ihr Pferdeschwanz wippte noch, weil sie plötzlich stehen geblieben war, um nicht mit den dreien zusammenzustoßen. Die Gruppe hatte ihren Rundgang in der Halle beendet und war auf dem Rückweg.

„Hallo, Frau Kotzmann", sagte Jule schnell. „Äh, ich …"

„Die gehören zu Ihnen?", fragte der große Mann im blaugrauen Kittel.

Frau Kollmann schüttelte den Kopf. „Was macht ihr hier? Ihr seid doch gar nicht bei mir in den Ferienspielen, oder?" Die Pionierleiterin sah sie forschend an.

„Doch, sind sie", rief Jens von hinten.

„Die sind nur so unauffällig", fügte Vera hinzu.

„Euch habe ich nicht gefragt", sagte Frau Kollmann.

„Wir sind … ähm … wir wollten …", begann Jule.

„Ihr seid doch von der *Johannes R. Becher Schule*", stellte die Pionierleiterin fest. „Patrizia, seid ihr nicht in einer Klasse?"

„Mit Torsten und Juliane. Der da", sie zeigte auf Jobst, „ist der Cousin von Jule. Der ist zu Besuch."

„Also sind sie alle drei nicht in den Ferienspielen?“, fragte die Pionierleiterin Patrizia, als wären Jule, Letscho und Jobst nur Unsinn brabbelnde Kleinkinder.

Patrizias Kaninchenaugen huschten über Jobst, Jule und Letscho. „Nein“, sagte sie schließlich.

Letscho streckte Patrizia die Zunge raus.

Patrizia rümpfte die Nase.

„Wenn ihr nicht zur Gruppe gehört, was macht ihr dann hier?“, fragte der hochgewachsene Mann.

„Ihr sagt uns jetzt erst mal eure Namen und dann klären wir das mit einer ordentlichen Aussprache“, sagte die Pionierleiterin.

Dazu hatten Jule, Jobst und Letscho aber keine Lust.

„Wenn's am schönsten ist …!“, rief Letscho, wirbelte herum und stürmte auf die Eisentür zu, dicht gefolgt von Jule und Jobst, deren Beine sich wie von selbst nach Letschos Kommando in Bewegung gesetzt hatten.

„Halt! Bleibt stehen!“, schrie die Pionierleiterin.

Eine Arbeiterin, die neben der Tür saß, stand auf und stellte sich den drei Freunden in den Weg. Jedoch nur, um im nächsten Moment die Eisentür aufzureißen. Letscho, Jule und Jobst stürzten durch die Tür. Jobst japste ein „Danke“, als er an der Arbeiterin vorbeilief, die grinsend die Augenbrauen hochzog.

Sie rannten über den Hof und durch den Torbogen. Pförtner Heinemann ließ die Leberwurststulle sinken, von der er gerade abbeißen wollte.

„Mahlzeit, Heini!“, rief Letscho im Vorbeilaufen, dann bogen sie um die Ecke und rannten die Straße entlang.

Der Pförtner sah den drei Kindern mit offenem Mund nach.

Sie rannten und rannten und rannten. Ihre Schritte trommelten auf dem Gehweg, ihre Herzen trommelten in der Brust. Jules Haare flogen im Wind, Letschos Bauch wackelte, Jobsts Brille rutschte auf der Nase.

Plötzlich gluckste Jule, dann schnaufte sie und schließlich brach aus ihr ein Lachen heraus, mit tausend Lavafunken. Sie warf den Kopf nach hinten und breitete die Arme aus.

Die Angst, die Jobst eben noch im Nacken gesessen hatte, zerbröselte unter Jules Lavastrom aus Lachen zu Asche.

„Hab ich einen Witz verpasst?“, keuchte Letscho und wurde langsamer.

Die Freunde liefen noch ein paar Meter, dann blieben sie stehen.

„Vor wem rennen wir eigentlich weg?“, fragte Jobst, der sich umgedreht hatte.

Der Gehweg hinter ihnen war menschenleer. Nur eine Amsel pickte am Rand in einem Gully.

Letscho stützte die Hände auf die Knie. Jule lehnte sich an eine Hauswand und strich sich die Haare aus der Stirn.

„Totale Spielverderber, die olle Kotzmann und der Kürbis“, meinte Letscho.

„Ich hab Durst“, sagte Jule.

„Und ich Hunger“, sagte Jobst.

„Und ich habe Durst, Hunger und eine Idee, wie wir das Problem lösen." Letscho richtete sich auf. „Wir gehen zum Busbahnhof."

„Und essen einen Bus?", warf Jobst ein.

„Wir gehen zur Imbiss-Ilse." Letscho machte ein Gesicht, als würde schon allein der Name satt machen. „Bockwurst, Pommes, Klopse, Waffeln …"

„Ich hab kein Geld", sagte Jobst.

„Das kriegen wir schon gebongt, komm", sagte Letscho und sie liefen los.

„Ist das jetzt wieder so weit?", fragte Jobst.

„Wir könnten diesmal *Die Moorsoldaten* singen", sagte Jule.

„Nee, da schlaf ich beim Laufen ein", meinte Letscho.

„Dann eben *Gute Freunde in der Volksarmee*?"

„Ihr könntet auch gar nichts singen und mir erklären, was das eben in der Kofferfabrik sollte", sagte Jobst.

„Die Kollmann ist zwar nur Pionierleiterin, hält sich aber für alle Kinder der Stadt verantwortlich", sagte Letscho. „Wenn die einen auf dem Kieker hat, sieht man lieber zu, dass man Land gewinnt."

„Nein, ich meine nicht die Pionierchefin, sondern den Mann mit der Mütze", sagte Jobst. „Ich verstehe das nicht. Wieso hat jemand nach unserem Koffer gefragt? Und heißt das, die haben den Koffer? Wer soll das denn gewesen sein?"

„Na ja …", sagte Jule und warf Letscho einen Blick zu, den Jobst nicht verstand. „Also, dass die den Koffer haben, hat

Herr Zander nur vermutet. Aber selbst wenn sie nur etwas über den Koffer wissen …“

„WER denn?!“ Jobst schrie fast. „Und woher soll jemand etwas über unseren Koffer wissen?“

„Es gibt hier Leute, die wissen alles“, sagte Jule leise.

„Und wenn *die* den Koffer haben, dann …“, murmelte Letscho.

Plötzlich knatterte es hinter ihnen und nur Sekunden später quietschten Autoreifen neben ihnen am Straßenrand. Um sich ein Versteck zu suchen, war es zu spät.

Jule, Jobst und Letscho starrten den froschgrünen Trabi an und waren erleichtert, dass weder eine Pionierleiterin noch der blaugraue Kittel noch ein Heini hinterm Lenkrad saßen.

Der Fahrer beugte sich über den Beifahrersitz und machte die Tür auf. „Torsten, wieso latscht ihr denn hier draußen in der Taiga rum? Habt ihr nichts Besseres zu tun?“

„Hallo, Vati. Wir … erkunden unsere Heimat“, sagte Letscho.

„Guten Tag, Herr Hille“, sagte Jule. „Könnten Sie uns ein Stück mitnehmen?“

„Wo wollter ’n hin?“ Herr Hille strich sich über den schwarzgrauen Stoppelbart.

„Zur Ilse“, sagte Letscho.

„Nur Futtern im Schädel.“ Herr Hille machte eine Kopfbewegung und klappte den Beifahrersitz vor. „Hoppt rinn!“

Jule und Jobst kletterten auf die Rückbank, Letscho setzte sich auf den Beifahrersitz. Kaum hatte er die Tür zugeknallt, fuhr Herr Hille los. Zwischen Jule und Jobst stand ein leerer Kasten Bier. Aus dem Kofferraum schepperte es bei jedem Schlagloch.

Herr Hille warf einen Blick in den Rückspiegel auf Jobst. „Kenn ich dich?“

„Ferienbesuch von Jule“, sagte Letscho.

„Kann der nicht selber reden?“, maunzte Herr Hille.

Jobst blinzelte in den Rückspiegel.

Herr Hille beschleunigte seine Rennpappe.

## Ilses Imbiss

„Mann, hatte ich ’nen Kohldampf“, schmatzte Letscho, biss von seiner Bockwurst ab und schob sich mehrere Pommes auf einmal in den Mund.

Jobst nahm eine Pommes und tunkte sie in eine Ketchuppfütze. Noch nie hatten Pommes so gut geschmeckt. Vielleicht hatte Jobst auch nur noch nie so großen Hunger gehabt. Hunger, der ihn sogar die ganze Aufregung um den Koffer vergessen ließ.

Jule hatte einen Puderzuckerbart und ihre Waffel schon fast aufgegessen. Sie standen an *Ilses Imbiss*, einem kleinen Häuschen an einer Straßenecke. Zwei Häuser weiter war der Getränkestützpunkt, in dem Letschos Vater mit dem Bierkasten und einem Beutel voll leerer Flaschen verschwunden war. Der froschgrüne Trabi stand im Halteverbot mit zwei Rädern auf dem Bürgersteig. Letscho sollte seinem Vater Bescheid sagen, wenn sich eine ‚weiße Maus‘ näherte, womit die Polizei gemeint war, wie Jobst erfuhr.

Auf dem Platz vor *Ilses Imbiss* waren drei Bussteige mit überdachtem Wartebereich. An einem Bussteig hielt gerade ein blau-weißer Bus. An den anderen beiden warteten Leute, die meisten hatten mit Einkäufen gefüllte Beutel in der Hand oder lederne Aktentaschen. Sie lasen Zeitung, unterhielten sich oder starrten vor sich hin. Vor einem flachen Gebäude, in dem Bustickets verkauft wurden, parkten ein paar Mopeds. Tauben pickten die Essenskrümel auf, die die Wartenden fallen gelassen hatten.

Jobst beobachtete eine Taube, die auf einem Brötchenrest herumpickte, als er einen Blick spürte. Langsam hob er den Kopf. Dann sah er ihn. Er stand neben dem Busticketverkauf. Vielleicht war er eben aus dem blau-weißen Bus gestiegen, vielleicht war er auch aus dem Nichts aufgetaucht, genau wie im *Konsum* gestern. Die pechschwarzen Haare des Jungen waren zerzaust, sein Blick wie glühende Kohlen.

„Kennt ihr den da drüben?", flüsterte Jobst, obwohl der Junge viel zu weit weg war, um ihn hören zu können, und zupfte Jule am Ärmel.

Letscho kniff die Augen zusammen. „Keine Ahnung. Was glotzt der denn wie 'ne Rolle Drops?"

„Nee. Auf unsere Schule geht der nicht", sagte Jule. „Vielleicht einer von der *Thälmann*."

„Scheiße!", rief Letscho, dessen Pommesschale sich unbemerkt geneigt hatte, sodass ihm die restlichen Pommes samt Ketchup über das T-Shirt rutschten. Letscho pickte zwei Pommes von seinem Bauch, stippte sie in den Ketchup und steckte sie in den Mund.

Jobst reichte Letscho seine Serviette.

Letscho rubbelte damit auf seinem Shirt herum. „Orr Mann, warum immer ich? Meine Mutter macht mich zur Schnecke, der Pulli ist aus'm Westen."

Als Jobst wieder zum Bustickethäuschen sah, war der Junge verschwunden. Jobst suchte den Platz davor mit Blicken ab, doch der Junge war weg.

„DA IST ER!", rief Jule auf einmal.

„Wo?" Jobst kniff die Augen zusammen.

„Dort, bei den Mopeds", sagte Jule. „Also, das könnte er doch sein, oder? Er sieht genauso aus, wie du gesagt hast."

Erst da sah Jobst ihn. Den Koffer. Er stand ein paar Meter von ihnen entfernt auf dem Gehweg. Genau so, wie Jobst und seine Mutter ihn stehen gelassen hatten, nur an einer anderen Stelle in der Stadt. Das dunkelbraune Leder war zerschlissen, die Kanten abgenutzt. Es gab keinen Zweifel.

„Das ist er!", sagte Jobst, warf die leere Pommesschale kurzerhand in einen Mülleimer und marschierte schnurstracks auf den Koffer zu.

Letscho und Jule eilten ihm nach.

Jobst blieb vor dem Koffer stehen. Er sah sogar noch zerschlissener aus als zuvor. Aber wer weiß, wo er die letzten Tage über herumgelegen und wer ihn hierher geschleift hatte. Jobst konnte es nicht fassen. Seine Mutter hatte recht gehabt: Der Koffer tauchte einfach wieder auf. Er starrte den Koffer an und hatte das Gefühl, eine verlorene Heimat wiedergefunden zu haben. Entschlossen und erleichtert packte Jobst den Griff und wollte den Koffer hochheben. „Helft mir mal, da muss irgendjemand was reingetan haben."

„Dann lass uns den Kram am besten raustun", meinte Jule.

„HALLO?", rief auf einmal jemand. „Was soll denn das werden?" Ein Mann, der gerade aus dem Busticketháuschen gekommen war, lief auf sie zu. Er hatte einen Helm auf dem Kopf, der wie ein alter umgedrehter Pisspott aussah. „Ihr Wänster lasst mal schön die Finger von meinem Koffer!"

„Das ist nicht Ihr Koffer!", rief Jobst.

„Was is los? Euch werde ich Beine machen!", brüllte der Mann zurück und marschierte auf sie zu.

„Nicht nötig, wir haben schon welche!", rief Letscho, packte den Koffer mit beiden Händen, stemmte ihn hoch und rannte ächzend los, Jule und Jobst hinterher.

„Werdet ihr wohl … ihr lasst sofort meinen Koffer …!", rief der Mann und stürzte hinterher.

„Wir nehmen den Trabi!", keuchte Letscho.

„Was?" Jobst packte den Koffer an einer Ecke, schleppte ihn den letzten Meter mit Letscho zum Trabi und setzte ihn vor der Beifahrertür ab.

„Was denn sonst? Willste auf den nächsten Bus warten?" Letscho riss die Tür auf, klappte den Beifahrersitz nach vorne und griff nach dem Koffer. „Los, packt mal mit an!"

Letscho, Jule und Jobst hievten und schoben den großen schweren Koffer mit ganzer Kraft irgendwie auf die Rückbank.

„Einsteigen!", rief Letscho, rannte um den Trabi zur Fahrertür und riss sie auf.

Jule krabbelte blitzschnell auf die Rückbank und quetschte sich neben den Koffer.

Jobst blieb an der Beifahrertür stehen und sah sich um. Der Mann mit dem weißen Helm war nicht mehr hinter ihnen. Jobst dachte schon, er hätte es aufgegeben. Doch da sah er, dass sich der Mann auf ein rotes Moped schwang, wie ein Cowboy auf sein Pferd.

„Jetzt komm aus der Hüfte, Pflaume!", rief Letscho, der bereits den Motor angelassen hatte.

Jobst steckte den Kopf in das Auto. „Du kannst Rennpappe fahren?"

„Worauf du einen lassen kannst. Und jetzt pflanz endlich deinen Hintern hier rein", erwiderte Letscho, trat auf die Kupplung und legte mit dem Schalthebel am Lenkrad den ersten Gang ein, dass es ratschte.

Jobst warf sich auf den Beifahrersitz und knallte die Tür zu. Letscho trat aufs Gaspedal.

Herr Hille kam aus dem Getränkestützpunkt gerannt, riss die Arme hoch und brüllte: „TORSTEN, ich zieh dir die Hammelbeine lang! Halt an, halt *sofort* an!"

Da knatterte der froschgrüne Trabi bereits quer über den Busbahnhof, gefolgt von einer grauen Auspuffwolke und einem Mopedfahrer mit Pisspotthelm. Die Wartenden auf den Bussteigen sahen ihnen verwundert nach.

Letscho nahm eine Bordsteinkante mit, als er vom Busbahnhof auf die Straße bog. Jobst hüpfte auf dem Beifahrersitz und stieß sich das Knie an der Armatur. Jule flog auf der Rückbank gegen den Koffer.

Letscho beschleunigte auf der Straße und ließ den Motor in jedem Gang bis zum Äußersten aufheulen. Die Nadel vom Tacho stieg auf 20, dann auf 40, auf 50 und zitterte schließlich bei 80 km/h.

Jobst umklammerte mit der rechten Hand einen dünnen Plastikgriff an der Tür und schielte zu Letscho.

„Komm, Baby, zeig mir, was du kannst!", rief Letscho, hielt das Lenkrad mit beiden Händen fest und starrte auf die Straße. Der Schalthebel wackelte in der Position vom vierten Gang. Der Motor jaulte wie eine störrische Kuh.

„Die Pissschüssel ist noch hinter uns", rief Jule, die sich auf der Rückbank umgedreht hatte.

Letscho warf einen kurzen Blick in den Rückspiegel. „Bestimmt 'ne *S51*. Die bringen locker 70 km/h." Er trat aufs Gas.

„KURVE!", schrie Jobst und klammerte sich mit beiden Händen an dem Griff fest.

„Jetzt geht's ab!", rief Letscho und schoss ohne zu bremsen in die Kurve.

Die Reifen quietschten, Jule schrie und Jobst war sich sicher, dass die Räder auf seiner Seite vom Boden abhoben. Letscho krallte sich so sehr am Lenkrad fest, dass seine Fingerknöchel weiß hervortraten.

„Bist du irre? Willst du uns umbringen?", schrie Jobst.

„Bist *du* irre? Willst du dem Pissnapf hinter uns deinen Koffer geben?", blaffte Letscho zurück. „Bisschen Vertrauen in den Chauffeur, wenn ich bitten darf!"

„Gib Gas, er holt auf!", rief Jule von hinten.

Letscho trat das Gaspedal durch und der Trabi raste knatternd auf eine Ampel zu.

Jobst starrte die Ampel an. Sie wechselte gerade von Grün auf Gelb. Sie waren noch zehn Meter entfernt. Die Ampel schaltete auf Rot.

Letscho schaltete nicht. Er raste im vierten Gang mit durchgedrücktem Gaspedal auf die Kreuzung zu.

„Letscho, LETSCHO!", schrie Jobst. „Da ist ROT!"

„Meine Lieblingsfarbe."

„Meine nicht!", schrie Jule von hinten.

In dem Moment zischte der froschgrüne Trabi an der storchenschnabelroten Ampel vorbei und auf die Kreuzung. Jobst starrte mit offenem Mund auf den Asphalt. Mit vor Anspannung hochgezogenen Schultern erwartete er jeden Moment den Aufprall eines anderen Autos von links oder rechts.

Jule krallte ihre Hände in die Rückenlehnen der beiden Vordersitze und kniff die Augen zu.

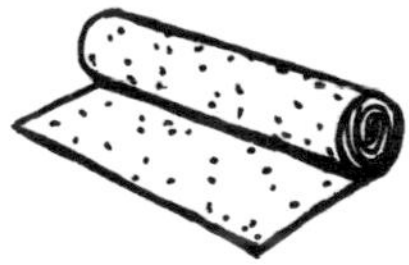

## Koffer, öffne dich!

„Na, ihr Bleichgesichter“, sagte Letscho, der selbst nicht mehr viel Farbe im Gesicht hatte.

„Kaputtnik!“, schrie Jule und gab Letscho einen Klaps auf den Kopf.

„Du bist lebensmüde“, sagte Jobst leise und drehte sich zur Kreuzung um. Ein Lkw donnerte gerade darüber. „Der hätte uns plattgemacht.“

„Ach komm, war doch ’n Riesenfez“, sagte Letscho mit belegter Stimme.

„Ein Riesenschwachsinn.“ Jobst sah wieder nach vorne und legte die Hände auf die Knie, damit sie weniger zitterten.

Jule hatte sich umgedreht. „Er ist stehen geblieben.“

Jobst reckte den Kopf und spähte an Jule und dem Koffer vorbei auf die Kreuzung. Der Mopedfahrer mit dem weißen Helm stand an der Ampel wie ein Kampfstier in der Box.

„Schlaffi!“, sagte Letscho. „Und so einer will es mit uns aufnehmen.“

Letscho schoss die Hauptstraße entlang, die durch die halbe Kleinstadt führte. Schließlich bremste er, schaltete in den zweiten

Gang und bog von der Straße ab. Dann beschleunigte er wieder mit heulendem Motor.

Die Straße, auf der sie nun fuhren, führte durch ein Industriegebiet. Ein großer Schornstein aus braunen Backsteinen ragte rechts der Straße in die Höhe. Er mündete in ein großes, kastenförmiges Gebäude, das von mehreren grauen Baracken umgeben war. Dahinter breiteten sich rotbraune Halden aus.

Auf der linken Seite erhob sich ein blauer Turm aus Stahl, der Jobst an den Eiffelturm erinnerte. Nur war dieser Turm viel kleiner und hatte keine Spitze, sondern ein Rad ganz oben, über dem *Glückauf* stand.

„Ist das hier eine Kohlegrube?", fragte Jobst.

„Kalisalz", sagte Jule. „Hier arbeitet die halbe Stadt. Patrizias Vati zum Beispiel."

„Aber nich in der Grube", fügte Letscho hinzu. „Der macht sich seine Hände nicht schmutzig. Ist 'n ganz hohes Tier."

Der Trabi hoppelte mit 50 km/h über das Kopfsteinpflaster. Hinter ihnen fuhr ein Mopedfahrer. Aber er trug einen orangen Helm und das Moped war gelb.

„Is er noch da?", fragte Letscho.

Jule reckte auf der Rückbank den Kopf. „Weiß nicht. Da hinten kommt auf jeden Fall noch ein Moped."

Sie durchquerten das Industriegebiet, folgten einer kleinen Straße, die sich einen bewaldeten Hügel hinaufschlängelte, und bogen nach ungefähr fünfzig Metern in einen Kiesweg ein, der mitten in den Wald führte. Letscho hielt mit dem Trabi vor einem Schild, auf dem *Sperrgebiet* stand.

„Und jetzt?", fragte Jobst.

„Jetzt genehmigen wir uns erst mal ein Tütchen Frischluft." Letscho stieg aus, tauchte den Oberkörper im nächsten Moment jedoch schnell wieder in den Trabi. „Da kommt wer."

Jetzt hörten Jule und Jobst auch das blecherne Knattern eines Mopeds. Gebannt starrten sie aus dem Heckfenster. In der nächsten Sekunde schoss das Moped an der Waldeinfahrt vorbei. Der Fahrer sah nicht nach links und nach rechts. Er trug einen weißen Helm, das Moped war rot.

„Das war so knapp wie meine Badehose. Aber den sind wir los, Fakt, Baby. Der fährt garantiert bis ins nächste Kuhdorf." Letscho zwinkerte Jule zu.

„Ich bin kein Baby. Und deins schon gar nicht."

Letscho grinste getroffen. „Was nicht ist, kann ja noch werden." Er drehte sich wieder um und legte Jobst die Hand auf die Schulter. „Und du, Birne, schuldest mir schon zwei Gläser Letscho. Jetzt habe ich sogar deinen Koffer gerettet."

„Und uns beinahe umgebracht", sagte Jobst.

„Wichtig ist, was hinten rauskommt." Letscho deutete auf den Koffer auf der Rückbank.

Gemeinsam hievten, schoben und zerrten Jobst, Jule und Letscho den Koffer von der Rückbank, am Beifahrersitz vorbei und schließlich aus dem Auto. Letscho und Jobst hoben den Koffer gemeinsam hoch und legten ihn auf die Motorhaube.

Dann starrten die drei Freunde den Koffer an, als wäre er ein dickes Ei vom Mars, das gerade vom Himmel gefallen war.

„Ist er das?“, fragte Jule.

„Ja. Also, ich glaube schon. Die Größe stimmt, die Farbe, das Leder. Und hier, seht ihr das Zahlenschloss? Da stellt man das Reiseziel ein. Man kann Jahreszahlen einstellen und auch Koordinaten.“

Jobst strich über den Kofferdeckel. Er hatte es tatsächlich geschafft. Er, nein, sie hatten den Koffer gefunden. Jobsts Heimat war nur noch ein paar Zahlenschloss-Klicks entfernt. In seinem Magen drehte sich ein heißer Wirbel aus Vorfreude, Aufregung und Erleichterung.

„Eine Messe!“ Letschos Augen funkelten schelmisch. „Was es alles gibt. Dann können wir heute Nachmittag noch bei Napoleon, dem alten Haudegen, vorbeischauen?“

„Mach doch mal auf!“, sagte Jule.

Jobst rüttelte an den Schlossschnappern. Die silberne Farbe war matt und an den Rändern verrostet. Die Schnapper ließen sich viel schwerer öffnen, als Jobst in Erinnerung hatte. Mit einem *Klack* sprangen sie schließlich auf und Jobst hob behutsam den Deckel.

Jobst, Jule und Letscho starrten in den Koffer. Was auch immer ein jeder erwartet hatte – das nicht!

„Was ist das? Euer Pappklopapier?“, fragte Jobst.

„Raufasertapete. Ein ganzer Koffer voll Raufasertapete“, sagte Letscho. „Das Zeug ist Gold wert.“

Jule nahm eine Rolle Raufasertapete aus dem Koffer und betrachtete sie nachdenklich, dann schlug sie sich mit der Rolle vor den Kopf. „Jetzt weiß ich, warum mir der Mann mit dem Pisshelm so bekannt vorkam. Das ist der alte Schulte, der Malermeister. Der hat bei uns das Wohnzimmer tapeziert. Ohne Pisshelm, natürlich."

„Ich dachte, das hat dein Vater selbst gemacht. Ist doch alles krumm und schief", sagte Letscho.

„Na ja, war schwarz, und mein Vati hat ihn mit Bierkästen bezahlt", sagte Jule.

„Verstehe. Da war die Hälfte vom Lohn in Flaschen schon vor getaner Arbeit aufgebraucht", folgerte Letscho.

Jobst starrte in den Koffer. Er interessierte sich nicht für die Tapete und Malermeister Schulte. „Das Futter", sagte er leise. Der Stoff im Kofferinneren war beige-braun kariert. „Unser Koffer hat ein rotes Futter, ohne Muster." Die Karos des Futters verschwammen vor seinen Augen, der Wirbel im Magen versickerte. „Außerdem leuchtet er nicht. Unser Koffer leuchtet, wenn man ihn aufmacht."

„Was denn, wie ein Kühlschrank?", fragte Letscho.

Jobst nickte. „Nur ohne Strom, einfach so, weil er eben … na ja, kein normaler Koffer ist."

„Das ist der falsche Koffer?" Jule ließ die Tapete sinken.

„Orr nö! Sag nicht, das war jetzt alles für umsonst", stöhnte Letscho. „Mann, wir wären beinahe alle draufgegangen. Und wofür? Für einen Koffer voll Tapete!"

„Ich war mir sicher, dass das unser Koffer ist. Von außen sieht er genau so aus", verteidigte sich Jobst. „Woher soll ich denn wissen, dass euer Malermeister den gleichen Koffer hat?!"

Einen Moment standen die Freunde da und die Enttäuschung sackte in ihnen herab wie Steine im Sumpf.

Jule legte die Rolle schließlich zurück in den Koffer und klappte ihn zu. „Jetzt wissen wir wenigstens, wie euer Koffer aussieht. Wir müssen dem Schulte die Tapete zurückbringen. Ich meine, Raufasertapete, wer weiß, wo er die abgestaubt hat."

„Das mache ich. Ich hab es sowieso nicht so eilig, nach Hause zur Regierung zu kommen", sagte Letscho.

Jule sah Letscho mitfühlend an. „Dein Vater wird ’nen schönen Aufriss machen. Sollen wir lieber mitkommen?"

„Ich kann ihm alles erklären", bot Jobst an.

„Nee, lasst mal. Ihr wisst doch, dass er es nicht mag, wenn ich jemanden mit nach Hause bringe. Und jemanden aus dem Mittelalter schon gleich gar nicht. Das schaff ich schon alleine. Hab doch Übung. Und meine Mutter ist ja auch noch da." Letscho grinste traurig.

Sie wuchteten den Koffer zurück in den Trabi. Letscho fuhr Jule und Jobst auf Schleichwegen zurück in die Gartenanlage. Er wollte nicht noch von der Verkehrspolizei angehalten werden und richtigen Ärger bekommen. Der Ärger, der zu Hause auf ihn wartete, reichte.

## Im Westen geht die Sonne unter

Jule lag in der Hängematte. Jobst saß daneben auf einem Baumstumpf und gab der Hängematte ab und zu einen Schubs. Der warme Nachmittag döste wie ein übersattes Tier in der Gartenanlage. Irgendwo, ein paar Parzellen weiter, dudelte ein Radio. Bienen brummten um die Heckenrosen. Es roch nach versunkenem Sommer.

Jobst lehnte mit dem Kopf an einer Regentonne und betrachtete Jule. In der späten Nachmittagssonne schimmerten Jules Haare marzipangolden und ihr Gesicht wie Saharasand, die hellgrünen Augen zwei Wüstendiamanten.

„Worüber freust du dich?“, fragte Jule.

„Ähm.“ Jobst hatte gar nicht bemerkt, dass er gelächelt hatte.

„Die Aktion heute war total für umsonst. Keine Spur vom Koffer im Betrieb, und dann schnappen wir uns den falschen Koffer. Aber gefetzt hat es schon.“ Jetzt lächelte Jule. „Erst türmen wir vor der Kotzmann und dann ’ne richtige Verfolgungsjagd.“

Jobst nickte. „Bei euch geht’s wilder zu als im Mittelalter.“

Jule lachte. Jobsts Herz hüpfte.

„Aber mal ehrlich.“ Jule richtete sich auf. „Was ist in eurem Koffer drin? Wieso wollt ihr ihn unbedingt zurückhaben?“

Jobst seufzte. Er hatte gehofft, dass Jule ihm glaubt. Einfach glaubt. Aber sie hielt ihn also doch für einen Spinner. Oder einen Lügner. „Nichts ist im Koffer. Es ist ein Zeitreisekoffer. Ohne ihn kommen wir nicht zurück nach Hause. Ich weiß, das klingt total irre, aber glaub mir bitte einfach. Versuch es.“

„Ein Zeitreisekoffer.“ Jule sah Jobst schweigend an. „Meine Mutti hat mir Jules Verne vorgelesen. *20.000 Meilen unter dem Meer*. Damals, als er das geschrieben hat, dachte keiner, dass es solche U-Boote wirklich einmal geben würde. Vielleicht ist es mit eurem Zeitreisekoffer auch so.“

Jobst nickte langsam.

Eine Weile saßen sie schweigend im Garten.

„Wo ist deine Mutter überhaupt?“

„Sie macht einen Lehrgang. Zwei Wochen. Ich hab schon drei Postkarten von ihr bekommen.“

„Ach so. Ich dachte schon, sie wäre auch in den Westen abgehauen.“

„Meine Mutti? Niemals. Die glaubt doch an das alles hier. Also, zumindest ein bisschen.“

Jobst sah Jule verständnislos an. „Woran glaubt sie?“

„Na, an den Sozialismus. Ihr Vater, mein Opa, war Widerstandskämpfer, zur Zeit der Nazis damals. War im Gefängnis und alles. Dem gefällt hier zwar auch nicht mehr alles, aber er meint, es wäre immer noch besser als im Westen.“

„Wieso wollen dann alle da hin? Und wieso können sie nicht einfach so in den Westen?“

„Du hast wirklich keine Ahnung, oder?“ Jule musterte Jobst verwundert. „Aus der DDR kann man nicht so einfach raus. Also, in die anderen sozialistischen Länder schon, zumindest in ein paar. Aber in den Westen kann man nicht. Die Grenze wird immer bewacht, da wirst du erschossen, wenn du rüberwillst. Und in Berlin steht sogar eine Mauer.“

„Die Berliner Mauer …“, sagte Jobst und Bilder tauchten in seinem Kopf auf. Menschen tanzten auf der Mauer und schwenkten Fahnen.

Jobst stellte fest, dass er mehr über irgendwelche fantastischen Comic-Welten wusste als über die Zeit, in der Jule und Letscho lebten.

„Und warum die Leute wegwollen … na ja, manchen gefällt es hier eben nicht. Oder sie haben Ärger bekommen, können nicht studieren und so. Oder einfach, weil es da drüben immer Raufasertapete und Melonen gibt.“

„Wieso gibt es das hier nicht?“

„Weiß nicht. Irgendwas funktioniert hier nicht so gut. Aber in der Schule sagen sie, dass wir im besseren Deutschland leben, weil es bei uns keine Obdachlosen gibt und keine Armen und Reichen, sondern alle gleich sind.“

„Alle sind gleich?“ Jobst war nie gleich. Oder die anderen waren nicht wie er. Vielleicht wollte er auch gar nicht gleich sein.

„So ganz gleich sind auch nicht alle. Also, arm und reich gibt es wirklich nicht richtig. Aber es ist nicht egal, ob deine Eltern in der Partei sind oder nicht", sagte Jule.

„In welcher Partei?"

„Na, in der SED. Gibt doch nur die eine."

„Und die Leute, die Ärger bekommen, was haben die gemacht?"

„Das weiß man gar nicht so genau. Da redet auch keiner drüber."

„Und das interessiert auch keinen?"

„Na ja, die Leute haben Angst, selber Ärger zu bekommen."

„Woher weiß man dann, was man machen darf und was nicht?"

„Das weiß man einfach." Jule überlegte. „Na, zum Beispiel darf man nichts gegen den Staat sagen oder gegen die Partei. Oder verbotene Bücher lesen oder den falschen Leuten die falschen Witze erzählen. Kennste den hier? Genosse Honecker – das ist der oberste Chef der DDR – tritt morgens auf seinen Balkon und sagt: ‚Guten Morgen, liebe Sonne!' Die Sonne sagt: ‚Guten Morgen, lieber Erich!' Mittags geht er wieder auf den Balkon und sagt: ‚Guten Tag, liebe Sonne!' Die Sonne sagt: ‚Guten Tag, lieber Erich!' Abends geht er noch mal auf den Balkon und sagt: ‚Guten Abend, liebe Sonne!' Da sagt die Sonne: ‚Jetzt kannste mich mal, jetzt bin ich im Westen!'" Jule sah Jobst erwartungsvoll an.

Jobst grinste.

„Na ja, Letscho kennt noch ein paar bessere."

Jobst zupfte einen Grashalm ab und wickelte ihn gedankenverloren um den Finger. „Heute Mittag, als wir von der Kofferfabrik Richtung Stadt gelaufen sind, da hast du gemeint, es gibt hier Leute, die wissen alles. Wen meinst du damit? Und wenn die alles wissen, dann wissen die auch, wo der Koffer ist. Vielleicht haben sie den Koffer. Wir könnten sie doch einfach danach fragen."

Jule zog die Augenbrauen hoch. „Ganz schlechte Idee!" Sie beugte sich vor und flüsterte: „Die Leute, die alles wissen und die Herr Zander im Betrieb gesehen hat, das könnten welche von der Stasi gewesen sein. Und glaub mir, mit der willst du nichts zu tun haben."

„Stasi?"

„Die Staatssicherheit. Geheimdienst. Die haben überall ihre Leute, deswegen wissen sie alles."

„Und wieso sollte sich ein Geheimdienst für unseren Koffer interessieren?", fragte Jobst.

„Die interessieren sich für alles. Und wenn die wirklich euren Koffer haben, na dann mach's gut, Aljoscha!"

„Aber die können doch nicht einfach einen Koffer mitnehmen, der ihnen gar nicht gehört."

„Die können alles. Die nehmen sogar Menschen mit", sagte Jule.

„Trotzdem, man muss sich doch beschweren können. Oder zumindest mit denen reden und erklären, dass der Koffer uns gehört und alles ein Missverständnis sein muss", sagte Jobst. „Kennst du jemanden von der Stasi?"

Jule zuckte die Schultern. „Nee. Ist doch ein *Geheim*dienst, die Stasi. So richtig weiß man nie, wer für die arbeitet. Vati meint, dass Lothar – das ist unser Nachbar – bei denen ist. Glaub ich aber nicht. Der ist urst nett und fährt mich manchmal mit seinem Motorrad durch die Stadt. Da hat er so 'nen Beiwagen dran."

„Diese Stasi, die hat doch bestimmt ein Büro, wo man mal nachfragen kann."

„So läuft das nicht. Man fragt die nichts, die stellen die Fragen. Außerdem wissen wir doch gar nicht sicher, ob sie euren Koffer hat. Vielleicht hat ihn auch irgendeine Omi mitgenommen und stapelt jetzt darin ihre Unterhosen."

Jobst wusste nicht, welche Vorstellung schlimmer war. „So oder so. Das hört sich alles gar nicht gut an. Wenn wir den Koffer nicht mehr finden, sitzen wir für immer hier fest. In der Vergangenheit."

„Nimm's nicht so tragisch", sagte Jule. „Du hast selbst gesagt, hier ist es besser als im Mittelalter."

„Und meinen Vater sehe ich ohne Koffer auch nie wieder."

„Wo ist der?"

„In der Antike."

„Ist das 'ne Kneipe?"

„Nein, in der echten Antike. Wir waren ein paar Mal im Urlaub dort. Mein Vater glaubt, dass es für jeden Menschen eine Zeit gibt, die am besten zu ihm passt. Bei ihm ist das die Antike. Irgendwann ist er einfach dortgeblieben. Wir besuchen ihn mehrmals im Jahr. Also, das haben wir zumindest bis jetzt gemacht." Jobst seufzte.

„Und, welche Zeit passt zu dir?"

Jobst zuckte mit den Schultern. „Das habe ich noch nicht herausgefunden."

Plötzlich lachte Jule los. „Das ist echt stark! Dein Vater ist in der Antike, du kommst aus der Zukunft, und jetzt sitzt du in der DDR fest."

Jobst warf Jule einen mürrischen Blick zu. „Stark? Ein ganz starkes Desaster ist das!"

## Verräter

Jobst saß in der hintersten Reihe im Theater. Doch davon wurde das, was seine Mutter auf der Bühne vorführte, nicht weniger peinlich. Sie tänzelte schon den ganzen Morgen mit ausgebreiteten Armen in einem langen Kleid, einem alten Ledermantel und mit einem Kopftuch über die Bühne. Frank Kühne ließ sich davon nicht aus der Ruhe bringen. Szene für Szene probte er mit seinen Schauspielern. Und mit Susanne.

Diese stand gerade vor einem Schauspieler, der den Feldwebel spielte, stieß ihm mit dem Finger gegen die Brust und rief: „Reden Sie anständig mit mir und erzählen Sie nicht meinen kleinwüchsigen Kindern, dass ich Sie auf den Arm nehmen will. Das gehört sich nicht, ich hab nix mit Ihnen." Susanne gab dem Feldwebel einen so heftigen Stoß, dass dieser in die Kulisse krachte.

Frank Kühne sprang auf die Bühne und half ihm auf die Beine.

„Oh, Entschuldigung. Ich … ich bin einfach so in meiner Rolle drin", stammelte Susanne.

Der Feldwebel rieb sich den Hintern.

Frank Kühne rückte seine Brille zurecht. „Nun ja, das … das war schon recht ordentlich, Susanne. Obschon du deine Gesten etwas dosierter setzen könntest. Und es heißt ‚halbwüchsige Kinder', nicht ‚kleinwüchsige'. Wir versuchen es noch mal."

Jobst stützte die Ellbogen auf die Knie, hielt sich mit den Händen die Augen zu und schüttelte den Kopf. Da erklang bereits wieder die Stimme seiner Mutter von der Bühne. Sie war keine Mutter Courage, sie war eine Mutter Blamage.

Letscho hatte sich den ganzen Morgen nicht blicken lassen. Da es keine Handys gab und Letschos Familie kein Telefon zu Hause hatte, konnte Jobst nur vermuten, dass er Hausarrest bekommen hatte. Vielleicht musste er zur Strafe den Trabi putzen, den er gestern einfach entführt hatte. Jule war bereits in die Stadt aufgebrochen, als Jobst und seine Mutter zum Theater gekommen waren. Laut Frank stand sie wahrscheinlich gerade beim Fleischer an. Außerdem ging das Gerücht um, dass im Schallplattenladen „heiße Scheiben" eingetroffen wären.

Auf der Bühne rief Susanne gerade laut „Ich hab nix mit Ihnen!" und wackelte dabei so energisch mit dem Kopf, dass ihr das Kopftuch über die Augen rutschte.

Jobst erschauderte. Wahrscheinlich schämte er sich immer so viel, weil er sich für seine Mutter, der gar nichts peinlich war, mitschämen musste. Schon allein, weil seine Mutter niemals tatsächlich vor einem Publikum auf der Bühne stehen durfte, mussten sie den Koffer bald finden. Jobst würde es nicht übers Herz bringen, das mit anzusehen.

Keine Minute länger hielt er es im Theater aus. Zumindest nicht, solange seine Mutter auf der Bühne stand. Er schlich sich aus der letzten Reihe ins Foyer, zog die alte schwere Tür auf und trat vor das Theater. Die Sonne stach ihm in die Augen und kitzelte seine Nase. Jobst blinzelte.

Nach der Dunkelheit im Theater wirkte die Welt davor fast weiß. Jobst brauchte ein paar Sekunden, um sich an die Helligkeit zu gewöhnen. Auf dem gegenüberliegenden Gehsteig lief eine Frau mit einem Korb und einem Einkaufsnetz. Alle anderen waren wohl schon in der Innenstadt und standen Schlange, denn sonst war die Straße menschenleer.

Jobst beschloss, im Schatten des nächsten Hauseingangs auf Jule zu warten. Frank Kühne hatte ihm einen Comic zum Lesen gegeben, ein *Mosaik*-Heft. Zu Hause hatte Jobst auch ein paar dieser Comics rumliegen. Er hatte gar nicht gewusst, dass es die schon so lange gab und sie aus der DDR kamen. In dieser Ausgabe erlebten die Abrafaxe ein Abenteuer in einer Diamantenmine. Das klang schon mal viel besser als *Mutter Courage*, fand Jobst.

Er hatte gerade die zweite Seite aufgeschlagen, als er aus dem Augenwinkel eine Bewegung wahrnahm. Jobst blickte auf. Vor ihm stand der Junge aus dem *Konsum*, genauso breitbeinig. Der Blick genauso glühend. Seine Haare waren noch zerzauster. Der Schorf von einem Knie war abgeknubbelt, die Haut darunter rosa und weiß.

„Hallo?“, sagte Jobst leise.

Der Junge musterte ihn, als wäre er sein Erzfeind. „Hallo, Dominik. Erst haust du einfach von heute auf morgen ab, und dann tauchst du ein halbes Jahr später wieder auf, ohne dich bei mir zu melden. DU VERRÄTER!", stieß der Junge hervor.

Bevor Jobst erwidern konnte, dass er weder Dominik noch ein Verräter war, stürzte sich der Junge auf ihn. Mit einem Arm umklammerte er Jobsts Hals, mit dem anderen stieß er ihn in die Seite.

„Nein! Ich bin …!", rief Jobst und versuchte, den Jungen abzuschütteln und seine Fäuste abzuwehren.

Der Junge geriet dadurch noch mehr in Wut, packte fester zu und zerrte Jobst aus dem Hauseingang auf den Gehweg. Jobst hielt sich schützend die Arme vors Gesicht und trat mit den Beinen nach dem Jungen. Der Junge trat jetzt ebenfalls und Jobst schrie auf, als ihn ein Tritt an der Wade traf. Jobst ging zu Boden. Mit einer schnellen Bewegung setzte sich der Junge auf Jobst, riss ihm die Arme vom Gesicht und drückte sie zu Boden.

Jobsts Brille war verrutscht. Er blinzelte den Jungen an. „Bitte, ich … ich weiß überhaupt nicht …"

„Schweig, Verräter!", zischte der Junge. Aus seinen dunklen Augen schoss so viel Wut, dass Jobst sich nicht zu rühren wagte, hätte er es überhaupt gekonnt. „Wieso? Wieso hast du das getan?"

„Was getan? Ich bin nicht der, der du denkst", sagte Jobst.

Der Junge stieß Jobsts Ellbogen auf die Gehwegplatten und Jobst verzog vor Schmerz das Gesicht.

„Du bist ein elender Lügner." Der Junge beugte sich dicht über Jobsts Gesicht. „Ein Verräter. Du bist nicht mehr mein Freund, verstanden? NIE WIEDER!"

Plötzlich packte jemand den Jungen am Genick und zog ihn mit einem kräftigen Ruck hoch. „Was soll das werden? Über Schwächere herfallen und große Klappe, was?"

Jobst riss ungläubig die Augen auf, als er seinen Retter erkannte.

## Ehrensache

Ingo packte den Jungen an den Schultern. Er war fast einen Kopf größer. „Jetzt erzählst du mir mal, was das eben sollte."

Er wollte den Jungen gegen die Hauswand pressen, doch der war schneller. Er duckte sich, stieß Ingo in den Bauch und zischte im nächsten Moment an ihm vorbei, die Straße entlang.

Ingo stöhnte und hielt sich den Bauch. Dann richtete er sich auf. „Ich krieg dich noch, Freundchen, dann mach ich dich rund!", schrie er.

Doch da war der Junge bereits um die nächste Häuserecke verschwunden.

Ingo starrte einen Moment die leere Straße entlang, dann ging er zu Jobst und hielt ihm seine Hand hin.

Jobst zögerte, nahm schließlich Ingos Hand und ließ sich von ihm auf die Beine helfen. Jobsts, beziehungsweise Jules, Cordhose hatte einen Riss. Die Wade schmerzte noch immer von dem Tritt.

Jobst rückte seine Brille gerade und musterte Ingo misstrauisch. „Wieso hast du das gemacht?"

„Hast recht, ich hätte den Kasper nicht entwischen lassen sollen.“ Ingo kniff die Augen zusammen. „Aber er war echt verdammt schnell, musst du zugeben.“

„Nein, ich meine, wieso hast du mir geholfen?“

„Weil man den Schwächeren immer hilft. Ehrensache. Ist wohl bei euch drüben nicht so, was?“

Jobst zuckte mit den Schultern. „Doch, schon.“

„Ach komm, mich kannste nicht foppen. Wir wissen genau, was im Westen los ist. Bei euch herrscht ein Recht auf Ausbeutung. Die Imperialisten wollen immer nur Profit machen. Geld, Geld, Geld, was anderes zählt bei euch nicht“, sagte Ingo.

„Na ja, Geld ist schon wichtig.“

„Du sagst es, Sportsfreund.“ Ingo fuhr sich durch seine Pusteblumenhaube. „Und, wie sieht's aus, hast du Geld?“

Jobst runzelte die Stirn.

„Jetzt guck nich wie 'n Konsumbrot. Ein kleiner Dank dafür, dass ich dich vor dem Kunden eben gerettet habe, wäre schon angesagt, findest du nicht?“

„Ach so, du willst …“ Jobst kramte in seiner Hosentasche. Seine Mutter hatte ihm heute Morgen etwas Kleingeld hingelegt. Jobst hatte es fast vergessen, so leicht waren die Münzen in seiner Hose. „Hier.“ Er hielt Ingo die flache Hand mit den Münzen hin.

„Was soll ich denn damit? Von unseren Aluchips habe ich selbst genug. Du musst doch Westgeld haben“, sagte Ingo.

„Du meinst Euro?“

„Hä? Ich meine Westgeld. D-Mark."

„Hab ich nicht."

„Freundchen", zischte Ingo und packte Jobst am T-Shirt. „Bei dir rattert's wohl unterm Pony? Ich riskiere hier meinen Arsch für dich belämmerten Bundi und du …"

„Du lässt ihn *sofort* in Ruhe!", schrie Jule und klatschte Ingo im gleichen Moment ihren Beutel voller Wurstwaren an den Kopf.

Ingo taumelte ein Stück zur Seite. Es waren sehr viele Bratwürste im Beutel.

„Und jetzt zieh 'nen Kreis, sonst …", sagte Jule und hob drohend die Schallplatten in die Höhe, die sie in der anderen Hand hielt.

„Sonst holst du deinen Fettklops-Freund, oder was?" Ingo winkte ab. „Mach mir an euch doch nicht die Finger schmutzig." Er wandte sich zum Gehen. „Aber das wird Folgen haben, Juliane Kühne."

„Ja, petz es doch deinem FDJ-Vorsitzenden." Jule streckte Ingo die Zunge raus, doch Ingo hatte ihr bereits den Rücken zugewandt und marschierte den Gehweg entlang.

„Fettklops-Freund, wen meint er denn damit?", keuchte Letscho, der gerade aus der entgegengesetzten Richtung angerannt kam. Mit einer Hand schleppte er den großen dunkelbraunen Koffer. „Was wollte die Föhnfrisur?"

„Westgeld", sagte Jobst. „Dafür, dass er mich gerettet hat." Jobst erzählte Jule und Letscho von dem seltsamen Jungen, den sie schon am Busbahnhof gesehen hatten und der eben über ihn hergefallen war.

„Och nö, jetzt hab ich die ganze schöne Kampelei verpasst!" Letscho stellte den Koffer ab.

„Der Junge hat mich Dominik genannt und gesagt, ich wäre ein Verräter", sagte Jobst.

Jule überlegte. „Dominik. Kenne ich keinen. Du?"

Jobst schüttelte den Kopf. Er dachte kurz an seinen Vater, der Dominik hieß. Aber der war in der Antike.

„Der verwechselt dich mit jemandem, hundertpro. Er kann dich gar nicht kennen, schließlich kommst du aus dem Mittelalter, nicht wahr, Ritter Rübe?" Letscho klopfte Jobst auf den Rücken.

Jobst nickte ernst.

„Hast du gar keinen Hausarrest?", fragte Jule Letscho.

„Ja, doch. Aber Hausarrest, wenn man im ersten Stock wohnt … Da könnte man einen Panzerknacker auch in einen Babylaufstall sperren", sagte Letscho.

„Und was macht der Koffer hier? Den wolltest du doch zu diesem Malermeister zurückbringen." Jobst deutete mit dem Kopf auf den alten Lederkoffer.

„Hab's mir anders überlegt", sagte Letscho.

„Mann, Letscho, du kannst doch dem Schulte nicht einfach die Raufasertapete klauen", sagte Jule.

„Keine Panik. Die Tapete hat er längst wieder. Ich hab mir nur seinen Koffer ausgeliehen."

„Wozu das denn?“ Jule runzelte die Stirn.

„Och, dachte, den könnten wir vielleicht noch gebrauchen. Immerhin sieht er aus wie Jobsts Koffer, und auf der Suche nach dem echten Koffer haben wir dann zumindest ein Anschauungsstück.“

„Verstehe“, sagte Jobst. „Wie die Kommissare, die den Leuten ein Foto von einem Vermissten zeigen und fragen ‚Kennen Sie diesen Mann?‘. In unserem Fall lautet die Frage nur eben: ‚Kennen Sie diesen Koffer?‘“

„Glühbirne im Kopf, was?“, sagte Letscho.

Die Tür vom Theater öffnete sich. Der Mann, der vorhin noch als Feldwebel auf der Bühne gestanden hatte, trat heraus. Seine Haare waren zerzaust, seine Nase blass. Er sah zu Jobst, schüttelte den Kopf und murmelte: „Deine Mutter …“

Diese stieß im nächsten Moment die Theatertür weit auf. „Da steckst du, mein Brillenbärchen!“

Letscho gluckste und Jobst zuckte zusammen, als er den Kosenamen hörte. Hatte er nicht vor mindestens drei Jahren mit seiner Mutter ausgemacht, dass sie ihn in der Öffentlichkeit nicht mehr Brillenbärchen nennen sollte, und vor mindestens einem Jahr, dass sie ihn überhaupt nicht mehr Brillenbärchen nennen sollte, selbst wenn sie alleine auf einer einsamen Insel leben würden?

„Jule, die Wurst- und Fleischwaren müssen umgehend in den Kühlschrank“, sagte Frank Kühne, der nun ebenfalls aus dem Theater getreten war. Er nahm Jule den Beutel ab und sah interessiert auf die Schallplatten in der anderen Hand seiner Tochter. „Darf ich mal sehen, was hast du denn da Erfreuliches?“

Jule hielt beide Schallplatten in die Höhe. „Dafür musste ich eine Stunde anstehen.“

Auf einer Schallplatte sah man einen Mann in Jeans und weißem T-Shirt von hinten. *Born in the USA. Bruce Springsteen* stand auf dem Cover. Frank Kühne nickte zufrieden. Auf dem anderen Plattencover saß eine Frau mit roten Absatzschuhen auf einem roten Motorrad. „*Komm und fühl' die heiße Nacht. Disco non stop*“, las Frank Kühne vom Cover. Er sah seine Tochter fragend an.

„Du hast gesagt, ich soll das kaufen, was der vor mir in der Schlange kauft. Genau das habe ich gemacht“, verteidigte sich Jule.

„Nun denn, ein Treffer von zwei, da will ich mal nicht kleinlich sein.“ Der Theaterregisseur nahm Jule die Platten ab und strich behutsam über das Cover der Springsteen-Platte, als wäre sie aus purem Gold.

„Seid ihr schon fertig mit den Proben?“, fragte Jobst. Er hatte zwar nicht viel Ahnung vom Theater, aber dass seine Mutter einem Publikum zugemutet werden konnte, davon schien sie ihm noch weit entfernt. Unendlich weit.

„Wir … äh … brauchen nur eine Pause“, murmelte der Feldwebel.

Jobst nickte ihm verständnisvoll zu.

„Und die gute Nachricht, Jobst: Heute Nachmittag machen wir auch nicht so lange", sagte Susanne.

„Schön, dann hilfst du uns endlich, den Koffer zu finden?", fragte Jobst.

„Ähm, ja, vielleicht … Aber wir wollten eigentlich ein Barbecue machen", sagte Susanne.

„Ein Bar-Bäh-Kuh?", wiederholte Letscho. „Trifft man sich da mit ekligen Rindviechern in einer Kneipe?"

„In gewisser Weise schon, mit toten Rindviechern", erwiderte Frank Kühne. „Ich habe die Absicht, auf unserem idyllischen Hinterhof einen kulinarisch und geistig anregenden Grillabend zu veranstalten. Im kleinen, erlesenen Kreis. Ihr seid herzlichst eingeladen."

„Grillabend. Schönen Dank auch!" Jobst schnaufte und sah seine Mutter wütend an. „Jetzt muss ich mal was klarstellen."

Ihm reichte es langsam. Seine Mutter hatte ihren Verstand scheinbar im Mittelalter gelassen. Was auch erklären würde, warum sie ihn vor seinen Freunden ‚Brillenbärchen' nannte.

„Du spielst hier den halben Tag Theater, machst Päuschen in Kantinchen und jetzt werden auch noch in aller Ruhe Würstchen gegrillt, während ich in stinkenden Gummiturnschuhen durch die halbe Stadt laufe und unseren Koffer suche!"

Letscho warf einen Blick auf Jobsts Füße. „Muss an deinen Füßen liegen. Bei mir stinken die nie."

Susanne sah ihren Sohn ernst und bedeutungsvoll an. „Ich weiß. Du hast recht."

Jobst klappte fassungslos der Mund auf. Immer, wenn er genug Wut angestaut hatte, um sich endlich mal aufzuregen, gab seine Mutter ihm einfach recht. Es war nicht fair.

„Also, hilfst du uns jetzt und suchst den Koffer?"

„Wenn ich mich ganz kurz in das erfrischend offene Gespräch einbringen dürfte", sagte Frank Kühne, zog Jobst behutsam zu sich heran und fuhr leise fort: „Der Schein trügt, mein junger Freund. Euren Koffer haben wir keineswegs vergessen. Vielmehr haben wir euch etwas mitzuteilen. Es gibt da gewisse Neuigkeiten … Allerdings sind es keine allzu guten."

## Bar-Bäh-Kuh

Die späte Nachmittagssonne blinzelte gerade noch über die gegenüberliegende Häuserfront in den Innenhof. Auf einem erhobenen Rasenstück standen rostbraune Wäschestangen. Nachthemden, Handtücher und Bettlaken hingen an der Leine und wehten wie Segel im weichen Wind. Der Rasen war beinah kniehoch und gesprenkelt mit Margeriten und Gewitterblümchen. Neben einem alten Fliederbusch stand ein kleiner, zerfallener Holzschuppen. Er war von weiß blühenden Wicken überwuchert.

An die graubraune Hauswand, vor der Frank Kühne einen kleinen Grill aufgestellt hatte, hatte jemand *Bernd ist doof* geschrieben, und jemand darunter *selber!*.

„Der Rost brennt!“, sagte Letscho mit einer Mischung aus Stolz und Zufriedenheit.

Frank Kühne, der zwar sehr gerne Bratwürste aß, aber selbst nicht gerne am Grill stand, hatte Letscho die Verantwortung über den Grill übertragen.

Jule und Jobst saßen auf Campingstühlen an der Hauswand. Auf einem Campingtisch standen mehrere Getränkeflaschen und eine große Schüssel Kartoffelsalat, den Frank Kühne gemacht hatte. Und ein Glas Letscho, das er extra für den Freund seiner Tochter gekauft hatte.

Susanne kam gerade mit Besteck und Senf aus dem Haus. „Ketchup habe ich nicht gefunden", sagte sie und stellte den Senf auf den Campingtisch.

„Ketchup gibt's grad nicht", sagte Jule.

„Keine Saison", fügte Letscho hinzu.

Jobsts Mutter nickte wissend. „Und Melonen, Bananen und Kiwis haben bei euch nie Saison."

„Was sind denn Kiwis?", rief Letscho vom Grill, wo er gerade eine Wurst umdrehte.

„So was wie Stachelbeeren, nur in groß", erwiderte Jobst.

„Is ja widerlich." Letscho verzog das Gesicht.

Jobst klemmte die Hände unter die Beine und rutschte unruhig von einer Pobacke auf die andere. „Was ist denn nun?"

„Dauern noch, die Roster." Letscho hob eine Wurst mit der Grillzange hoch und begutachtete sie fachmännisch. Der Zusammenprall mit Ingos Kopf hatte ihnen scheinbar nichts ausgemacht.

„Nicht die Würste", sagte Jobst. „Ihr wolltet uns doch etwas sagen. Die Neuigkeiten, wegen dem Koffer."

Jobst, Jule und Letscho hatten Frank Kühne und Susanne mehrmals angefleht, ihnen gleich zu sagen, was sie über den Koffer herausgefunden hatten. Doch der Theaterregisseur hatte gemeint, das hätte Zeit und sie sollten sich bis zum Grillabend gedulden. Außerdem wäre es kein Thema, das man zwischen Tür und Angel oder auf offener Straße bespricht.

Jobst hatte den Nachmittag daraufhin bei Jule verbracht. Sie hatten eine Schallplatte über *Mimmelitt, das Stadtkaninchen* gehört und eine über ein *Kinderland*. Diese Platte fand Jule aber nicht so toll, weil ein Lied darauf *Jule wäscht sich nie* hieß. Dann hatte Jule Jobst ihre Schätze gezeigt. Sie bewahrte sie in einer alten Zwieback-Blechkiste auf. In der Kiste lagen Murmeln, kleine farbige Steine, verbogene Blechdeckel von Cola-Flaschen, eine Postkarte aus Italien, eine kleine leere Pralinenschachtel, Alupapier von einem Osterhasen, fein säuberlich glatt gestrichen, sowie unzählige ebenso geglättete Bonbonpapiere. Jule wollte ein Bonbonpapier-Album anlegen.

Letscho hatte den Koffer im Theater abgestellt und war wieder nach Hause gegangen. Er wollte in seinem Zimmer sein, wenn sein Vater von der Schicht kam. Und er wollte sein Zimmer bis dahin aufräumen, damit er zum Grillabend durfte. Scheinbar hatte es funktioniert. Auch gut möglich, dass Letschos Vater wie immer nach der Schicht einfach nur seine Ruhe haben wollte und ihm alles andere egal war und dass Letschos Mutter ein gutes Wort für ihn eingelegt hatte.

„Und, was ist jetzt mit unserem Koffer?“ Jobst sah fragend zwischen seiner Mutter und Jules Vater hin und her.

„Wir wollen uns erst einmal etwas stärken“, sagte Frank Kühne und rief Letscho zu: „Genosse Grill, wie steht es um die Wurstwaren?“

„Bestens. Futter fassen!“ Letscho legte die Würste mit der Grillzange auf einen Teller und kurz darauf saßen alle am Campingtisch.

„Hm“, machte Jobsts Mutter mit geschlossenen Augen, während sie auf einem Wurststück kaute. „Schmeckt richtig gut.“

Jule sah zu Jobst, der seine Bratwurst nicht angerührt hatte. „Du isst ja gar nichts.“

„Bist du heute wieder Vegetarier?“, fragte seine Mutter.

„Ich bin immer Vegetarier“, sagte Jobst ernst.

„Es sei denn, es gibt Grillhähnchen“, warf seine Mutter ein.

Jobst seufzte und verdrehte die Augen.

„Oder Schnitzel.“

Jobst sah seine Mutter an, als wollte er Grillhähnchen aus ihr machen.

„Oder Hackfleischbäll…“

„Ein Vegetarier, hat das etwas mit dahinvegetieren zu tun?“, fragte Letscho und schob sich eine Gabel Kartoffelsalat in den Mund.

„Ein Vegetarier ist jemand, der kein Fleisch isst“, sagte Susanne.

„Aber, wieso?“ Jule sah Susanne mit großen Augen an.

„Es gibt mehrere Gründe. Manchen tun die Tiere leid, andere wollen sich gesünder ernähren und halten es für den besten Weg zur Bikinifigur …“, sagte Susanne.

„Bikinifigur?“ Letscho streckte Brust und Bauch heraus. „Wer hat, der hat!“

Jobst hatte unbemerkt von der Bratwurst abgebissen. Sie schmeckte wirklich sehr gut. Vielleicht verschob er das Vegetarier-Sein aufs nächste Jahrhundert.

„Bei dem bescheidenen Angebot in unseren Gemüseläden würde man vermutlich dem Hungertod nahekommen", sagte Frank Kühne. „Aber ihr habt sicher reichlich schmackhaftes Obst und Gemüse im Westen."

„In der Zukunft, meinst du", sagte Susanne.

„Wo auch immer." Frank Kühne lächelte in sich hinein.

Die Zukunft! Jobst schluckte das Wurststück herunter, spülte mit *Vita Cola* nach und sagte: „Können wir jetzt endlich aufhören, über Würste oder Obst und Gemüse zu sprechen, und verratet ihr uns, was ihr über den Koffer herausgefunden habt?"

Frank Kühne sah zu Susanne, nickte und legte Messer und Gabel beiseite. Er rückte mit dem Campingstuhl näher an den Tisch heran und beugte sich zu Jule, Jobst und Letscho. Einen Moment starrte er vor sich hin. „Um es gleich zu sagen: Wir haben den Koffer nicht und uns ist auch nicht bekannt, wo er sich genau befindet. Aber mir ist etwas zu Ohren gekommen, nennen wir es ein Gerücht."

„Jemand hat den Koffer gesehen?", fragte Jule.

Frank Kühne atmete tief durch, dann flüsterte er: „Wir haben Grund zu der Annahme, dass euer Koffer mitgenommen wurde, beschlagnahmt sozusagen."

„Von der Polizei?", fragte Jobst.

„Von der ‚Firma', flüsterte Jules Vater mit ernstem Gesicht.

„Welche Firma? Die Kofferfirma?", fragte Jobst.

„Er meint ‚Horch & Guck'", flüsterte Letscho.

„Ein Security-Dienst?", fragte Jobst.

„So ähnlich", sagte Susanne. „Der Geheimdienst der DDR, die Staatssicherheit."

„Die, die alles wissen und alles dürfen?" Jobst ließ die Gabel sinken.

Frank, Letscho und Jule nickten.

„Also stimmt das, was Herr Zander erzählt hat", sagte Jule nachdenklich.

„Das ist so ziemlich das Übelste, was passieren konnte", meinte Letscho.

„Was wollen die mit unserem Koffer?", fragte Jobst.

„Nun ja, da können wir nur Vermutungen anstellen", antwortete Frank Kühne. „Denkbar ist, dass sie ihn direkt vom Gehweg entwendet haben oder der Koffer ihnen von einem braven, übereifrigen Genossen von dort zugetragen wurde und sie ihn wegen staatsfeindlichem, verdächtigem Herumlungerns sichergestellt haben. Ein großer, herrenloser Koffer – das erregt Verdacht."

„Wahrscheinlich haben sie ihn geöffnet, und du weißt ja, wie es dann aus ihm leuchtet", ergänzte Susanne. „Das war ihnen sicher suspekt."

„Aber der Koffer ist unser Eigentum!", sagte Jobst.

„Nicht mehr." Letscho rammte die Gabel in seine Bratwurst.

Jobst sah seine Mutter entsetzt an. „Mama! Du musst etwas unternehmen. Du musst auf die Barrikaden gehen." Jobst konnte nicht fassen, dass seine Mutter, die in jedem Supermarkt nach einer zweiten Kasse klingelte, sobald zwei Leute vor ihr standen, jetzt so ruhig blieb.

„Glaub mir, das wollte ich auch sofort. Aber dann hat Frank mich davon überzeugt, dass das sehr unklug wäre", sagte Susanne. „Wer sich in der DDR mit der Stasi anlegt, landet nur hinter Gittern."

„Aber wir sind doch gar nicht aus der DDR. Wir wollen doch nur unseren Koffer und dann sind wir auch schon weg und auf dem Weg zurück in die Zukunft", sagte Jobst.

„Wenn ihr ihnen das erzählt, verfrachten die euch in eine geschlossene Anstalt", sagte Jule.

„Aber es sind nur Gerüchte. Das mit der Stasi und unserem Koffer, meine ich", sagte Jobst.

Frank Kühne wiegte den Kopf.

„Hat das was mit den umgeknickten Gladiolen und der Gartenlaubentür zu tun?", fragte Jobst.

„Susanne hat mich davon in Kenntnis gesetzt", erwiderte Frank Kühne. „Genaues weiß man natürlich nie. Es könnte etwas mit eurem Koffer zu tun haben, aber ebenso gut mit meiner Arbeit oder meiner flüchtigen Kollegin."

Jobst schob den Teller weg. Ihm war der Appetit vergangen. „Und jetzt? Soll das heißen, das war's? Wir sehen unseren Koffer nie wieder! Wir bleiben für immer hier?" Jobst breitete die Arme aus und sah in den Himmel. Da entdeckte er den Mann.

Er sah aus dem Fenster im zweiten Stock auf sie herab. Sein zerknittertes Gesicht erinnerte Jobst an eine alte Bulldogge mit müden Augen und hängenden Wangen.

„Mahlzeit", sagte er und hustete laut.

Jule sah nach oben. Dann schielte sie zu ihrem Vater.

„Guten Abend, Herr Nachbar", sagte Frank Kühne. „Vorne raus zur Straße gibt es wohl heute nichts Aufregendes zu sehen?"

Nachbar Lothar deutete mit dem Kinn auf die gegenüberliegende Häuserreihe. „Doller Sonnenuntergang."

Die Sonne war längst verschwunden, der Himmel gewitterblumenblau.

„Besuch?" Lothar nickte Susanne und Jobst zu.

„Eine neue Kollegin aus dem Theater und ihr Sohn", erwiderte Frank Kühne.

Susanne winkte ein fröhliches Hallo und Jobst blinzelte nach oben.

„Sollte öfters ins Theater gehen", schnaufte Lothar grinsend, dann zog er die Grillluft ein. „Mensch, riecht das lecker bei euch."

„Es schmeckt auch ganz köstlich", sagte Susanne. „Also, wenn Sie Lust haben, könnten Sie doch …"

„… gerne mal wieder in unserem Theater vorbeisehen", warf Frank Kühne schnell ein.

„Ja. Theater. Mal sehn.“ Der Mann sah auf sie hinab.

Frank Kühne blickte schweigend zurück.

„Julchen“, sagte Lothar schließlich. „Wenn du mal wieder ’ne Runde drehen willst mit mir, sag Bescheid. Dein kleiner neuer Freund hier ist natürlich auch eingeladen.“

Jule nickte.

Der Nachbar zögerte, dann tippte er sich an die Schläfe. „Schönen Abend noch“, sagte er und verschwand hustend in seiner Wohnung.

Frank warf Susanne einen verschwörerischen Blick zu. „‚Horch & Guck‘, mit großer Wahrscheinlichkeit“, flüsterte er.

## Unsere Heimat

Jobst lag mit zerzausten Haaren und verquollenen Augen im Garten auf dem Tisch, den Jule und Letscho zur Tischtennisplatte umfunktioniert hatten. Er hatte die halbe Nacht nicht geschlafen. Seine Mutter hatte sich neben ihm im Schlaf gewälzt und unzusammenhängende Sätze aus dem Theaterstück und dem wahren Leben gemurmelt. Dabei hatte sie ihm mehrmals die Bettdecke weggezogen und dafür ihre langen Haare ins Gesicht geworfen.

Jobst hatte aber nicht nur mit dem unruhigen Schlaf seiner Mutter zu kämpfen gehabt, sondern auch mit seinen eigenen Gedanken. Wie Tischtennisbälle ping-pongten sie in seinem Kopf von einer Seite zur anderen. Jobst holte keinen Punkt.

Betäubt vom Schlafmangel lag Jobst jetzt auf der Tischplatte und blinzelte in den Sommerhimmel. Ein Kondensstreifen zog sich von Ost nach West, als hätte ein Graffiti-Sprayer mit weißer Farbe auf den Himmel gesprüht.

„Wo der wohl hinfliegt?"

Jobst schoss wie eine Rakete in die Höhe. Neben ihm, auf der anderen Tischhälfte, lag Jule.

„Wo kommst du denn her? Liegst du schon lange da?“

„Erschreckt, was?“

„Na ja, wenn du dich hier anschleichst.“ Jobst musterte Jule. „Sind Kinder auch bei der Stasi?“

„Nein!“ Jule runzelte die Stirn. „Eigentlich ... keine Ahnung. Später, wenn du Abi machen oder studieren willst, da kann es sein, dass sie dich fragen, ob du dem Frieden und Sozialismus dienen willst. So nennen die das, hat mein Vati gesagt.“

„Was würdest du dann sagen?“, fragte Jobst.

Jule verschränkte die Arme hinter dem Kopf und sah in den Himmel. „Dass ich in der Kirche bin.“

„Und wer in der Kirche ist, kann nicht bei der Stasi sein?“

„Mein Vati meint, wenn ich sage, ich bin in der Kirche, lassen sie mich erst mal in Ruhe.“

„Du bist also gläubig?“

„Quatsch. Das hat doch nichts mit Glauben zu tun.“

Soweit Jobst wusste, hatte Kirche vor allem mit Glauben zu tun. Nur in der DDR offenbar nicht.

„Der fliegt auf jeden Fall nach Westen. Vielleicht nach London. Warst du schon mal in London?“ Jule betrachtete den Kondensstreifen, als wäre es keine Abgaswolke von irgendeinem Urlaubsflieger, sondern der Schweif vom Zauberstab einer Fee.

„Ja. Es hat geregnet, die Pommes haben nach Essig geschmeckt und meine Mutter hat in der U-Bahn-Tür festgeklemmt.“

„Klingt spitze." Jule grinste.

„Wenn du hier wegkönntest, würdest du es sofort machen, oder?", fragte Jobst.

„Hm, gucken würde ich schon mal gerne. Wien stelle ich mir toll vor. Wien bei Nacht. Da gibt es so ein Lied."

„Wien? Das ist doch gar nicht weit. Also, von München aus jedenfalls nicht."

„Von hier aus ist Wien weiter weg als der Mond." Jule überlegte einen Moment. „Ich würde nachts mit dem Riesenrad fahren, durch den Prater laufen und in die Donau spucken. Und dann würde ich zurückkommen."

„Wieso?"

„Wieso nicht? Ist doch meine Heimat hier."

„Du würdest also nicht abhauen wollen wie diese Schauspielerin?"

„Was soll ich denn im Westen? Ich kenne dort niemanden. Bis auf Tante Marlies. Aber die schickt immer nur Kaffee, Strumpfhosen und Fünfer-Packungen Schokolade. Die Sorte kommt übrigens nie in der Werbung. Ob die besonders gut ist, weil sie dafür keine Werbung machen müssen?"

„Aber die Grenze, die Mauer. Ihr seid doch eingesperrt."

Jule zuckte mit den Schultern. „Na ja. Ich kenne es nur so. Dass wir nicht in den Westen können, ist eben so, wie andere nicht auf den Mond können. Das stört ja auch keinen."

Jobst schüttelte den Kopf. „Einige scheint es aber doch zu stören."

„Vielleicht stört es mich auch, später, meine ich. Aber trotzdem, ich komme doch hier her." Jule überlegte. „Heimat, das ist … wie mit deiner Mutti, zum Beispiel. An der stört dich doch auch eine Menge und manchmal würdest du am liebsten ausziehen und dir eine andere Familie suchen, aber in Wirklichkeit nie im Leben und um nichts in der Welt."

Jobst blinzelte zu Jule. „Aber dann verstehst du auch, warum ich nicht hierbleiben kann. Das hier ist nicht meine Heimat."

„Wie ist deine Heimat? Du erzählst nie davon. Was vermisst du?"

Durch Jobsts Kopf purzelten die Erinnerungen, als würde jemand ein Fotoalbum ausschütten. Sein Zimmer, die nachtblauen Vorhänge, durch die der Mond scheint; sein altes weiches Froschkissen und der Geruch, wenn er seinen Kopf darin vergräbt; das Knarzen der Wendeltreppe; das Fluchen seiner Mutter, wenn sie am Morgen in der Küche Kaffee verschüttet; das Klappern der Müllabfuhr vor ihrem Haus; der Mann mit der zitronengelben Weste am Zebrastreifen, der immer einen lustigen Spruch bringt; die Klingel vom Comicladen, die das *Batman*-Thema spielt und für Jobst den Eintritt in ein fantastisches Reich verkündet, und Ole hinter dem Tresen, Kopfhörer auf und Comic auf dem Schoß; die Bäckersfrau, die ihm manchmal eine Brezel zusteckt, und der alte Aicher, der nebenan wohnt und jeden Tag dasselbe erzählt, weswegen Jobst der Einzige ist, der ihm noch zuhört.

„Alles“, sagte Jobst und sah zu Jule. Der blaue Himmel schimmerte türkis in ihren hellgrünen Augen.

Jule nickte und schwieg einen Moment.

„Ich habe nachgedacht.“ Jobst richtete sich auf. „Wir müssen herausfinden, wo genau unser Koffer ist. Wir müssen mit jemandem von der Stasi reden. Nicht mit einem richtigen Geheimagenten. Mit jemandem, den wir kennen. Mit diesem Lothar. Ihm können wir erklären, dass wir nichts Böses wollen, nur unseren Koffer zurück.“

„Ich habe auch nachgedacht. Und ich habe eine bessere Idee. Dazu brauchen wir aber Letscho.“ Jule sprang vom Tisch. „Komm!“

## Pionierüberfall

„Verratet ihr mir jetzt, was wir hier sollen?", fragte Jobst.

Jule, Letscho und Jobst saßen mit baumelnden Beinen auf der obersten Stange eines Klettergerüsts. Der Spielplatz unter ihnen war verlassen. Er befand sich direkt an der alten Stadtmauer. Zwei große Eichen warfen ihre Schatten auf einen Sandkasten, eine Wippe und eine Rutsche, die wie eine Rakete aussah. Der Sand war grau und die ersten müden Eichenblätter hatten sich im Kasten zur Ruhe gelegt. Die Sitze auf der Wippe fehlten, vom Klettergerüst blätterte die Farbe ab. Jobst hatte Rost an den Händen. Letscho und Jule sahen zur Straße, die ein paar Meter entfernt um die Stadtmauer bog.

„Sie müsste jeden Moment kommen", sagte Jule.

„Wer?", fragte Jobst.

„Der Kürbis", raunte Letscho.

„Patrizia? Was wollen wir von der?"

„Informationen", sagte Jule. „Über deinen Koffer."

Jobst runzelte die Stirn. „Und wieso soll Patrizia etwas über unseren Koffer wissen? Ich denke, die Stasi hat den Koffer? Ist Patrizia bei der Stasi?"

„Pst!", machte Jule. „Nicht so laut."

„Patrizia nicht, aber ihre Eltern", sagte Letscho.

„Also, die sind zumindest oberste Bonzen", fügte Jule hinzu. „Patrizias Vati ist ein hohes Tier bei der Partei. Was der genau arbeitet, weiß eigentlich keiner. Fährt oft nach Berlin. Und ihre Mutti ist Parteisekretärin. Die nennen wir immer Margot, wegen ihren lila gefärbten Haaren."

„Margot? Mit lila Haaren?"

„Na, Margot Honecker, der lila Drache", sagte Letscho.

„Wer?"

„Vergiss es!" Letscho winkte ab.

„Jedenfalls dachten wir, wir könnten den Kürbis mal ein bisschen ausfragen", fuhr Jule fort. „Vielleicht hat sie irgendwas mitbekommen, mit zwei Bonzen zu Hause."

„Und wenn sie nicht reden will, bringen wir sie dazu." Letscho zog eine Streichholzschachtel aus der Hose und schüttelte sie. „Höchste Folter."

Jobst sah ihn entsetzt an. „Ihr wollt doch nicht etwa … ihre Haare?"

Letscho blickte ebenso entsetzt zurück. „Hast du einen an der Waffel, oder was?"

„Sie kommt!" Jule sprang mit einem Satz vom Klettergerüst. Letscho plumpste eine Sekunde später zu Boden. Jobst kletterte nach unten und sprang von der untersten Sprosse.

Patrizia bog gerade auf den sandigen Weg, der an der Stadtmauer entlang- und am Spielplatz vorbeiführte. Sie lief, als hätte sie ein Bügelbrett gefrühstückt. Von Weitem sahen ihre rotblonden Locken noch mehr nach Helm aus. Patrizia trug einen dunkelblauen Rock, eine weiße Bluse und ein rotes Halstuch.

„Schnieke, unser kleiner Pionier“, flüsterte Letscho.

„Da muss irgendwas Offizielles im Pionierhaus los gewesen sein. Sonst zieht doch selbst der Kürbis nicht den Pionierfummel an“, sagte Jule.

„Sag ich ja, da war heute übelst Aufmarsch. Die hatten Besuch von den Komsomolzen. Druschba, Freundschaft!“, sagte Letscho. „Da hättest von unseren Sowjet-Brüdern bestimmt buntes Bonbonpapier für deine Sammlung abstauben können. Lohnt sich immer, ein Besuch im Haus der Pioniere.“

„Pfff“, machte Jule.

Patrizia war nur noch wenige Schritte vom Spielplatz entfernt. Ihre hellgrauen Augen huschten über das Klettergerüst und flackerten, als sie Letscho, Jule und Jobst davor entdeckten. Patrizia war ein Bügelbrett mit Fernsteuerung, den Blick starr zu Boden gerichtet.

Letscho stellte sich breitbeinig und mit verschränkten Armen auf den Weg und nahm Patrizia mit zusammengekniffenen Augen ins Visier. „Wenn du mich noch mal duzt, hau ich dir ’ne Delle in die Gewürzgurke.“

Patrizia blieb stehen. „Ich habe doch gar nichts gesagt.“

„Du nicht. Aber Bud Spencer.“ Letscho tippte sich mit dem Daumen an die Brust.

„Schön. Kann ich jetzt weiter?“

„Warum so eilig? Sind doch Ferien. Wir dachten, wir unterhalten uns mal ein bisschen“, sagte Letscho.

Patrizia zwinkerte nervös. „Unterhalten? Worüber denn?“

„Wollen wir es uns nicht gemütlich machen?“, fragte Jobst und deutete auf den Spielplatz.

Patrizia schüttelte den Kopf und versuchte, an Letscho vorbeizugehen.

Letscho legte den Arm auf ihre Schulter. „Doch, doch, wir wollen es uns gemütlich machen.“ Er schob Patrizia Richtung Spielplatz, auf die Raketenrutsche zu. „Wir spielen mal ein bisschen Kosmonaut.“

Jule trat als Erste durch die kleine Luke in die Blechrakete. Letscho schob Patrizia hinterher, als Letzter folgte Jobst. Durch zwei Bullaugen etwas weiter oben fiel aschgraues Licht ins Innere. Es roch nach verfaultem Laub und Urin.

Letscho schob Patrizia gegen die Metallleiter in der Mitte der Rakete. Ihr Bügelbrettrücken lehnte perfekt an den Sprossen. Letscho, Jule und Jobst bauten sich im Kreis um Patrizia auf.

„Was wollt ihr von mir? Ich hab euch überhaupt nichts getan“, fiepte Patrizia.

„Wir dir doch auch nicht“, sagte Jule. „Wir wollen nur ein bisschen mit dir spielen, sind schließlich auf ’nem Spielplatz hier.“

„Wenn ihr mir auch nur ein Haar krümmt, dann …“

„Sagst du es deinem Ingo-Bingo?", fragte Letscho. „Außerdem, deine Haare krümmen, dafür braucht man wahrscheinlich ein Brecheisen."

Letscho wollte einen Finger in Patrizias Helmfrisur bohren, doch sie schlug seine Hand weg.

„Um deine Haare geht es gar nicht", sagte Jobst schnell, bevor Letscho noch einfiel, wie Bud Spencer zurückzuschlagen.

„Sondern?", fragte Patrizia.

Jule lehnte sich zu Patrizia und raunte: „Deine Eltern, die wissen doch immer über alles Bescheid. Die reden doch bestimmt zu Hause auch mal. Was so los ist in der Stadt, in der Partei und überhaupt …"

Patrizias Kaninchenaugen huschten von Jule zu Letscho und Jobst. „Ja?"

„Bestimmt hast du mit deinen Kürbisöhrchen da etwas mitbekommen", sagte Letscho.

„Ich weiß nicht … Ich interessiere mich nicht besonders dafür, was meine Eltern erzählen. Klar bekomme ich manchmal etwas mit, aber ich würde sie niemals belauschen oder so." Patrizia spitzte unschuldig ihren Herzchenmund.

„Niemals! Wer redet denn von belauschen?", sagte Letscho.

„Hast du etwas von einem Koffer gehört?", fragte Jobst und musterte Patrizia genau.

„Nein." Das Wort kam schnell wie die Kanonenkugel von Baron Münchhausen aus ihrem Mund geschossen. Patrizia starrte angestrengt auf die Innenwand der Raketenrutsche.

„Jetzt überleg doch erst mal“, sagte Letscho. „Ein Koffer, schon etwas älter, mit Zahlenschloss … Klingelt’s da bei dir irgendwo?“

Patrizia schüttelte den Kopf und presste die Lippen aufeinander.

„Dann müssen wir bei dir wohl mal ein bisschen auf die Klingel drücken.“ Letscho baute sich vor Patrizia auf.

„Patrizia, das ist *sehr* wichtig.“ Jule durchbohrte den Pionier mit Indianerblick. „Wenn du irgendwas über diesen Koffer gehört hast, sag es uns jetzt!“

Patrizia sah zu Boden und schüttelte abermals den Kopf. Dieses Mal so heftig, dass sogar ihre Kürbisfrisur wackelte.

Letscho verschränkte die Finger ineinander und ließ sie knacken. „Schade, schade. Aber du willst es scheinbar nicht anders.“

Jule nickte. „Wir müssen zum Äußersten greifen.“

Patrizias Kopf schoss in die Höhe. „Was habt ihr vor?“

Jobst hielt die Hände hinter dem Rücken, presste sie flach an die Innenwand und starrte seine Freunde – das waren sie zumindest bist jetzt gewesen, oder? – mit unheilvoller Erwartung an.

„Horch mal her, Komsomolskaja, deine letzte Gelegenheit.“ Letscho trat langsam hinter Patrizia. „Was weißt du über den Koffer?“

Patrizia zögerte, schielte zu Letscho hinter sich und zu Jule vor sich. „Nichts“, piepte sie hellrosa.

Im nächsten Moment packte Letscho Patrizias Arme, hielt sie hinter ihrem Rücken fest. Jule stürzte sich gleichzeitig auf Patrizias Hals. Patrizia schrie und trat mit den Beinen nach Jule und Letscho.

Jobst war für Sekunden vor Panik erstarrt, dann riss er Jule an der Schulter nach hinten. „Lass sie, du kannst sie doch nicht erwürgen, nur weil sie nichts sagt!", schrie er.

„Erwürgen?" Jule sah Jobst verstört an. „Ich erwürge doch niemanden, bist du bekloppt?" Jule hob das rote Halstuch in die Höhe, als wäre es eine Trophäe.

„Gib das sofort wieder her!" Patrizia versuchte sich vergebens aus Letschos festem Griff zu befreien.

„Hier, halt mal!" Jule reichte Jobst das rote Halstuch. Dann fischte sie die Streichholzschachtel aus Letschos Hosentasche. „Entweder, du redest endlich", sagte Jule und holte in aller Ruhe ein Streichholz aus der Schachtel, „oder dein geliebtes Pionierhalstuch geht gleich in Flammen auf."

„Ihr seid total gemein", schnaufte Patrizia. „Ihr habt ja nur so 'ne große Klappe, weil ihr zu dritt seid."

„Und du hast jetzt nur so 'ne kleine Klappe, weil dein Ingo und deine Pionierleiterin nicht da sind", sagte Letscho.

Jobst dachte daran, wie Ingo ihn im Hausflur des verfallenen Altbaus im Schwitzkasten gehabt hatte. Er hob das Halstuch. „Also, was haben deine Eltern über den Koffer erzählt?"

Jule hielt die Streichholzschachtel direkt unter einen Zipfel des Pioniertuchs und das Streichholz an die Reibefläche.

„Wer ein Pioniertuch verbrennt, verrät die Idee der Pionierorganisation!", sagte Patrizia mit zitternder Stimme.

Jule verdrehte genervt die Augen.

„Das gibt uns natürlich sehr zu denken." Letscho grinste.

„Rede! Oder dein Halstuch wird zu Asche!", sagte Jule.

„Vermutlich eher zu einem Klumpen Plaste, bei dem Material", murmelte Letscho.

„Das ist Erpressung!" Patrizia starrte auf das Streichholz unter dem Halstuchzipfel.

„Du hast es erfasst, Kürbis", sagte Jule.

Dann ratschte das Streichholz über die Reibefläche, die Flamme loderte auf und fraß sich sofort in den roten Stoff.

## Gerüchte

Der Halstuchzipfel loderte, es qualmte und stank.

„NEIN! STOPP!“, schrie Patrizia.

„REDE!“, schrie Jule zurück.

„HÖRT AUF!“

„Du redest also?“, fragte Jobst.

„JA!“ Patrizia riss sich von Letscho los – er war so fasziniert vom brennenden Pionierhalstuch, dass er den Griff gelockert hatte – und schnappte Jobst das Tuch aus der Hand. Sie warf es zu Boden und trat die Flammen im Sand aus.

„Meine Fresse, stinkt das. Plaste und Elaste.“ Letscho wedelte sich mit der Hand vor der Nase herum.

Jobst hustete.

Das Halstuch klebte an Patrizias Schuhsohle. Mit einem Ruck befreite sie es und hielt es sich vors Gesicht. Ein Zipfel war völlig verschrumpelt und schwarzbraun verfärbt. „Wenn das meine Eltern sehen“, schluchzte Patrizia.

„Hör auf mit dem Gejammere und bring mal lieber ein paar Fakten auf den Tisch“, sagte Letscho. „Also, was erzählt man sich so über den Koffer?“

Patrizia strich über den verbrannten Zipfel.

„Jetzt mach schon, oder sollen wir dir noch 'nen anderen Zipfel einschmoren?", fragte Jule.

Patrizias Herzchenmund zuckte kurz. Dann steckte sie das Halstuch in ihre Rocktasche. „Ich weiß aber nicht viel. Ich habe nur zufällig ein Gespräch meiner Eltern mitgehört. Da ging es um einen Koffer."

„Jetzt lass dir doch die Wörter nicht wie Regenwürmer aus der Nase ziehen!", sagte Letscho. „Bei Pioniernachmittagen quasselst du doch auch die ganze Zeit."

„Dieser Koffer ist gerade *das* Gespräch in hohen Parteikreisen", fuhr Patrizia fort, dann flüsterte sie: „Er soll von der Kreisebene zur Bezirksebene und bis nach ganz oben weitergereicht worden sein."

„Wo ist ganz oben?", fragte Jobst.

„Berlin, Hauptstadt der DDR", sagte Jule.

„Und wieso?", fragte Jobst.

„Aufgrund von verdächtiger, staatsfeindlicher Beschaffenheit", flüsterte Patrizia ehrfürchtig.

Jobst runzelte die Stirn. „Hä? Was meinen die denn damit?"

„Bestimmt leuchtet er ihnen zu imperialistisch", sagte Jule.

Patrizia versuchte sich an Letscho vorbeizuzwängen.

„Nicht so schnell mit den jungen Pionieren." Letscho hielt Patrizia am Arm fest und schob sie wieder gegen die Leiter. „Das war doch noch nicht alles. Da ist doch noch was, darauf verwette ich meinen Hintern."

„Wer will denn den?“, fragte Patrizia.

„Schweig, Kürbis. Also, zu meinem Hintern, meine ich.“

„Wo ist der Koffer jetzt?“, fragte Jobst.

„In Berlin, hab ich doch schon gesagt“, erwiderte Patrizia.

„Bei den Geheimagenten von der Stasi?“, fragte Jobst.

Patrizia kniff die Lippen zusammen und sah zu Boden.

Jule schüttelte die Streichholzschachtel und ließ die Hölzer klappern. „Jetzt spuck's schon aus. Du hast uns schon so viel erzählt, da kannst du auch gleich alles erzählen.“

Patrizia zögerte. Dann sagte sie so leise, dass Jobst sich vorbeugen musste, um sie zu hören: „Der Koffer ist in Berlin an allerhöchster Stelle.“

„Watt 'n? Uff 'm Fernsehturm?“ Letscho zog die Augenbrauen hoch.

„Du meinst doch nicht etwa ...?“ Jule riss die Augen auf.

Patrizia nickte bedeutungsvoll und flüsterte noch leiser: „Der Koffer ist in den Händen des Ersten Sekretärs des Zentralkomitees der Sozialistischen Einheitspartei Deutschland und Staatsratsvorsitzenden der Deutschen Demokratischen Republik.“

„Was für ein Sekretär?“, fragte Jobst.

„Genosse Erich Honecker“, sagte Patrizia. Es klang, als würde sie von Gott sprechen.

„Und jetzt sag bitte nicht, du hast immer noch keine Ahnung, wer das ist“, warf Letscho ein und sah Jobst auffordernd an.

„Das ist der, der auf dem Balkon steht und ‚Guten Morgen, liebe Sonne‘ sagt“, erwiderte Jobst, sichtbar stolz auf sein Wissen. „Ist er mit dem lila Drachen verwandt, von dem ihr vorhin gesprochen habt?“

„Margot Honecker, das ist seine Frau“, sagte Jule.

„Genossin Honecker ist der Minister für Volksbildung“, ergänzte Patrizia.

„Die Ministerin, meinst du“, sagte Jobst.

„Nein, Minister!“

„Egal. Dieser Honecker, das ist doch der oberste Chef der DDR“, sagte Jobst, und die anderen nickten. „Wieso hat der jetzt unseren Koffer? Und was will er damit? Ich meine, auch wenn er Staatschef ist – der Koffer gehört ihm nicht, sondern uns.“

„Du weißt doch, alles ist hier irgendwie Volkseigentum“, sagte Letscho. „Und wenn Honni euer Koffer gefällt …“

„Und der Koffer muss dem Staatsratsvorsitzenden sehr gut gefallen. Es geht das Gerücht, dass er ihn nicht mehr aus der Hand gibt und überall mit hinnimmt“, flüsterte Patrizia und ihre Augen blitzten vor verbotener Heimlichkeit. „Immer, wenn seine Frau Margot mal wieder in Kuba oder Mosambik ist, zieht er sich mit dem Koffer zurück. Angeblich soll jemand gesehen haben, wie er sich *in den* Koffer hineingesetzt hat.“ Patrizia kicherte. „Wie in einen fliegenden Koffer, versteht ihr?“

Jobst starrte Patrizia entsetzt an. „Und dann … was, was hat er dann gemacht?“

Patrizia zuckte mit den Bügelbrettschultern. „Das weiß keiner. Aber er soll den Koffer mit einem kleinen Vorhängeschloss gesichert haben und den Schlüssel dazu trägt er immer bei sich, und zwar …“ Patrizia beugte sich vor und hauchte das Geheimnis wie einen feinen Sternenschweif in die Raketenrunde: „In einem Berliner-Bär-Brustbeutel unter seinem Unterhemd.“ Patrizia richtete sich wieder auf und nickte ernst.

Letscho, Jobst und Jule starrten sie ungläubig an.

„Du willst uns doch einen Berliner Bären aufbinden?“, sagte Letscho.

„Ich hab es doch gehört!“

„In einem Berliner-Bär-Brustbeutel?“ Jule guckte wie ein Bär im Zoo.

„Ja, das hat mich auch sehr gewundert“, sagte Patrizia. „Aber irgendwie macht das unseren Staatsratsvorsitzenden auch wieder sympathisch. Findet ihr nicht?“

„Sympathisch? Er hat unseren Koffer geklaut!“, sagte Jobst.

„Mach dich nicht lächerlich. Der Staatsratsvorsitzende ein Dieb – das ist ja, als würdest du sagen, die DDR ist … ein … eine Diktatur oder so was Absurdes“, schnaubte Patrizia.

„Also, na ja …“, begann Jobst.

„In einem Land, in dem alles gerecht geteilt wird und in dem das Volk herrscht, kann es überhaupt keine Diebe geben“, erklärte Patrizia. „Das ist nicht wie bei euch im Westen, wo die Leute obdachlos sind, drogenabhängig und zu Kriminellen werden.“ Patrizia nickte resolut.

„Mann, Patrizia, jetzt hör doch mal auf mit dem Gelabere." Jule verdrehte die Augen. „Wir sind hier auf'm Spielplatz, nicht beim Pioniernachmittag. Mit uns kannst du normal reden."

Patrizias Wimpern flackerten. „Tschuldigung. Ich … ich red doch aber sonst nie mit euch. Ich meine, normal."

„Kannst du aber", meinte Letscho. „Und Klartext ist: Honni hat sich den Koffer gekrallt."

„Unser Koffer ist kein Volkseigentum", sagte Jobst.

„Jetzt schon", erwiderte Jule.

„Trotzdem. Das ist doch kein Diebstahl", beharrte Patrizia. „Das ist alles im Interesse des Volkes, der Sicherheit."

„Geht das schon wieder los. Ich glaub, du kannst gar nicht normal reden", sagte Letscho.

„Kann ich wohl. Du kannst nicht normal denken!" Patrizias Kaninchenaugen wurden dunkelgrau. Sie musterte Jobst abwägend. „Dem Staatsratsvorsitzenden und einigen anderen Leuten wird es gar nicht gefallen, wenn sie erfahren, dass du deinen Koffer nicht teilen möchtest. Wahrscheinlich würden sie dich sogar verhaften, weil du Genossen Honecker als Dieb bezeichnet hast."

„Was soll das denn jetzt?", fragte Jule.

„Ich meine ja nur, wenn jemand von unserem Spielplatzgespräch erfährt, dann steht ihr nicht allzu gut da …" Patrizia stülpte bedauernd die Herzchenmundlippen nach außen.

„Ich glaub, da will uns jemand erpressen", sagte Letscho. „Ziehst du Nebenluft, oder was?"

Patrizia zuckte mit den Schultern und sah Jobst erwartungsvoll an. „Ich kann sehr schweigsam sein, weißt du?“

„Was willst du?“, fragte Jobst.

„Lass mich mal überlegen. In München wohnst du, richtig?“

Jobst nickte. Dass er auch in einer anderen Zeit wohnte, würde Patrizia nur verwirren.

„Wieso München? Ich denke, Mittelalter?“ Letscho starrte Jobst verwirrt an.

„Da hat er doch nur Urlaub gemacht“, flüsterte Jule ihrem Freund zu. „In der Zukunft wohnt er in München.“

Letscho runzelte die Stirn. „Einen Bayern habe ich mir anders vorgestellt. Irgendwie ... mit mehr *Humpa-Humpa*.“

„Wenn du in München wohnst ...“, fuhr Patrizia fort. „Dann kannst du mir doch bestimmt etwas besorgen.“

„Eine neue Frisur? Gute Idee!“, rief Letscho.

Patrizia warf Letscho einen Handgranatenblick zu.

„Was willst du aus München?“, fragte Jobst.

„Also, ich hätte gerne ...“ Patrizia hob den Daumen zum Abzählen, „eine Läwis Jeansjacke“, der Zeigefinger ging hoch, „Ärobik-Stulpen, am besten in Neonfarben“, Patrizia streckte den Mittelfinger aus, „und einen Wollkmän.“

„Einen was?“, fragte Jobst.

„Na diese kleinen Dinger zum Rumtragen mit Kopfhörern, mit denen man Kassetten hören kann“, erklärte Patrizia.

„Ein *Walkman*? Ich weiß nicht, ob es die überhaupt noch gibt“, sagte Jobst.

„Sind die ausverkauft? Ich dachte, im Westen gibt es immer alles." Patrizia sah Jobst enttäuscht an.

„Ist doch auch so, stimmt's, Jobst?" Letscho legte den Arm um Jobst. „Jobst besorgt dir alles. Aber das dauert. Sind ja nicht eben bescheidene Wünsche."

„Wie lange?", fragte Patrizia.

Jobst blies die Backen auf. „Na ja, kann schon ein paar Wochen dauern. Vielleicht auch … Monate?"

„So lange?" Patrizia riss die Augen auf.

„Vorfreude, schönste Freude", warf Letscho ein. „Komm, auf ein Westpaket wartest du doch auch bis Weihnachten."

„Wir haben keine Westverwandtschaft." Patrizia machte ein Gesicht, als wäre Westverwandtschaft eine Seuche. Eine Seuche, mit der sie sich gerne anstecken würde.

„Auf jeden Fall besorgt dir Jobst die Sachen. Das ist gar kein Problem", sagte Jule.

„Gut. Ich verlasse mich auf euch. Dafür wisst ihr jetzt alles über den Koffer", sagte Patrizia. „Und von mir erfährt niemand was. Pionierehrenwort. Abgemacht?"

„Abgemacht." Jobst nickte.

Patrizia sah Jobst mit steingrauem Blick fest in die Augen.

Ein paar Sekunden später traten Letscho, Jule, Jobst und Patrizia durch die Luke aus der Raketenrutsche auf den Spielplatz.

„Ich muss jetzt los", sagte Patrizia, als wären sie tatsächlich vier Freunde, die gerade zusammen gespielt hatten.

Letscho sah auf die Uhr. „Ach ja, *Agentin mit Herz* fängt gleich an."

„Guck ich nie", flötete Patrizia.

„Fast vergessen, bei euch läuft ja kein Westfernsehen. Wer's glaubt. Dann eben viel Spaß mit Adi. *Mach mit, mach's nach, mach's besser*!", rief Letscho Patrizia hinterher.

Patrizia drehte sich im Laufen um. „*Agentin mit Herz* ist für Luschen. Ich guck lieber *Ein Colt für alle Fälle*."

Letscho blinzelte ungläubig, dann grinste er. „He, du kannst ja doch normal reden", sagte er, doch da marschierte Patrizia bereits im Bügelbrettstechschritt auf dem sandigen Weg Richtung Straße zu.

Ein Zipfel ihres angekokelten Halstuchs hing aus der Rocktasche und wippte bei jedem Schritt.

„Wie willst du ihr die ganzen Westsachen besorgen?", fragte Jule.

„Wenn ich wieder zu Hause in München bin, sind gut dreißig Jahre vergangen. Ich glaube nicht, dass Patrizia dann noch einen *Walkman* oder irgendwelche Neonstulpen haben möchte", sagte Jobst. „Darüber mache ich mir also im Augenblick keine Sorgen. Wichtiger ist, wie wir an den Koffer rankommen."

Jule sah Jobst mit großen Augen an. „Vergiss es."

„Das kannste knicken", sagte Letscho. „Wenn das stimmt, was der Kürbis eben erzählt hat, siehst du deinen Koffer nie wieder."

Jobst seufzte, lehnte sich an die Rakete und starrte zur Straße, auf der Patrizia verschwunden war. Ein Mann mit einer beigefarbenen Sommerjacke stand vor einem Gartenzaun. Er drehte sich um, sah kurz zum Spielplatz und ging weiter. Irgendwie kam Jobst der Mann bekannt vor. Dann wusste er es: Er hätte der Zwillingsbruder vom *Lego*-Mann sein können.

## Der Obstonkel

Letscho, Jule und Jobst schlurften durch die Stadt. Sie ließen die Köpfe hängen, keiner sagte etwas. Patrizias Neuigkeiten waren wie ein Eimer kaltes Wasser auf ihre Gemüter geklatscht.

Dass sich der Geheimdienst der DDR für den Koffer interessierte, war schlimm genug. Aber dass sich der Staatsratsvorsitzende der DDR offenbar in den Koffer verliebt hatte, begrub jegliche Hoffnung, den Koffer jemals wiederzusehen.

Jobst starrte auf die grauen Gehwegplatten. Zu Hause spielte er manchmal, dass etwas in Erfüllung gehen würde, wenn es ihm gelang, auf keine der Gehwegritzen zu treten. Doch jetzt lief er achtlos über die Platten. Ob er auf eine Ritze trat oder nicht – was machte das schon aus. Sein Koffer war in unerreichbarer Ferne. Die Heimreise unmöglich.

„Immerhin, jetzt glaube ich dir, dass euer Koffer besonders ist", sagte Letscho. „Wenn sogar Honni den spannend findet."

„Aber wenn es stimmt, dass das ein Zeitreisekoffer ist und Honecker sich sogar in den Koffer setzt", überlegte Jule laut, „dann kann es doch passieren, dass Honecker damit einfach in eine andere Zeit verschwindet."

Letscho gluckste. „Stell dir vor, Honni bei den alten Römern, so mit Toga auf einer Schäseliege, und schön die lecker Weintrauben in den Mund schieben."

„Nee, Honecker würde bestimmt nach Russland reisen und bei der Oktoberrevolution mitmachen", meinte Jule.

„Und wir hätten dann keinen Honni mehr. Wer soll dann den Laden hier übernehmen?", überlegte Letscho.

„Das mit der Zeitreise geht nicht so einfach", sagte Jobst. „Dazu müsste sich Honecker nicht nur in den Koffer setzen, sondern ganz hineinzwängen, in einer bestimmten Reihenfolge am Zahlenschloss drehen und im richtigen Moment den Koffer von innen verriegeln. Ich meine, welcher normale Mensch zwängt sich denn in einen Koffer?"

„Unterschätze unseren Staatschef nicht", sagte Letscho. „Der braucht nur den richtigen Fünfjahresplan, schon rollt der Drops."

„Ich meine, welcher normale Mensch *setzt* sich denn in einen Koffer?", überlegte Jule laut.

Jobst seufzte. Sollte der DDR-Chef tatsächlich herausgefunden haben, was es mit dem Koffer auf sich hat, dann könnte nicht nur dieser Honni in den unendlichen Weiten der Jahrhunderte verschwinden, sondern auch ihr Koffer. Die absolute Horrorvorstellung! Sie mussten sich den Koffer zurückholen, bevor es zu spät war. Nur wie?

Jobst blieb gedankenverloren vor einem Schaufenster stehen. *PGH Figaro* stand mit weißen Buchstaben daran. In der Mitte der Auslage war ein Föhn, daneben stand der Kopf einer Puppe, deren Frisur an Patrizias Helm erinnerte. In der linken Schaufensterecke stand ein großes, goldgerahmtes Foto von einem jungen Mann mit blondierten, wellig geföhnten Haaren. In der rechten Ecke stand das Foto von dem grauhaarigen Mann mit Brille, das Jobst schon im Gemüseladen gesehen hatte.

„Das ist doch der Obstonkel." Jobst deutete auf das Foto. „Gehört dem auch der Friseur?"

„Obstonkel?" Letscho schlug sich auf die Oberschenkel und prustete los. „Obstonkel! Das fetzt ein."

Auch Jule lachte. Ihre Augen leuchteten. Für zwei Sekunden fühlte sich Jobst etwas besser. Na gut, für drei.

„So ein Foto stand auch im Schaufenster vom Gemüseladen, und jetzt hier", erklärte Jobst. „Wer ist der Mann?"

„Der", Jule zeigte auf das Foto, „hängt überall. In jeder Schule, in jedem Schaufenster, auf jedem Amt …"

„Vielleicht hängt er sogar bei Patrizia im Zimmer, gleich neben einem Poster von Pittiplatsch." Letscho wischte sich eine Lachträne aus den Augen.

„Darf ich vorstellen: Genosse Erich Honecker, Staatsratsvorsitzender der DDR", sagte Jule. „Genosse Honecker, das ist Jobst aus dem Mittelalter. Vielleicht hätten Sie die Güte, ihm seinen Koffer zurückzugeben."

„Das ist Honecker?" Jobst starrte das Foto an.

Irgendwie hatte er sich den Chef der DDR anders vorgestellt, irgendwie dicker, kräftiger, mit mehr Haaren und finsterem

Blick. Dieser Mann sah eigentlich ganz harmlos aus. Seinen Mund umspielte ein feines Lächeln, die kleinen Augen blickten wie die eines allwissenden, aber gütigen Vaters – oder, dachte Jobst, je länger er auf das Foto sah, wie die eines ganz gerissenen Fuchses.

„Und wieso steht sein Foto im Schaufenster von einem Friseur oder einem Gemüseladen? Ist er so was wie der Patenbrigadenonkel von den Geschäften?", fragte Jobst.

„Na, die finden, Honni ist ein starker Typ", sagte Letscho. „Oder sie wussten sonst nicht, wohin mit dem Bild. Ist doch besser im Schaufenster, im Laden müssten sie es ja die ganze Zeit selbst ansehen."

„Wahrscheinlich hatten sie sonst nicht viel, was sie ins Schaufenster stellen konnten", sagte Jule. „Und mit einem Bild vom Staatsratsvorsitzenden ist man immer auf der sicheren Seite."

Jobst ließ den Foto-Honecker nicht aus den Augen. Dieser Mann, der oberste Mann im Lande, hatte jetzt also ihren Koffer. „Man muss doch irgendwie an ihn rankommen. Gibt es bei euch so was wie einen Tag der offenen Tür, an dem man sein Büro besichtigen kann?"

„Wir haben den Tag der Nationalen Volksarmee, den Internationalen Kampf- und Feiertag der Werktätigen, den Tag der Republik, den Internationalen Frauentag und noch ungefähr zweihundert andere Ehrentage. Aber Tag der offenen Tür? Gibt doch nur Durchzug", sagte Letscho.

„Du hast deinen Koffer noch nicht aufgegeben, was?“, fragte Jule. „Aber an Honecker, da kommt keiner ran.“

„Was macht euer Staatschef denn so die ganze Zeit?“, fragte Jobst. „Außer in Gemüseläden rumhängen?“

„Er regiert“, sagte Letscho. „Ständig muss er zu Sitzungen ins Politbüro. Er muss Fünfjahrespläne schmieden, Beschlüsse auf Parteitagen fassen. Und Orden verleihen, viele, viele Orden. Das macht er dann in seinem Lampenladen, dem Palast der Republik.“

„Oder er fährt auf Staatsbesuch. Oft muss er auch zur Beerdigung irgendeines sowjetischen Staatschefs. Die sterben immer schneller, als man sich ihre Namen merken kann“, sagte Jule.

„Er muss doch auch mal unters Volk“, sagte Jobst.

„Meistens steht er auf einer Tribüne und winkt dem Volk zu“, sagte Jule.

„Manchmal besucht er aber auch Betriebe und die Helden der Arbeit“, sagte Letscho. „Oder guckt bei der Volksarmee nach dem Rechten. Eigentlich ist er nur spitz auf die Gulaschkanone, wette ich.“

„Ich glaube, er beantwortet auch Eingaben“, sagte Jule.

„Was für Eingaben? Am Computer?“, fragte Jobst.

„Nee, der tippt bestimmt Schreibmaschine“, meinte Letscho. „Er beantwortet Briefe. Die Leute beschweren sich, dass es keine Bananen gibt oder es in ihrer Wohnung schimmelt und so was. Die alte Funke von obendrüber hat sich sogar beschwert, dass ihr Westfernsehen so schlecht reinkommt. Die hat garantiert mündlich Antwort bekommen.“

„Von Honecker?“ Jobst riss die Augen auf.

„Stuss! Von der ‚Firma‘“, sagte Letscho.

„Man kann also an Erich Honecker schreiben …“, sagte Jobst.

„Was willst du ihm schreiben?“, fragte Jule. „Lieber Honni, du hast etwas, was mir gehört. Bitte gib mir den Koffer zurück, im Namen der Völkerverständigung.“

„Ich weiß nicht. Es darf natürlich nicht so direkt sein.“ Jobst wandte sich vom Friseurladen ab und ging langsam weiter.

Seine Mutter meinte, ihr kämen immer die besten Einfälle beim Laufen (davon hatte Jobst noch nichts bemerkt).

„Wir müssten ihm irgendwas Besonderes schreiben. Etwas, was ihn neugierig macht, damit er uns kennenlernen will und einlädt.“

„Schreib ihm bloß nicht die Geschichte mit dem Mittelalter“, riet Letscho. „Das liest die Sekretärin, knüllt den Brief zusammen und wirft ihn in den nächsten Papierkorb.“

Letscho, Jule und Jobst passierten den Fußgängerüberweg am Ende der Einkaufsstraße und gingen weiter Richtung Stadttheater.

„Patrizia hat gesagt, Honecker nimmt den Koffer überallhin mit“, überlegte Jobst laut. „Das heißt, wir müssen gar nicht nach Berlin fahren, wir könnten Honecker auch zu uns locken. Er kommt, samt Koffer!“

„Klaro! Weil das ja auch viel einfacher ist." Letscho schüttelte den Kopf und grinste. „Du bist echt 'ne Marke!"

„Du hast doch selbst gesagt, dass euer Staatschef manchmal Betriebe besucht", erwiderte Jobst, als sie in die Straße zum Theater einbogen. „Vielleicht besucht er auch mal einen Gemüseladen, ein Pionierhaus, eine Schule oder …"

„Schulen besucht er, das stimmt", sagte Jule. „Aber nicht in den Ferien."

Jobst hörte nur noch mit halbem Ohr zu. Er behielt die Tür des Stadttheaters fest im Blick und marschierte entschlossen darauf zu. Vor der Tür blieb er stehen, sah nach oben und deutete auf das Schild. „Oder ein Theater!"

„Warum sollte Erich Honecker unser popeliges Kleinstadttheater besuchen?" Jule runzelte die Stirn. „Also, nichts gegen die Arbeit von meinem Vati. Aber Honecker kann sich in Berlin die Theater aussuchen."

„Er will aber in das popelige Kleinstadttheater, weil wir ihn einladen", sagte Jobst.

„Was meinst du, wie viele Einladungen Honni am Tag bekommt?", fragte Letscho. „Der bräuchte wahrscheinlich mehr Doppelgänger, als die DDR Einwohner hat, um an jeder Spartakiade, an jedem Betriebsjubiläum oder Pioniergeburtstag teilzunehmen."

„Keine Ahnung, ist mir auch egal", sagte Jobst. „Unsere Einladung muss ihn einfach überzeugen. Wir müssen ihn um den Finger wickeln. Ihm alles erzählen, was er gerne hört, ihm irgendetwas Tolles versprechen. Unsere Einladung muss ihn umhauen! Er muss ins Theater kommen. Mit dem Koffer."

Jule zog die Augenbrauen hoch. „Also, selbst wenn Honecker überhaupt auf unseren Brief reagiert, wenn er tatsächlich hierher kommt, in unser Theater, was dann?"

„Ähm. Das überlege ich mir noch", sagte Jobst. „Hauptsache, er kommt erst mal mit dem Koffer zu uns."

Letscho winkte ab. „Träum weiter, Keule. Wenn wir überhaupt eine Antwort auf unseren Brief bekommen, dann wahrscheinlich einen Trostbrief von der Sekretärin der Sekretärin der Sekretärin …"

„Ich weiß selbst, dass es total unwahrscheinlich ist. Aber ich will es wenigstens versuchen", sagte Jobst.

## Es gibt nichts Gutes

„Das ist eine großartige Idee!“, sagte Susanne.

Frank Kühne sah sie über den Rand seiner Nickelbrille skeptisch an. „Ich würde sagen, eine völlig verrückte Idee.“

Letscho, Jule und Jobst saßen mit dem Theaterregisseur und Jobsts Mutter in der kleinen Theaterküche. Sie hatten den beiden alles über das „Gespräch“ mit Patrizia erzählt (nur das angekokelte Halstuch hatten sie nicht erwähnt). Auf die Nachricht, dass der Koffer beim Staatschef der DDR war, hatte Frank Kühne erst mal eine Milchflasche auf ex getrunken.

„Es ist durchaus korrekt, dass man sich mit seinen Sorgen und Nöten an oberste Stellen wenden kann und dass Honecker Eingaben schnell bearbeitet, ist mir auch schon zu Ohren gekommen. Aber ob er sie tatsächlich selber liest …“ Frank Kühne runzelte die Stirn. „Selbst wenn dem so sein sollte – unser Staatsratsvorsitzender hat zweifelsohne Wichtigeres zu tun, als einer Einladung von ein paar Kindern in ein bescheidenes Kleinstadttheater zu folgen. Obgleich … immerhin steht dieses Theater just in der verschlafenen Kleinstadt, in der der ominöse Koffer aufgefunden wurde. Wie dem auch sei, für den gänzlich unwahrscheinlichen Fall, dass Erich Honecker leibhaftig unser Theater besuchen sollte, stelle ich doch sehr infrage, dass er euren Koffer bei sich führt."

„Wenn, wenn, wenn!" Susanne fuchtelte die Einwände wie lästige Fliegen mit den Armen weg. „Wenn man immer nur daran denkt, was alles nicht klappen kann, wird man nie etwas unternehmen. Positiv denken, mein Lieber!"

Ein Grinsen huschte über Frank Kühnes schmale Lippen.

„Also, ich glaube, dass es funktioniert!" Jobsts Mutter nickte voller Tatendrang. „Ihr Kinder werdet einen herzerweichenden, bewegenden Brief schreiben und wir überlegen uns, welches Schauspiel wir dem werten Staatschef vorführen werden." Susanne stand auf, hielt eine Hand an die Brust und die andere in die Höhe. „Ich sehe es schon vor mir, es wird eine einzigartige, berauschende Aufführung. Eine Aufführung, bei der Erich Honecker alles um sich herum vergisst, vor allem den Koffer."

Frank Kühne lächelte. „Wenn du, liebe Susanne, auf der Bühne stehst, kann das durchaus der Fall sein."

„Danke!", sagte Susanne ernst.

Frank Kühne zwinkerte Jobst zu.

Letscho lag halb auf dem Tisch, den Kopf auf eine Hand gestützt. „Wenn das klappt, fress ich 'n Kilo Kuba-Orangen."

„Hast du einen besseren Vorschlag?", fragte Jobst. „Oder einen deiner mächtig gewaltigen Pläne?"

„Nö", sagte Letscho. „Ich wollte Honni schon immer mal schreiben. Vielleicht können wir ihn dabei mal fragen, ob er statt *Medizin nach Noten* alle Bud-Spencer-Filme auf *DDR1* zeigen kann."

„Ich würde ihn lieber fragen, warum wir Sonnabends auch noch in die Schule müssen", sagte Jule.

„Na, damit deine Eltern mal ihre Ruhe haben", sagte Letscho.

„Nun denn, sei es drum!" Frank Kühne schlug mit der Faust auf den Tisch, dass Letschos Kopf von der Hand abrutschte. „Es gibt nichts Gutes. Außer man tut es. Wie Erich Kästner so treffend sagte."

„*Das* ist die richtige Einstellung!", rief Susanne.

„Ein bisschen Aufregung und Abenteuer – das ist doch mal etwas angenehm Neues in meinem Leben", sagte Jules Vater. „Womöglich besser als die geruhsame Tristesse." Sein Gesicht sagte allerdings, dass er sich nicht sicher war, ob Neues auch Gutes versprach, und dass er sich mit der Ruhe in seinem Leben bestens eingerichtet hatte. „Davon abgesehen, ist die Eingabe an den Genossen Honecker wahrscheinlich unsere einzige Möglichkeit, scheint sie auch noch so absurd. Warum sie nicht nutzen, statt wie gewohnt in bequemer Tatenlosigkeit zu verharren. Mehr als schiefgehen und in einer kompletten Katastrophe enden kann das Unternehmen nicht. Vielleicht wird das Theater geschlossen. Vielleicht werde ich wie Zander in die Produktion gesteckt. Vielleicht …"

„Es wird nicht schiefgehen." Susanne legte Frank die Hand auf die Schulter und lächelte, wie sie meinte, vertrauenerweckend.

## Brief an den Oberindianer

Jule, Jobst und Letscho waren im Wohnzimmer der Familie Kühne. Vorher hatten sie sich in der Küche mit mehreren Marmeladenbroten gestärkt. Sie würden gleich dem wichtigsten Mann im ganzen Land einen Brief schreiben. Da brauchten sie Nervennahrung.

Letscho saß auf einem Basthocker, der unter seinem Gewicht mit den Streben knirschte. Jobst saß am Wohnzimmertisch. Jule stand auf der obersten Stufe eines orangen Hockers, der sich wie eine kleine Leiter ausklappen ließ, vor dem Wohnzimmerregal. Sie holte einen kleinen olivfarbenen Koffer vom Schrank, kletterte vom Hocker und legte den Koffer vor Jobst auf den Tisch.

„Bitte sehr, der Herr Schriftführer kann loslegen."

Jobst musterte den kleinen Koffer. „Was ist das?"

„Die Reiseschreibmaschine von meinem Vati."

Jule klappte den Koffer auf. Eine alte Schreibmaschine kam zum Vorschein. Auf dem schwarzen Gehäuse glänzte in der Mitte silbern die Aufschrift *Erika.* Dahinter fächerten sich kleine silberne Hebel eng aneinander. Sie erinnerten Jobst an die Anschlaghämmer von einem Flügel. Hinten links stand ein silberner Hebel ab, rechts ein schwarzes Rad.

Jobst fuhr vorsichtig über die schwarzen Tasten mit den weißen Buchstaben. Die Schreibmaschine wirkte auf ihn wie eine Mischung aus Klavier, Oldtimer-Limousine und Urzeit-Computer. Genau genommen war eine Reiseschreibmaschine so etwas Ähnliches wie ein Laptop, dachte Jobst. Nur ohne Strom, Internet und Bildschirm.

„Hier, ein Briefbogen." Jule legte Jobst Papier hin.

„Und was mache ich damit?"

„Na, du musst ihn hinten einrollen." Jule zeigte auf das Rad. „Hast du noch nie Schreibmaschine geschrieben?"

„Jule, unser Freund Pflaume kommt aus'm Mittelalter, schon vergessen?", warf Letscho ein.

Jobst stand auf. „Vielleicht machst du das lieber."

Jule zuckte mit den Schultern, setzte sich vor die Schreibmaschine, legte den Briefbogen ein und drehte an dem Rad, wodurch das Papier um die Walze herum gezogen wurde.

„Jule war mal Schriftführer in ihrer Klasse", sagte Letscho.

„Weil sie so schön schreiben kann?", fragte Jobst.

„Nee, weil sonst niemand den Kritzelkasper spielen wollte und die Rübemann sie dazu verdonnert hat. Ich habe mich freiwillig als Agitator gemeldet, aber die wollten mich nicht", erwiderte Letscho.

„Weil auf deiner Wandzeitung nur Bud-Spencer-Sprüche gestanden hätten", warf Jule ein. Sie beugte sich über die Schreibmaschine. „Farbband müsste noch gehen." Dann lehnte sie sich zurück und wackelte mit den Fingern über der Tastatur, als würde sie Aufwärmübungen machen. „Also, fangen wir an."

„Sehr geehrter Herr Staatschef", sagte Jobst.

„Nee! Geht ja gar nicht!", rief Letscho. „Da muss man schon korrekt sein. Werter Genosse Honecker, Vorsitzender des Staatsrates der DDR und Generalsekretär der SED!"

Jule tippte. Die Hebel der Schreibmaschine flogen in die Höhe und hämmerten die Buchstaben auf das Papier, das auf der Walze weiterwanderte. Als sich zwei Hebel ineinander verkeilten, stippte Jule sie mit einem Finger zurück, und es ging weiter.

„Am besten, wir schmieren ihm erst mal etwas Honig um den Mund", sagte Jule. Sie drückte gegen den silbernen Hebel und die Walze der Schreibmaschine rollte einmal von links nach rechts und zurück, das Papier eine Zeile nach oben. „Wir wissen, dass Sie als Staatschef der Deutschen Demokratischen Republik immer viel zu tun haben", sagte Jule langsam und tippte.

„Und zu Hause hält Margot Sie bestimmt auch gut auf Trab", warf Letscho ein.

Jule ignorierte ihn und tippte weiter. „Dennoch hoffen wir, Sie finden Zeit, unseren Brief zu lesen und zu beantworten."

„Jetzt schreiben wir etwas über uns", schlug Jobst vor. „Wir sind drei Kinder mit einem großen Wunsch … oder so ähnlich."

„Wir sind keine Kinder, wir sind Pioniere!“, sagte Letscho.

„Wir sind drei begeisterte Thälmannpioniere.“ Jule tippte. „Mit Stolz tragen wir den Namen unseres Vorbilds Ernst Thälmann und unser rotes Halstuch, das Teil der Fahne der Arbeiterklasse ist …“

„Und die Arbeiterklasse hat meistens eine gewaltige Fahne“, murmelte Letscho. „Schreib noch was mit Frieden, Heimat und aktiv mitgestalten und so ein Zeug.“

Jule lockerte ihre Finger, dann tippte sie weiter. „Wir lieben unsere Heimat und den Frieden und wollen aktiv an der Gestaltung des gesellschaftlichen Lebens in unserer Deutschen Demokratischen Republik mitwirken.“

Jobst runzelte die Stirn. „Redet ihr immer so?“

„Wir nicht“, sagte Letscho. „Aber die Partei. Solche Sätze saugen wir schon mit der Muttermilch auf. Laber, laber, Rhabarber. Jeder Bud-Spencer-Film hat mehr Inhalt.“

„So.“ Jule drückte abermals gegen den Hebel, um eine neue Zeile zu beginnen. „Und jetzt?“

„Jetzt müssen wir irgendwie auf das Theater und die Einladung zu sprechen kommen“, sagte Jobst. „Vielleicht können wir ihn damit locken, dass es eine in der Welt einzigartige Aufführung wird. Eine Aufführung, die die Theaterwelt revolutionieren wird, die er unbedingt mit als Erster sehen sollte, so als Staatschef, meine ich.“

„Revolution im Theater? Das könnte er falsch verstehen“, meinte Jule.

„Wir wollen ja nicht, dass er mit dem Panzer vorgefahren kommt", sagte Letscho.

Jobst überlegte. „Wir könnten ihm schreiben, dass er in dem Stück etwas über die Zukunft erfährt. Jeder möchte doch immer wissen, wie die Zukunft aussieht."

„Ja!" Letscho reckte eine Hand in die Höhe. „Eine Zukunft, in der der Sozialismus siegt, in der die Werktätigen der Welt sich alle verbünden und es keine Unterdrückung, keinen Hunger und keine Volksmusiksendungen mehr geben wird. Und Honecker ist der Oberindianer von allen Proletariern. So wird es doch kommen, oder?"

„Äh … so ähnlich." Jobst hatte keine Ahnung, was aus Honecker im Laufe der Geschichte geworden war. Er wusste nur, dass der Sozialismus nicht gesiegt hatte und dass Honecker daher wohl eher an einem Marterpfahl gelandet war, als ein Oberindianer zu werden. „Volksmusiksendungen gibt es auf jeden Fall noch."

„Nein!" Letschos Arm sank nach unten. „Bei diesen Zukunftsaussichten werde ich nie Kinder in die Welt setzen."

„Die Idee finde ich gut", sagte Jule.

Letscho sah sie traurig an. „Du meinst wirklich, ich sollte keine Kinder bekommen?"

„Nein. Dass wir Honecker schreiben, er bekommt die einmalige Gelegenheit, in unserem Stück zu sehen, wie wir Thälmannpioniere uns unsere sozialistische Heimat in der Zukunft vorstellen. Das muss ihn als Staatschef doch interessieren."

Jule begann wieder zu tippen. Jobst und Letscho sahen ihr über die Schulter und kommentierten.

Lieber Genosse Honecker, wir wollen nicht nur die sozialistische Gegenwart, sondern auch die Zukunft unseres geliebten Heimatlandes mitgestalten. Ganz nach dem Motto: „Arbeite mit, plane mit, regiere mit!“ Deshalb haben wir uns Gedanken gemacht und gemeinsam mit unserem Theaterkollektiv ein mächtig gewaltiges Stück vorbereitet. Dazu möchten wir Sie einladen.

Das Theaterstück spielt in der Zukunft. Natürlich gibt es in dem Stück einen Helden (er ähnelt Ihnen etwas). Wir versprechen Ihnen, daß Sie so eine Aufführung noch nie gesehen haben. Es wird spannend, lustig, traurig und das Stück trägt zur Bildung der sozialistischen Persönlichkeit bei (auch wenn Ihre sozialistische Persönlichkeit schon spitzenmäßig und uns ein Vorbild ist).

Lieber Genosse Honecker, wir haben wochenlang geprobt, in jeder freien Minute. Dabei hatten wir das Ziel immer fest vor Augen: Daß Sie zu unserer Premiere kommen. Das ist unser größter Wunsch! Tag und Nacht denken wir nur noch daran, wie Sie in unserem Theater in der ersten Reihe sitzen. Sie werden es nicht bereuen, das geloben wir!

Natürlich wissen wir, daß Sie als Staatratsvorsitzender nicht jede popelige Einladung annehmen können (wir sind schließlich keine dummen Jungpioniere mehr, sondern schon gereifte Thälmannpioniere). Aber sollte Ihr Platz in der ersten Reihe bei unserer Vorführung leer bleiben, würde uns das am Boden zerstören. Wahrscheinlich müßte die Vorführung abgesagt werden, da wir uns nicht in der Lage sehen, mit gebrochenem Herzen auf die Bühne zu treten.

Das Theaterkollektiv und wir haben das Stück Ihnen zu Ehren einstudiert. Wir wollen für Sie spielen. Wir wollen Ihnen eine kleine Freude machen, als Dank dafür, daß Sie die DDR schon so lange und urst fachmännisch regieren.

Bitte, bitte, lieber Genosse Honecker, kommen Sie zu unserer Aufführung ins Theater! Vielleicht haben Sie schon von unserem Theater gehört? Auch unsere vorbildliche Kleinstadt ist einen Staatsbesuch wert und hält für den hohen Besucher manch Überraschung bereit.

Mit ergebensten sozialistischen Grüßen,
Ihre treuen Thälmannpioniere Torsten,
Jobst und Juliane.

## Eis und Spitzel

„Das habt ihr toll gemacht mit dem Brief, ganz toll!" Susanne zog Jobst an sich heran und drückte ihm einen Kuss auf die Wange.

Jobst wartete, bis seine Mutter wegsah, dann wischte er sich mit dem Handrücken über die Stelle.

Die beiden liefen durch die sommerfaule Innenstadt. Seine Mutter federte bei jedem Schritt, als wollte sie vor Lebenslust schweben. Jule hatte ihrem Vater und Susanne den Brief an Honecker vorgelesen. Seitdem sprühte Jobsts Mutter wie ein chinesisches Feuerwerk vor Ideen für die Theateraufführung.

„Davon hätte sich Lindenberg was abschauen können", sagte Jobsts Mutter.

„Wer ist das jetzt schon wieder?"

„Udo Lindenberg, so ein Sänger, der immer irgendetwas von Horizont und Sonderzügen und Bahnhöfen des Lebens unter seinem Hut nuschelt", erklärte Susanne. „Er kommt aus dem Westen und hat auch mal einen Brief an Honecker geschrieben. Er hat sogar ein Lied für ihn geschrieben, weil er unbedingt im Osten für seine Fans singen wollte. Ich glaube, das durfte er sogar einmal, aber irgendwie hat er's dann vermasselt."

„Ich hoffe, wir vermasseln es nicht. Wenn Honecker überhaupt kommt", sagte Jobst.

„Er muss kommen! Wenn ihm Kinder, die Zukunft seines Landes, eine solche Einladung schicken, dann muss er einfach zusagen! Außerdem ist doch gerade Sommerloch. Da wird einem Staatschef bestimmt auch mal langweilig." Susanne blieb stehen und sah die Straße entlang. „Ah! Da vorne ist es."

Ein paar Meter weiter stand eine kleine Bude in einer Lücke zwischen zwei alten Häusern. Eine weiße Fahne mit der Aufschrift *Eis* hing neben dem geöffneten Fenster. Vor dem Fenster hatte sich eine kleine Schlange gebildet.

Susanne hatte Jobst ein Eis versprochen. Weil es so ein sonniger Nachmittag war, weil er mit seinen Freunden so einen tollen Brief geschrieben hatte und, überhaupt, sie mal wieder etwas Mutter-Sohn-Zeit bräuchten, hatte Susanne gesagt. Jobst vermutete, dass seine Mutter einfach ein schlechtes Gewissen hatte, weil sie sich die letzten Tage so gut wie gar nicht um ihn oder ihren Koffer gekümmert hatte. Und bei einem Eis schmilzt das schlechte Gewissen.

Susanne schnappte sich Jobst und zog ihn zur Eisbude.

„Jetzt drängle dich bloß nicht wieder vor", raunte Jobst ihr zu und versuchte, seine Hand zu befreien.

„Ich drängle mich nie vor. Es sei denn natürlich, ich habe es eilig." Susanne schloss sich mit einem Lächeln ans Ende der Schlange an. Sie stellte sich auf die Zehenspitzen und versuchte, dem Vordermann über die Schulter zu sehen.

„Ich möchte Joghurt", sagte Jobst. Er versuchte, unten zwischen den Armen und Bäuchen der Leute zur Theke vor zu sehen. „Oder Melone."

Der Mann vor ihnen drehte sich um und musterte Jobst und Susanne. Dann sagte er langsam: „Joghurt gibt's im *Konsum*. Und Melone … na ja, sag mir Bescheid, wenn eine vorbeikullert."

Jobst machte ein enttäuschtes Gesicht. „Und was ist mit Pistazie?"

„Piss was?" Der Mann schüttelte den Kopf und drehte sich wieder um. Er war an der Reihe.

Es gab Softeis. Drei Sorten: Schoko, Vanille, Erdbeere.

„Lass mal kosten!", sagte Susanne eine Minute später, drückte Jobst ihr Schoko-Vanilleeis in die Hand und nahm sein Erdbeereis. „Hm, schmeckt … rosa."

Jobst leckte am Schoko-Vanilleeis. „Tauschen?"

Susanne blickte bekümmert auf das rosa Eis in ihrer Hand. „Na gut." Sie lächelte sohnergeben.

Jobst schleckte abwechselnd oben und unten am Eis. Seine Tüte hatte ein Loch. Er blickte zur Eisbude. Im nächsten Moment rutschte ihm zusammen mit dem Eis ein Schreck in die Kehle und in den Magen hinunter. Es war nur eine schnelle Bewegung gewesen, ein Huschen. Aber Jobst war sich sicher, dass gerade jemand hinter der Budenecke verschwunden war.

Jemand, der sie beobachtet hatte. Jobst schleckte mechanisch weiter, ohne dabei die Eisbude aus den Augen zu lassen. Doch die Gestalt blieb verschwunden.

„… den ganzen Nachmittag mit Frank geredet, wir werden extra eine Kulisse entwerfen, und Kostüme natürlich auch. Er will ein paar Sachen besorgen und dann …"

Jobst hörte nur mit halbem Ohr zu, was seine Mutter vom Theater berichtete. Langsam und unauffällig, wie er hoffte, machte er zwei kleine Schritte rückwärts und lehnte sich leicht nach hinten.

Auf dem graubraunen Erdboden hinter der Eisbude zeichnete sich ein undefinierbarer Schatten ab. Er konnte von einem Menschen stammen, genauso gut aber auch von einem Schrubber.

„… die einzelnen Szenen müssen natürlich noch ausgearbeitet werden, vielleicht können wir *Mutter Courage* einfach in der Zukunft spielen lassen und ein paar Textzeilen verändern, auf modern gemacht, meine ich, und …" Susanne sah Jobst eindringlich an. „Jobst! Hörst du mir zu?"

„Hast du auch schon mal eins dieser *Lego*-Männchen gesehen?", fragte Jobst leise.

„Ja. Ungefähr fünfhundert Stück. Bei uns zu Hause, in deinem Zimmer."

„Nein, ich meine hier. Echte Menschen. Die stehen oder laufen irgendwo rum, gucken komisch, also so auffällig unauffällig, und haben Frisuren wie *Lego*-Figuren", erklärte Jobst.

Susanne runzelte die Stirn. „Nein, aber ich bin auch meistens im Theater.“ Sie beugte sich zu Jobst, schielte nach links und rechts und flüsterte: „Vielleicht sind das Stasi-Schnitzel!“

„Spitzel.“ Jobst steckte das letzte Stück Waffel in den Mund. Als er wieder hinter die Eisbude spähte, war der Schatten verschwunden.

„Ich glaube aber nicht, dass man die so einfach erkennt. Soweit ich weiß, war das ein verdammt guter Geheimdienst. Also, gut funktionierend.“ Susanne warf den Rest ihres rosa Softeises in einen Mülleimer. „Aber uns können sie doch nichts anhaben.“

Jobst blinzelte hinter den Brillengläsern. „Da wäre ich mir nicht so sicher.“

„Für einen Elfjährigen machst du dir eindeutig zu viele Sorgen. Das ist mein Job. Du bist das Kind – sorglos glücklich, albern und frech. Ich bin die Mutter – verantwortungsbewusst, liebevoll und besonnen.“

Jobst sah seine Mutter zweifelnd an.

„Na ja, so ähnlich jedenfalls. Und jetzt gehen wir in den Garten und machen uns einen schönen Nachmittag in der Hängematte.“

„Musst du nicht mehr proben?“

„Frank will ein paar Sachen besorgen. Ich hab frei!“ Susanne marschierte mit großen Schritten los.

„Hier lang, Mama!“, rief Jobst und zeigte in die entgegengesetzte Richtung.

„Wenn ich dich nicht hätte! Wo wäre ich nur!“

„Wahrscheinlich irgendwo in der Eiszeit.“

„Erinnere mich nicht daran! Da sieht doch aber auch ein Schneehügel wie der andere aus!“

Jobsts Mutter hatte sich bisher in nahezu jedem Jahrhundert irgendwo verlaufen.

„Weißt du Jobst, mir gefällt das hier. Also, nicht alles, aber diese Farben …“ Susanne lief mit wehenden Haaren neben Jobst und ließ ihren Blick über das graue Kopfsteinpflaster, die beigefarbenen, lockeren Gehwegplatten und an den graubraunen Fassaden der alten Häuser hinauf schweifen.

„Welche Farben?“ Jobst sah nach oben, zu den grauen Dächern auf der anderen Straßenseite.

Unzählige Antennen ragten in den Himmel, wie Taubenspikes, nur viel größer, dachte Jobst. Als wollte man verhindern, dass Außerirdische auf den Dächern landen.

„Eben! Diese natürlichen Erdfarben, das ist Wellness pur für die Pupillen. ‚Slow Guck‘ quasi. Keine ständige Reizüberflutung, blink-blink hier, neon-neon da. Hier gibt es einfach nichts zu sehen“, sagte Susanne beglückt.

Jobsts Blick war weitergewandert, zum Himmel hinauf. Ein Flugzeug sprühte mit seinem Kondensstreifen einen Klecks Sehnsucht auf das Blau. Jobst dachte an Jule, an den Mond und an …

Sein rechter Fuß trat ins Nichts. Jobst fiel.

## Dominik

Jobst schrie, ruderte verzweifelt mit den Armen, verlor das Gleichgewicht und stürzte nach vorne, auf die schwarze Tiefe zu. Schützend riss er im letzten Moment die Hände über den Kopf, kniff die Augen zu und erwartete jede Sekunde den Aufprall, den Schmerz. Doch in dem Augenblick spürte er, wie ihn jemand fest an den Schultern packte und zurückriss.

Jobst landete mit dem Hintern auf dem Gehweg.

„Oh mein Gott! Jobst! Ist dir was passiert? Tut dir was weh? Was machst du denn?“ Susanne kniete vor Jobst und tätschelte seine Wangen, strich ihm durch die Haare, schüttelte prüfend seine Arme.

„Alles in Ordnung“, sagte Jobst. Das Einzige, was ihm wehtat, war der Hintern. Aber das sagte er seiner Mutter besser nicht, sonst würde sie da auch noch tätscheln oder womöglich pusten.

Susanne richtete sich auf und sah hinter Jobst. „Danke! Vielen, vielen lieben Dank! Ohne dich läge mein Sohn jetzt in der Baugrube. Wieso ist so etwas denn nicht abgesperrt?“ Susanne drehte sich um, trat an die Baugrube heran, stemmte die Hände in die Hüften und schüttelte den Kopf. „Die ist drei oder vier Meter tief! Und dann noch ein Betonsockel da unten, oh Gott, was da alles hätte …“

Jetzt drehte Jobst sich um. Er sah in zwei kohlenschwarze Augen. „Du?“

In zwei Sekunden war Jobst auf den Beinen. Er beäugte den Jungen misstrauisch. Der trug ein verwaschenes braunes T-Shirt und eine abgeschnittene Jeanshose, die an den Enden ausfranste. In seinem Mundwinkel klebte ein Rest Marmelade.

„Erst sagst du, ich bin ein Verräter, willst mich verprügeln, und dann rettest du mich?“

„Bist du auch. Ein Verräter.“ Der Junge spuckte auf den Gehweg, direkt neben Jobsts Füße.

„… also wirklich, da muss schnellstens ein Absperrband drum oder so ein kleiner Zaun“, sagte Susanne, stellte sich neben Jobst und strich ihm abermals über den Kopf, froh, dass er damit nicht auf dem Betonsockel gelandet war. „Und dir, dir kann ich gar nicht genug danken, dass du meinen Jobst gerettet hast!“

Der Junge starrte Jobst an. „Er heißt Jobst?“

„Ja. Und du?“, fragte Susanne.

„Sven“, sagte der Junge und ließ Jobst nicht aus den Augen.

„Ich hab es dir doch gesagt. Du verwechselst mich. Ich bin nicht dieser Dominik“, sagte Jobst.

„Welcher Dominik?“, fragte Susanne.

„Sie sind echt seine Mutter? Sind Sie sich sicher?“, fragte Sven und kräuselte die Nase.

„Ja, na hör mal … na ja, gut, wir sehen uns nicht besonders ähnlich, das stimmt. Jobst ist ganz der Papa. Vom Aussehen zumindest. Aber das Temperament hat er von mir!“

Jobst schielte zu seiner Mutter und blinzelte.

„Ich hätte schwören können, du bist Dominik“, sagte Sven leise. „Aber das geht gar nicht. Dominik ist weg.“ Er sah zu Boden.

„Er war dein Freund, und er hat dich … irgendwie verraten oder alleingelassen?“, fragte Jobst.

Sven nickte, ohne aufzusehen. „Ist einfach weg. Von heute auf morgen. Hat mir nichts gesagt. Wir haben uns immer alles gesagt. Dachte ich.“

„Ich … ich hatte auch mal einen Freund, also, jetzt nicht so einen richtig besten, aber wir haben manchmal zusammen gespielt. Dann ist er weggezogen. Das wusste ich, war trotzdem doof“, sagte Jobst. „Tut mir leid.“

„Kannst du ja nichts für.“ Sven zuckte mit den Schultern. „Entschuldige, dass ich dich … na ja, du weißt schon, vor dem Theater …“

Jobsts Mutter hatte die ganze Zeit über wie eine Kriminalkommissarin zwischen Jobst und Sven hin und her gesehen. Jetzt runzelte sie die Stirn, setzte mehrmals an und fragte schließlich: „Du … du bist aber nicht Huckleberry Sven, oder?“

Svens Augen und Nasenlöcher wurden groß, so tief holte er vor Staunen Luft. „Woher wissen Sie das?“

„Das gibt's doch gar nicht!" Susanne starrte Sven ungläubig und fasziniert an. „Huck Sven und Dom Sawyer. So habt ihr euch immer genannt."

Sven nickte mit offenem Mund. „Aber davon weiß niemand. Nur Dominik und ich. Oder ... war ja klar." Sven ließ den Kopf hängen. „Er hat das auch noch verraten."

„Nein! Nein, hat er nicht." Jobsts Mutter legte Sven eine Hand auf die Schulter.

„Kann mich mal jemand aufklären? Huckleberry Sven und Dom Sawyer – worum geht es denn überhaupt?", fragte Jobst.

Susanne holte tief Luft und sah Jobst fest in die Augen. „Ich glaube, es geht um Papa."

„Papa? Der ist doch in der Antike." Jobst konnte noch so viel blinzeln, seine Verwirrung blinzelte er nicht weg.

„Ja, aber vorher war er ja hier, in der DDR. Als Kind, meine ich", sagte Susanne.

Sven machte ein Gesicht, als wäre ein antiker Kleiderschrank auf ihn gekracht.

„Willst du damit sagen, dieser Dominik, der Svens Freund war, ist Papa?", fragte Jobst.

„Ich weiß, das ist völlig unglaublich. Aber wahrscheinlich ist es so. Es sei denn, es gibt in der DDR noch irgendwo zwei andere Jungs, die sich Dom Sawyer und Huckleberry Sven nennen", sagte Susanne.

„Wie, Dominik dein Papa? Was soll denn der Quatsch?", fragte Sven.

„Kein Quatsch, sondern … ein wunderbarer Zufall!“ Susanne sah Sven gerührt an. „Pass auf, eigentlich ist es ganz einfach: Wir kommen aus der Zukunft. Ich habe Dominik kennengelernt, da war er schon längst erwachsen. Ich weiß nur, dass seine Eltern einen Ausreiseantrag gestellt hatten und sie eines Tages, da war Dominik vielleicht zehn oder elf, von der DDR in die BRD ausreisen durften. Von heute auf morgen.“

„Deshalb ist er einfach verschwunden“, sagte Jobst. In Jobsts Nacken kribbelte es, als er sich vorstellte, dass sein Vater als Kind genau über diesen Gehweg gelaufen war, vielleicht zusammen mit Sven.

Sven sah zwischen Susanne und Jobst hin und her. „Ihr habt doch ’n Rad ab!“

„Er hat nie viel erzählt von seiner Kindheit. Und wenn, dann von dir, seinem besten Freund Huck Sven“, fuhr Susanne fort. „Er fand es schlimm, dass er sich noch nicht einmal richtig von dir verabschieden konnte, aber es musste alles ganz schnell gehen.“

„Siehst du, er ist kein Verräter“, sagte Jobst.

Sven ging langsam einen Schritt zurück. „Ihr seid unheimlich.“

„Ihr werdet euch wiedersehen. Aber erst in …“ Jobsts Mutter sah ins Nichts und rechnete stumm. „In ungefähr zehn Jahren. Ist das nicht toll?“

„Scheiße ist das.“ Sven ballte die Hände zu Fäusten. „Wieso erzählt ihr mir so einen Schwachsinn?“

„Allerdings habt ihr euch dann nicht mehr so viel zu sagen", setzte Susanne ungerührt fort. „Na ja, in zehn Jahren verändert man sich eben. Das ist ganz normal."

„HÖRT AUF! Verarschen kann ich mich alleine!" Svens Augen sprühten schwarze Wut.

Jobst ging vorsichtig einen Schritt auf Sven zu. „Du hast die Wahl. Entweder du glaubst, dass es so ist, wie wir sagen – auch wenn es total schräg klingt, das weiß ich –, oder du glaubst es eben nicht und hältst uns für Spinner. Es ändert nichts. Auf jeden Fall bin ich nicht Dominik. Aber ich kann dein Freund sein, wenn du magst." Jobst hielt Sven die Hand hin.

„Das wären dann drei Freunde!" Susanne klatschte in die Hände und strahlte verzückt.

Sven sah auf Jobsts Hand, als wollte er am liebsten darauf spucken. Dann sah er Jobst fest in die Augen. „Einen Lügner will ich nicht als Freund." Er zog den Rotz in der Nase hoch, drehte sich um und rannte vor der Wahrheit davon.

## Schöne neue Zukunft

Jobst und Jule saßen im Schneidersitz in der Hängematte im Garten. Die Hängematte schaukelte leicht. Bei jedem Schaukeln berührten sich ihre Knie. Jobst stieß sich mit einer Hand vom Boden ab und gab der Hängematte noch einen Stups.

„In einer Woche fängt die Schule wieder an.“ Jule sah mit gerunzelter Stirn auf den Zauberwürfel, den sie in den Händen drehte.

„In einer Woche sind wir hoffentlich nicht mehr hier“, sagte Jobst, ohne den Blick von dem alten *Mosaik*-Heft zu heben, das Jule ihm mitgebracht hatte.

Jule wackelte mit dem Knie. Jobst blickte auf. Das Grün in Jules Augen war matt. Ein tiefer, verschleierter Teich im August. Sie sah traurig aus. Traurig, weil Jobst vielleicht bald … Nein, bestimmt, weil …

„Bist du traurig, dass du wieder zur Schule musst?“, fragte er.

„Die Schule?“ Jule zog eine Augenbraue hoch. „Die ist mir egal. Aber der Sommer, der ist vorbei.“

Jobst nickte. Der Sommer also. „Noch hat Honecker ja gar nicht geantwortet“, sagte er schließlich.

Wie viele Tage war es her, seit sie den Brief abgeschickt hatten? Sechs Tage? Oder acht? Was, wenn er überhaupt nicht antwortete? Und wieso machte Jobst dieser Gedanke in diesem Moment gerade gar keine Angst?

Das kleine Gartentor quietschte und Letscho schlurfte den Pfad entlang auf die Gartenlaube zu, ein Glas Letscho in der Hand. „Macht mal Platz, ihr zwei Fettwänste", sagte er und zwängte sich zwischen Jule und Jobst in die Hängematte.

Die Hängematte senkte sich nach unten, als Letscho sich setzte, der Pflaumenbaum ächzte. Letscho schraubte das Glas auf und fischte sich ein Stück eingelegte Paprika heraus. Die Tomatensoße tropfte auf sein Kinn.

Er steckte sich die Paprika in den Mund und schielte von Jule zu Jobst. „Ich störe doch nicht, oder?"

„Du nicht, nur dein Körper." Jule versuchte, ihren Fuß unter Letschos Rücken hervorzuziehen.

„Ha, ha. Ich kann auch zu meinen anderen Freunden gehen", sagte Letscho.

„Pfff", machte Jule. „Beleidigte Leberwurst steht dir nicht."

„Heiß auch nicht Leberwurst." Letscho schlonzte das nächste Paprikastück in seinen Mund. „Ich sag euch, das wird astrein, unser Theaterstück. Also, ich kenne jetzt nicht so viele andere, aber unseres … Hammer!"

Jobst, Jule und Letscho probten seit Tagen im Theater das Stück für Honecker. Frank Kühne hatte neben Susanne drei Schauspieler des Kollektivs, denen er vertraute, mit eingeweiht.

Das Stück spielte in der fernen Zukunft. Es gab weder eine richtige Handlung noch einen richtigen Text, nur einen groben Ablauf und jede Menge Action. Die Schauspieler sollten improvisieren und das Publikum einbeziehen. Denn was das Publikum noch nicht wusste: Es war Teil der Aufführung.

„Wir haben noch gar keinen Namen. Für das Stück, meine ich", sagte Jobst.

„Wie wäre es mit *Vorwärts, der Zukunft zugewandt*?", schlug Letscho vor.

„Oder *Zukunft = Sieg des Sozialismus*. Schließlich muss es Honecker gefallen", sagte Jule.

„Oder *Vier Fäuste für die Zukunft*." Letscho grinste.

„Honecker fährt bestimmt nicht auf Bud Spencer ab", sagte Jule.

„Meinste, der steht mehr auf Terence Hill?", fragte Letscho.

„Ich meine, der guckt bestimmt nur *Die aktuelle Kamera*."

„Nee, da erfährt er doch gar nichts. Der glotzt hundertpro Westnachrichten", sagte Letscho.

„Einfach *Willkommen in der Zukunft*", sagte Jobst. „Oder, vielleicht ein bisschen knalliger, *Die Zukunft ist geil!*"

„Klingt bekloppt", fand Letscho.

„Wie ist sie denn eigentlich, die Zukunft?" Jule stippte Jobst mit dem Fuß leicht an.

Jobst ließ den Comic sinken und sah in die erwartungsvollen Gesichter seiner Freunde. Er räusperte sich. „Gut. Also, alles wird gut."

„Was ist denn das für eine Antwort?“, fragte Letscho. „Das kann alles Mögliche bedeuten. In Zukunft wird der Russischunterricht abgeschafft, die DDR wird Fußballweltmeister, es gibt Letscho in der Schulspeise …“

„Russisch gibt es wirklich nicht mehr, also zumindest nicht als Pflichtfach.“

„Ich knie ab! Kein Russisch mehr. *Do swidania, Tawarisch*!“ Letscho schlug sich mit der flachen Hand auf den Oberschenkel. Die Hängematte wackelte. „Und Weltmeister?“

„Deutschland wird Weltmeister.“

„Du meinst Westdeutschland?“, fragte Jule.

Jobst schüttelte den Kopf. „Deutschland.“

Jule sah Jobst misstrauisch an. „Was ist mit der DDR?“

Jobst zögerte. „Die gibt es nicht mehr.“

## Das verschwundene Land

Hätten sie nicht wie die Fische im Netz geklemmt, wäre Letscho vor Schock aus der Hängematte gefallen.

„Wie? Die gibt es nicht mehr? Ein ganzes Land kann doch nicht einfach verschwinden!“, sagte Letscho. „Laden die Sowjets die DDR auf ’nen Laster und verteilen sie in der Taiga?“

Jule starrte ihren Gedanken nach, plötzlich weiteten sich ihre Pupillen und der Zauberwürfel rutschte ihr aus der Hand. „Der Kalte Krieg. Die machen Ernst und drücken auf den roten Knopf und jagen ihre Raketen aufeinander los. Und die DDR, genau in der Mitte, *zzzz*, weg!“

„Der Dritte Weltkrieg“, hauchte Letscho. Das einzig Farbige in seinem Gesicht waren nur noch die Sommersprossen und der Tomatentunken-Klecks auf seinem Kinn.

„Nein. Es gibt keinen Dritten Weltkrieg. Also, zumindest bis jetzt nicht“, sagte Jobst schnell.

„Dann gibt es die DDR auch noch!“, beharrte Letscho.

„Es sei denn, alle hauen nach und nach in den Westen ab und sie machen den Laden hier dicht“, sagte Jule.

„Ja. So ungefähr.“

Jobst versuchte, sich daran zu erinnern, was seine Mutter ihm gestern beim Abendessen über das Ende der DDR erzählt hatte. Sie hatten lange geredet und zum ersten Mal hatte Jobst aufmerksam zugehört, ohne nach zwei Minuten in Gedanken in eine fantastische Galaxie davonzuschweben.

„Es fängt damit an, dass sich etwas in Russland ändert. Dieser Chef, wartet mal, er hieß so ähnlich wie Grobi … Gorbi, Gorbatschow, der lockert alles, mit einem Glas Most oder so."

„Glasnost", sagte Jule. „Mutti und Vati haben sich neulich darüber unterhalten."

„Wie, und die Russen lösen die DDR auf?", fragte Letscho.

„Nein. Das macht ihr selber", sagte Jobst.

„WIR?" Letscho richtete sich ungläubig auf.

„Ihr alle. Das Volk. Ihr demonstriert."

„Wir? So richtig wie im Westen, ohne Anweisung von oben und mit selbst gemalten Transparenten und allem?" Letscho strahlte. „Da ist endlich mal was los bei uns!"

„Aber … die Stasi, und die Polizei", sagte Jule. „Das geht doch gar nicht."

„Ich schätze, ihr seid irgendwann einfach zu viele", sagte Jobst. „Jedenfalls passiert nichts, es gibt keine Panzer, keine Schüsse oder so. Man nennt es die ‚friedliche Revolution'."

„Und wieso verschwindet die DDR dann? Ich meine, wenn alle auf die Straße gehen und demonstrieren, dann … dann verändert sich doch hier endlich was, dann wird doch bestimmt alles besser, oder?" Jule sah Jobst ratlos an.

„Ich weiß nicht. Es passiert ziemlich viel ziemlich schnell. Erst fliehen ganz viele Leute in den Westen, die anderen, die in der DDR geblieben sind, demonstrieren, und dann werden die Grenzen geöffnet."

„Nee!" Letscho machte ein Gesicht, als hätte ihm jemand ein Spiegelei auf die Nase geklatscht.

„Doch. Diese Mauer in Berlin, da stehen die Leute oben drauf und tanzen", sagte Jobst.

„Auf der Mauer? Aber dann werden sie doch erschossen", sagte Jule.

„Niemand wird erschossen. Und die Mauer gibt es nicht mehr. Na ja, vielleicht noch ein paar Brocken für Touristen", sagte Jobst. „In Zukunft gibt es nur noch *ein* Deutschland."

„Die BRD und die DDR zusammen?", fragte Jule.

„Genau."

„Aber … die passen doch gar nicht zusammen." Jule runzelte die Stirn.

„Und wir können dann überallhin, einfach mal nach Hamburg fahren?", fragte Letscho. „Oder nach Oberursel? Da wohnt meine Tante."

„Ja, überall. Nach Paris, nach Tokio, und nach Oberursel."

Jule sah Jobst ernst an. „Wann?"

„Die Wiedervereinigung ist 1990. Aber es geht schon vorher los, das mit den Demos, im Herbst 1989", erwiderte Jobst.

„In zwei Jahren?!" Jule hatte mindestens zwei Fragezeichen auf der Stirn. „Aber hier verändert sich nie was."

Letscho schüttelte den Kopf und fing an zu kichern, dass sein Bauch wackelte. „In zwei Jahren tanzen wir auf der Mauer! Das ist gut, Keule, das ist spitzenmäßig." Er wischte sich eine Lachträne aus dem rechten Augenwinkel, dann klopfte er Jobst auf die Schulter.

Jule starrte auf die Außenwand der Datsche, als würde dort ein melodramatischer Film ablaufen.

„Ich weiß zwar immer noch nicht, wo du wirklich herkommst, aber mit so viel Fantasie wirst du es weit bringen!" Letscho lachte.

Jobst blinzelte ernst zurück.

„Jetzt guck nicht so ernst, Brillenbärchen!" Letscho kicherte noch immer und knuffte Jobst in die Seite. „Schauspieler biste och noch. Solltest echt zum Theater gehen."

Die Gartentür flog auf und Jobsts Mutter schritt mit wehenden Haaren und Frank Kühne am Arm den Gartenweg entlang auf die Datsche zu.

„Wobei. Von deiner Mutter haste das hundertpro nicht", sagte Letscho.

Die beiden Erwachsenen blieben vor der Hängematte stehen. Susanne strahlte, als wäre sie in ein Honigfass gefallen. Jules Vater hatte rötliche Flecken im Gesicht. Er griff in sein Jackett, fummelte ungeschickt in der Innentasche herum und holte schließlich einen zerknickten weißen Briefumschlag heraus und hielt ihn mit zitternden Händen in die Höhe.

„Er hat geantwortet", sagte Frank Kühne mit belegter Stimme.

## Ein ungebetener Gast

„Frank, wo soll die hin?“, rief ein Mann von der Bühne. Er trug eine Papp-Büste von Lenin, dem Gründer der Sowjetunion.

Frank blinzelte zur Bühne und kratzte sich am Hinterkopf. „Stell sie vorerst neben den Tannenbaum. Susanne, du müsstest weiter vor an den Bühnenrand. Manfred, du kommst von rechts mit dem Klapprad. Die Wanne bitte etwas weiter nach links“, rief der Theaterregisseur zwei Männern zu, die gerade eine Badewanne auf der Bühne abstellen wollten.

Im Theater ging es zu wie bei einem Volksfest. Auf der Bühne tippelten Menschen hin und her, schafften Gegenstände herbei, rückten Kulissen auf ihren Platz, verschwanden hinter der Bühne, um kurz darauf mit einem Stuhl, einer Lampe oder anderen Requisiten zurückzukommen. Die drei Schauspieler und Jobsts Mutter probten ungeachtet davon das Stück. Frank Kühne lief am Bühnenrand von einer Seite zur anderen, nickte, rief Anweisungen und gestikulierte.

Jule und Jobst schmückten den Tannenbaum auf der Bühne mit DDR-Fähnchen. Letscho stand auf einem Hocker und brachte einen roten Sowjetstern auf der Baumspitze an.

„Ich wette, so einen schönen Jahresendschmuck hat der Staatsratsvorsitzende noch nie gesehen", sagte Letscho. „Mann, Leute, und ich bin aufgeregter als ein Fünfjähriger kurz vor Weihnachten."

„Und Honecker ist der Weihnachtsmann und bringt einen Koffer voller Geschenke", sagte Jule und steckte sich ein DDR-Fähnchen in die Haare.

„Unser leerer Koffer würde schon reichen", sagte Jobst.

„Ach komm, wir waren doch immer brav." Letscho stieg vom Hocker. „Also, ich zumindest."

Susanne stieß einen Schrei aus. Jobst sah zu seiner Mutter. Sie hatte eine Tasse in der Hand und übte stolpern.

„Das muss deutlich schneller gehen, meine Liebe, und etwas natürlicher aussehen", rief Frank auf die Bühne. „Manfred, komm doch noch mal von rechts, auch etwas schneller, bitte!"

„Klingeln oder nich klingeln?", fragte Manfred.

„Klingeln, meinetwegen, aber erst kurz bevor du bei Susanne bist", sagte Frank. „Und los!"

Jobsts Blick wanderte von der Bühne zur ersten Reihe im Zuschauerraum. „Könnt ihr euch vorstellen, dass dort übermorgen Erich Honecker sitzt?", fragte er leise.

Jule und Letscho sahen nun ebenfalls zur ersten Reihe.

„Bis die Antwort kam, konnte ich mir überhaupt nicht vorstellen, dass es Honecker wirklich gibt", sagte Jule. „Also, so richtig zum Anfassen. Überall hängen Bilder von ihm, irgendwie ist er immer da, aber trotzdem ganz weit weg."

„Ich dachte ’ne Weile lang, beim Republikgeburtstag und so steht auf der Tribüne nur eine Pappfigur, die wie Honni aussieht, und hinten hockt jemand und zieht an ’ner Strippe, damit er winkt“, sagte Letscho.

Jobst hörte nur mit halben Ohr zu. Er blinzelte angestrengt in den Zuschauerraum. Dort war jemand, irgendwo im Halbdunkel, an der rechten Wand. Eben noch hatte sich der Schatten bewegt, jetzt stand er starr.

„Schaut nicht gleich hin, aber ich glaube, da rechts an der Wand steht jemand“, flüsterte Jobst.

Sofort sahen Jule und Letscho zur Wand.

„Wo?“, fragte Jule.

„Hä?“, machte Letscho.

Im nächsten Moment löste sich die Gestalt von der Wand und lief wie ein dunkles Wiesel mit schnellen Schritten auf den Ausgang des Theaters zu.

„Scheiße, jemand hat uns belauscht!“ Letscho sprang mit einem Satz von der Bühne und stürmte den Mittelgang entlang. Schneller, als Bud Spencer zuschlagen konnte.

Jobst und Jule sprangen eine Sekunde nach Letscho von der Bühne. Jule preschte den linken Gang entlang, Jobst den rechten. Letscho war im Mittelgang am schnellsten, wie einen Vogelschwarm führte er sie an. Jule rutschte das Fähnchen aus den Haaren, als sie um die letzte Sitzreihe hechtete. Im gleichen Moment hielt sich Jobst an einer Sitzlehne fest, um im Lauf die Kurve zum Ausgang zu nehmen.

Kurz bevor der ungebetene Gast den Ausgang erreichte, packte Letscho ihn an der Schulter, zog ihn von der Tür zurück und hielt ihn fest. Letscho umklammerte den Eindringling, der verbissen um sich trat, von hinten mit beiden Armen.

„Dir spitz ich den Spargel an, bis man dich für einen Pfirsich hält!", keuchte Letscho.

Jule eilte von links zu Letscho, Jobst von rechts.

„Was willst du hier? Bist du nicht der Typ, der …" Jule musterte den Jungen argwöhnisch.

„Sven?", stieß Jobst aus.

Im gleichen Moment biss Sven Letscho in den Oberarm. Letscho schrie auf, ließ Sven los und Sven griff nach der Türklinke, doch Jule war schneller.

Sie stellte sich mit ausgebreiteten Armen vor die Tür. „Wieso schnüffelst du hier herum?"

Letscho musterte den Biss, der sich deutlich auf seinem Oberarm abzeichnete. „Ich werd zum Elch!" Er trat zu Sven heran und wollte sich gerade dessen Ohren schnappen.

„Lass ihn!", sagte Jobst.

„Mann, der hat mich gebissen, volle Kanne! Ich wollte nur ein paar Wäschetrockner aus seinen Ohren machen." Letscho sah Jobst verständnislos an. „Er hat's verdient!"

„Außerdem hat er hier nichts zu suchen", sagte Jule.

Sven sah Letscho an, als wollte er ihm am liebsten den ganzen Kopf abbeißen. Dann wanderte sein Blick zu Jule. „Mir doch total egal, was ihr hier im Theater macht."

„Bist du wegen mir hier?", fragte Jobst.

Sven sah Jobst an und nickte. „Ich wollte dir nur was geben." Er griff in seine Hosentasche, holte langsam etwas heraus und streckte es Jobst auf der Handfläche entgegen.

Es war eine silberne Münze, auf der eine Eule zu sehen war. „Dominik hat die gefunden. Er war ganz aufgeregt, meinte, die wäre vielleicht aus der Antike. Dann hat er sie bei mir verloren. Ich wollte sie ihm zurückgeben, aber da war er schon weg." Sven reichte Jobst die Münze.

Jobst betrachtete das Geldstück in seiner Hand, dann sah er wieder zu Sven.

„Wenn du Dominik, also … deinen …, na ja, wenn du ihn siehst, gibst du ihm die Münze?", fragte Sven.

Jobst nickte langsam. „Mache ich, versprochen." Er steckte die Münze in die Hosentasche.

Sven sah Jobst lange an, als wollte er sich für immer sein Gesicht einprägen. „Mach's gut", sagte er dann und wandte sich zur Tür.

Jule hatte die Arme gesenkt, wich aber nicht von der Tür zurück. „Bevor du die Fliege machst, versprichst du uns, dass du niemandem ein Wort davon erzählst, was du im Theater gesehen oder gehört hast, klaro?"

Sven nickte. „Kein Wort."

„Und wenn doch, hau ich dir den Staub aus dem Pudel!", brummte Letscho.

Jule trat beiseite und Sven durch die Tür.

Im Türrahmen drehte er sich noch mal um. „Nur mal so 'n Tipp: Ich weiß ja nicht, was das da drinnen werden soll. Aber nach Theater sah es nicht aus."

„Sondern?", fragte Jule.

„Nach totalem Wirrwarr und Chaos", sagte Sven.

„Perfekt!" Jule grinste.

Sven sah Jule verstört an, dann grinste er zurück. „Tschüss. Vielleicht … sieht man sich ja mal."

„Ja, komm, Abflug", sagte Letscho, drängte Sven aus dem Türrahmen und schloss die Tür von innen. „Wer war das denn?"

„Der Junge vom Busbahnhof", sagte Jobst.

„Das weiß ich auch. Aber wer ist der Kunde?", fragte Letscho. „Und wer ist Dominik?"

„Dominik ist mein Vater und das eben war Sven, der beste Freund von meinem Vater. Also zumindest waren sie das mal, bevor Dominik, mein Vater, in den Westen ausgereist ist. Und Sven dachte die ganze Zeit, ich bin mein Vater, also Dominik, dabei bin ich ja nur der Sohn, also der Sohn vom besten Freund. Muss ihm total ähnlich sehen, also nicht Sven, sondern Dominik", erklärte Jobst.

Jule und Letscho starrten Jobst an wie einen frisch geschlüpften Troll und warfen sich dann einen ‚Jetzt-ist-er-total-durchgedreht'-Blick zu.

„Egal. Hauptsache, dein Urenkel hält die Klappe", sagte Letscho.

„Sven ist nicht mein Urenkel. Hörst du denn nicht zu? Er ist der beste Freund von …“

„RUHE!“, rief Frank Kühne, der jetzt neben Susanne auf der Bühne stand, um ihr beim natürlichen Stolpern unter die Arme zu greifen. „Und jetzt bitte, Susanne, höchste Konzentration, höchster Einsatz. Du weißt, das ist die entscheidende Szene! Manfred, auch du und dein Klapprad, bitte auf Position!“ Frank legte die flache Hand an die Augenbrauen und spähte in den Zuschauerraum. „Und ihr drei Laienspieler, hättet ihr die Güte, euch in die erste Reihe zu begeben und den werten Genossen Honecker samt Gefolge zu mimen?“

Jule, Jobst und Letscho eilten den Mittelgang entlang und ließen sich in der ersten Reihe nieder. Letscho setzte sich kerzengerade hin und kniff Augen und Mund zusammen.

„Ganz ausgezeichnet, Letscho, du siehst dem Staatsratsvorsitzenden zum Verwechseln ähnlich“, sagte Jules Vater. „Mir war gänzlich unbekannt, dass solch ein Schauspieltalent in dir schlummert.“

„In mir schlummert so manches, Genosse Kühne!“, erwiderte Letscho mit hoher Fistelstimme. „Wird es jemals erweckt werden, vielleicht durch eine flotte Heldin der sozialistischen Arbeit?“ Letscho zwinkerte Jule zu, die grinsend die Augen verdrehte.

„Verehrtes Publikum, Susanne, Manfred?“ Frank Kühne sah einen nach dem anderen an, stieg von der Bühne und rief: „Und bitte!“

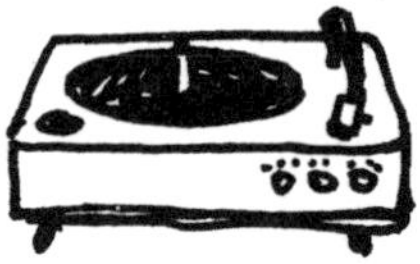

## Wetterumschwung

Jobst saß mit nassen Haaren, einer ausgewaschenen Latzhose und einem Sportshirt von Jule auf der Wohnzimmercouch. Er hatte bei Jule zu Hause geduscht. Jule legte die Schallplatte von Bruce Springsteen auf, nach der sie neulich im Plattenladen angestanden hatte.

„Magst du Rockmusik?“, fragte Jule.

„Geht so. In meiner Klasse hören alle Hip-Hop oder Rap.“

„Bei uns hören fast alle *Modern Talking*.“ Jule ließ sich neben Jobst auf die Couch fallen.

„Kenn ich nicht.“

„Herzlichen Glückwunsch.“

Jule hatte die Fenster in der ganzen Wohnung weit geöffnet. Die Gardinen hingen reglos davor, die Luft schien stillzustehen. Die Hitze eines langen Sommers lag wie ein träger süßer Brei über der Stadt, senkte sich, schlängelte sich durch die Straßen, kroch in die Häuser, ließ die Menschen schläfrig werden.

„Vati sagt, es kommt ein Wetterumbruch. Da juckt es immer in seinen Kniekehlen“, erklärte Jule und kratzte sich selbst am Knie. „Ich liebe Gewitter. Sie sind unheimlich. Und schön.“

Jobst nickte. Er wollte nicht über Gewitter reden. Er war in Gedanken woanders. Bei dem Theaterstück, das sie gestern und heute den ganzen Tag geprobt hatten. Bei der Aufführung morgen, bei dem Koffer, und beim Abschied. Denn wenn alles nach Plan verlief, würde er morgen Abend zu Hause in München auf der Couch sitzen. Jahrzehnte entfernt von Jule, in der Zukunft, in einer anderen Welt.

Er musste Jule fragen. Er musste sie jetzt fragen.

„Morgen, wenn alles klappt, wenn wir den Koffer haben …“, Jobst sah Jule fest in die Augen, „… würdest du, ich meine, würdest du mitkommen wollen?“

Jule schluckte. „In die Zukunft?“

„Der Koffer ist nicht sehr groß. Meine Mutter und ich passen gerade so rein. Aber vielleicht, wenn wir uns ganz klein machen und zusammenquetschen …“

„In die Zukunft. Einfach schwups, weg … das wäre … total irre.“ Jule lächelte, dann wurde ihr Gesicht ernst. Sie starrte Jobst an, aber sie sah durch ihn hindurch. „Ich weiß nicht, einfach abhauen? Mein ganzes Leben ist doch hier. Und wenn das stimmt, was du erzählt hast, dass es die DDR in zwei Jahren nicht mehr gibt, dann will ich dabei sein, wenn sich alles ändert. Aber so richtig vorstellen kann ich mir das immer noch nicht.“

Jobst sah zu Boden. „Ja, war ’ne blöde Frage. Klar willst du hierbleiben. Ich dachte nur, na ja …“ Jobst sah wieder auf und versuchte zu lächeln, zog den Mund aber nur froschartig in die

Breite. „Vielleicht können wir in den nächsten Ferien wieder zu euch kommen, vielleicht genau 1989."

„Und dann tanzen wir zusammen auf der Mauer."

Jobst lächelte, dieses Mal richtig, und Jule lächelte hellgrün zurück, und für diesen einen Moment war Jobst vollkommen egal, ob er im Gestern oder Morgen war. Nur in diesem Augenblick war er richtig, war er zu Hause.

Jemand hupte auf der Straße.

Jule sah zum Fenster und stand auf. „Klingt nach Lothar." Sie schob die Gardine beiseite und lehnte sich aus dem Fenster.

„Julchen, mach mer 'ne Spritztour, wir zwei Hübschen?", rief der Nachbar nach oben.

„Nee, danke. Kann grad nicht", rief Jule zurück.

„Watt 'n? Schon wieder junger Herrenbesuch?"

Jule grinste nach unten.

„Na, ein andern Mal, was?", rief Lothar.

Jule nickte, trat vom Fenster zurück und auf der Straße knatterte das Motorrad davon.

Jule strich sich nachdenklich die Haare hinter die Ohren. Im Gegenlicht schimmerten sie wie schwarzgoldene Sonnenstrahlen. „Morgen, da kann auch einiges schiefgehen. Wir wissen nicht, was die schon alles wissen."

Jobst nickte langsam. Entweder er war morgen Abend wieder in der Zukunft, in München, oder er blieb für immer in der Vergangenheit, in der DDR.

## Kurz vor Gewitter

Am nächsten Nachmittag stand die heiße Luft in der Stadt wie eine Suppe auf einer klein gestellten Herdplatte, das Blubbern ein fernes, gelegentliches Donnergrollen. Der Himmel leuchtete orange, von Westen her krochen tintenfischartig massige, dunkle Wolken heran.

Die Hitze war drückend, aber noch drückender war die Anspannung, die an diesem alles entscheidenden Tag im Theater herrschte. Die drei Schauspieler, die der Regisseur eingeweiht hatte, liefen nervös auf, hinter und vor der Bühne auf und ab. Sie waren Profis, sie kannten ihre Rollen. Aber noch nie hatten sie vor dem Staatsratsvorsitzenden der DDR gespielt.

Frank Kühne saß in der ersten Reihe. Er starrte auf die Bühne, scheinbar reglos, bis auf seine Hände, die er unentwegt knetete. Er ging die Aufführung in Gedanken noch einmal durch, zum hundertsten Mal. Er zwinkerte jedes Mal nervös mit dem rechten Auge, wenn er auf einen Punkt stieß, bei dem etwas schiefgehen konnte. Er zwinkerte sehr oft.

Susanne machte Aufwärmübungen, sowohl für den Körper als auch für die Stimme. Sie beugte und streckte sich, dann stieß sie dreimal laut „Bah! Bah! Bah!“ aus, schüttelte den Kopf samt Lippen und machte dabei ein Geräusch wie ein Hund, der sich schlabbernd auf einen Knochen stürzt. Danach quietschte sie erst ganz hoch und dann ganz tief.

Frank Kühne sah sie an und zwinkerte mehrmals mit dem rechten Auge.

Jule und Jobst standen am Theatereingang und steckten alle paar Sekunden die Köpfe zur Tür auf die Straße hinaus. Die ersten Zuschauer hatten sich bereits an der Theaterkasse eingefunden, wo sie 25 Pfennig für die Aufführung zahlten. Frank Kühne hatte seinen Münzsammlerverein und eine Rentnerbrigade der Volkssolidarität, der seine Mutter angehörte, zu dieser einmaligen, nicht ganz öffentlichen Vorstellung eingeladen, um die Reihen zu füllen.

„Wissen die, was auf sie zukommt?“, fragte Jobst mit Blick auf die Theatergäste.

„Nein. Das ist echtes, unwissendes Publikum“, flüsterte Jule zurück. „Die werden gleich Augen machen, wenn der Staatsratsvor…“

„ER KOMMT!“, brüllte Letscho, der mit hochrotem Gesicht den Gehweg entlangstürmte. Er hatte vorn an der Hauptstraße Ausschau nach Honeckers Fahrzeugkonvoi gehalten. „Zwei *Volvos* und die schwarze *Citroën*-Limousine in der Mitte!“, keuchte er.

Jule stürmte ins Theater, sagte ihrem Vater Bescheid und eilte mit drei DDR-Papierfähnchen zurück auf den Gehweg vors Theater. Sie drückte Jobst und Letscho je ein Fähnchen in die Hand, kurz bevor die Wagenkolonne des Staatsratsvorsitzenden um die Ecke bog.

Jobst, Jule und Letscho stellten sich kerzengerade vor den Theatereingang und wedelten mit den Fähnchen. Sie trugen Pionierblusen und rote Halstücher. Jobst hatte die Pionieruniform von Letschos großer Schwester an. Jule hatte ihm den Pionierknoten ins Halstuch gebunden.

Auf der Straße näherte sich die Fahrzeugkolonne des Staatschefs der DDR.

Jobst wurde bewusst, dass er jetzt alles Mögliche lieber getan hätte. Im Garten in der Hängematte liegen. Mit Jule und Letscho Tischtennis spielen. Oder bei Jule Schallplatten hören. Eigentlich war es doch gar nicht so schlimm, wenn er und seine Mutter hierblieben. Oder?

Es war zu spät. Der erste *Volvo* rollte ein Stück an ihnen vorbei und der schwarze *Citroën* hielt direkt vor dem Eingang des Theaters, hinter ihm der zweite *Volvo.*

„Wieso fährt Honecker keinen Trabi?“, flüsterte Jobst den anderen zu. „Muss er auch fünfzehn Jahre auf einen warten?“

„Orr, Mann, du Pflaume“, stöhnte Letscho. „Das ist der Staatsratsvorsitzende. Der muss noch nicht mal fünf Minuten auf ein Westauto warten.“

Zuerst öffneten sich die Türen der beiden Volvos. Männer in schwarzen Anzügen und mit Sonnenbrillen stiegen aus, sahen sich kurz um und stellten sich breitbeinig auf den Gehweg neben den *Citroën*. Einer der Männer trat an die hintere Tür der schwarzen Limousine und öffnete sie.

Letscho starrte auf die geöffnete Autotür. „Ich kack gleich ein", flüsterte er.

„Wedel lieber", flüsterte Jule zurück, und Letscho, Jobst und Jule wedelten überschwänglich mit den Papierfähnchen.

Zuerst erschien ein hellgraues Hosenbein, dann ein zweites, und schließlich steckte Erich Honecker, Staatsratsvorsitzender der DDR, seinen grauen Kopf aus der Limousine. Seine Halbglatze glänzte im Nachmittagslicht. Er kniff die Augen hinter den Gläsern seiner braun gerahmten Brille zusammen und stieg schwungvoll aus.

Im gleichen Moment öffnete sich die Tür des Theaters und Frank Kühne trat mit Susanne heraus.

„Werter Genosse und Staatsratsvorsitzender! Wir fühlen uns unsagbar geehrt und freuen uns außerordentlich, dass Sie die Reise von Berlin, Hauptstadt der DDR, auf sich genommen haben, um unser bescheidenes Kleinstadttheater mit Ihrer Anwesenheit zu ehren. Zumal uns vollkommen bewusst ist, dass Sie in Ihrer Funktion rund um die Uhr mit der Sicherung des Friedens und dem Aufbau des Sozialismus beschäftigt sind." Frank Kühne deutete eine Verbeugung an.

Erich Honecker nickte dem Theaterregisseur zu.

Susanne machte einen Knicks. „Herzlich willkommen, Herr Bundeskanzler. Oh Gott, nein, Herr Genosse Staatschef, wollte ich sagen. Verzeihung."

Die schmalen Lippen des Staatsratsvorsitzenden zuckten ungehalten.

„Wie Sie sehen, ist das sozialistische Ensemble schon sehr aufgeregt", warf Frank Kühne schnell ein.

Erich Honecker richtete seine wachen kleinen Augen auf die drei Kinder. „Und hier haben wir also die guten, treuen, zuverlässigen Pioniere. Seid bereit!", rief Honecker.

„Immer bereit!", riefen Jule und Letscho zackig zurück und hoben die flache Hand an den Scheitel zum Pioniergruß.

„Bereit", sagte Jobst etwas verspätet und hob die zur Faust geballte Hand, während er mit der anderen das DDR-Fähnchen hochhielt.

Erich Honecker musterte ihn ernst, dann schmunzelte er und hob ebenfalls die Faust. „Sehr gut, der Kampfesgruß der Arbeiterklasse. Das hätte Genossen Thälmann gefallen. Du kannst es wohl kaum erwarten, in die Reihen unserer Nationalen Volksarmee aufgenommen zu werden und für Frieden und Sozialismus und gegen die Lügen und Hetze der Imperialisten zu kämpfen?"

Jobst nickte. Er verstand kein Wort. Aber einem Staatschef widersprach man besser nicht. Das war überall auf der Welt so, egal zu welcher Zeit.

„Na, dann wollen wir mal sehen, was ihr tüchtigen Pioniere vorbereitet habt. Dass ihr sogar in den Ferien an die Zukunft unseres sozialistischen Vaterlandes denkt, ist vorbildlich." Honeckers Augen funkelten hinter den Brillengläsern.

„Wenn alle Pioniere des Landes solchen Mut und Tatendrang an den Tag legen, steht dem Sieg des Sozialismus nichts mehr im Weg. Denn der Schlüssel zum Erfolg liegt im vorbildlichen Handeln eines jeden einzelnen Kommunisten. Sei er noch so jung."

Jobst nickte abermals. Honecker redete, als würde er von einem Blatt ablesen und sich bemühen, den Mund dabei so wenig wie möglich zu öffnen und seine Miene so wenig wie möglich zu verziehen. Nur seine Stimme schlängelte sich girlandenförmig von einem hohen Ton zum anderen.

„Jawohl, Genosse Honecker", sagte Letscho, dessen Pioniergruß schon etwas zur Seite gerutscht war.

Frank Kühne räusperte sich. „Genosse Honecker, gestatten Sie, dass ich Ihnen im Namen des gesamten sozialistischen Theaterkollektivs dafür unseren Dank ausspreche, dass Sie unserer Einladung so umgehend gefolgt sind, und natürlich auch für Ihre ständige Sorge um die Steigerung der Produktivität im Theaterbetrieb, dessen Beitrag zur Bildung der sozialistischen Persönlichkeit Sie zu schätzen wissen, und selbstverständlich auch für Ihre ständige Einsatzbereitschaft zum Schutze und zur Sicherung des Friedens."

„Genau das wollte ich auch sagen!", fügte Susanne lächelnd hinzu.

Jobst wurde etwas schwindlig von den vielen Wörtern. Frank schien auf einmal in einer sozialistischen Fremdsprache zu reden. Wie sich herausstellte, hatte der Theaterregisseur noch ein paar mehr dieser Phrasen drauf und ratterte sie vor dem ausdruckslos zuhörenden Genossen Honecker herunter.

Der Staatsratsvorsitzende nestelte kurz an seinem Schlips. Jobst starrte auf Honeckers weißes Hemd. War das, was sich darunter leicht wölbte, der Berliner-Bär-Brustbeutel?

Erst in diesem Moment fiel Jobst auf, dass etwas nicht stimmte. Etwas, was entscheidend war für ihren Plan. Jobst sah zu Honeckers Füßen. Er sah zur Limousine. Der Koffer. Er war nicht da.

Jobst hob die Hand erneut zur Faust geballt hoch.

Der Staatsratsvorsitzende sah ihn fragend an. „Ja, mein junger Kampfgefährte?"

„Werter Herr Genosse Honecker", begann Jobst mit belegter Stimme. „Haben Sie gar keinen ... ich meine, gar kein Gepäck dabei?"

„Sollte ich das? Dauert euer Stück über die Zukunft des Sozialismus so lange?", fragte Erich Honecker.

„Nein, na ja, ich dachte nur ...", stammelte Jobst.

„Wobei dem Sozialismus zweifelsohne eine lange und großartige Zukunft bevorsteht." Erich Honecker lächelte zuversichtlich.

Frank, Jule und Letscho nickten. Susanne wollte etwas zur Zukunft des Sozialismus sagen, doch Frank stieß sie sanft in die Seite und sie nickte ebenfalls.

Erich Honecker sah in die Runde. „Was ist? Sollen wir anfangen? Wir wollen die Zukunft nicht warten lassen."

„Ganz recht", sagte Frank Kühne. „Bitte folgen Sie mir, Genosse Staatsratsvorsitzender, hier entlang." Er hielt die Tür zum Theater auf.

Zwei Leibwächter, der Staatsratsvorsitzende der DDR und drei weitere Leibwächter verschwanden mit Frank Kühne und Susanne im Theater.

„Kein Koffer", sagte Jobst.

„Scheiße", erwiderte Letscho. „Und jetzt?"

„Jetzt ziehen wir das Ding durch. Er ist ja nun mal da", sagte Jule.

Jobst starrte in den Himmel über der Stadt. Violett quollen die Gewitterwolken. Es donnerte. Jobst seufzte, als er einen ersten Regentropfen spürte. Dann folgten sie den anderen in den Theatersaal.

## Vorhang auf!

Das Publikum hatte Platz genommen. Erich Honecker saß in der ersten Reihe. Ein Leibwächter saß neben ihm, die anderen hatten sich im Theater verteilt. Das Tuscheln, das die Ankunft des Staatsratsvorsitzenden im Kleinstadttheater ausgelöst hatte, war allmählich verstummt. Im kleinen Theatersaal breitete sich erwartungsvolle Stille aus. Von draußen war Donner zu hören.

Jobst, Jule und Letscho, Susanne, Frank und die Schauspieler standen hinter dem Vorhang für die erste Szene bereit. Letscho schloss den Knopf an seinem Pionierhemd, das dem Druck von seinem Bauch nicht standgehalten und sich geöffnet hatte. Jule rückte ihr Pionierhalstuch zurecht. Susanne machte letzte Atemübungen.

Jobst trat am Bühnenrand an den Vorhang, schob ihn vorsichtig mit dem Zeigefinger ein Stück beiseite und spähte in den Saal.

Steif wie eine Schaufensterpuppe saß Honecker in der ersten Reihe, den Blick auf die Bühne gerichtet. Auf einmal spitzte er die schmalen Lippen, runzelte die Stirn, lehnte sich zu dem Leibwächter, der neben ihm saß, und flüsterte ihm etwas zu.

Der Leibwächter verzog keine Miene, erhob sich und verließ mit stechenden Schritten den Theatersaal. Kurz darauf öffnete sich die Tür zum Saal wieder und der Leibwächter kehrte zügig und lautlos in die erste Reihe zurück. Alle Köpfe im Publikum folgten ihm, als wäre er Teil der Vorführung.

Auch Jobst folgte dem Geschehen gebannt. Aber er starrte nicht auf den Leibwächter, sondern auf das, was der in der Hand hielt: einen Koffer. Jetzt stellte der Leibwächter den Koffer vor Honecker ab und setzte sich. Der Staatsratsvorsitzende warf einen zufriedenen Blick auf den Koffer und schob ihn behutsam unter seinen Sitz. Er passte gerade so darunter.

Jobsts Herz raste. Er trat vom Vorhang zurück. „Er ist unter seinem Sitz!", flüsterte er.

„Honecker?", fragte Letscho.

„Der Koffer! Ein Leibwächter hat ihn eben reingebracht und Honecker hat ihn unter seinen Sitz geschoben."

„Unser Koffer?", fragte Susanne.

Jobst nickte. Seine Augen leuchteten.

„Wir müssen anfangen. Auf Position, bitte!", flüsterte Frank Kühne von der Seite.

Jobst stellte sich zu Jule und Letscho. Seine Hände und Nasenspitze waren kalt, sein Herz flatterte. Jule sah zu Jobst herüber. Sie umarmte ihn mit einem Lächeln. Dann öffnete sich der Vorhang.

Die erste Szene begann. Diese spielte noch nicht in der Zukunft, sondern sollte den gegenwärtigen sozialistischen Alltag zeigen – und dem Staatsratsvorsitzenden der DDR vor allem das beruhigende, aber trügerische Gefühl geben, er befände sich in einer normalen Theateraufführung. Die Szene aus dem sozialistischen Alltag war etwas einschläfernd, aber durchaus realistisch, hatte der Theaterregisseur bei den Proben beteuert.

Jobst, Jule und Letscho spielten drei Thälmannpioniere, die leidenschaftlich Altstoffe sammeln. Doch das wird selbst den tüchtigen Pionieren bald zu langweilig. Sie haben Größeres vor. Zusammen mit einem Veteran ihrer Patenbrigade bauen sie aus den Altstoffen ein Raumschiff, mit dem sie in die Zukunft fliegen. Sie setzen sich ins Raumschiff, beziehungsweise in die Badewanne, die das Raumschiff darstellen soll, und düsen in die sozialistische Zukunft. Dort landen sie unter dem festlich kommunistisch geschmückten Weihnachtsbaum von Pionierleiterin Susanne.

Mit Ankunft in der Zukunft, oder vielmehr mit dem Auftritt von Susanne, verwandelte sich das einschläfernde Stück tornadoartig in eine wilde Varieténummer. Jobsts Mutter fegte mit wallenden Haaren über die Bühne, wedelte mit den Armen, riss mehrere Kulissen um und redete dabei munter drauflos, was ihr gerade einfiel. Das Publikum – oder zumindest der Teil, der nach der ersten Szene noch wach war – atmete sichtbar auf und folgte dem verwirrenden, aber durchaus unterhaltsamen Treiben mit gesteigertem Interesse.

Jobst, der sich mit Jule und Letscho an den Bühnenrand zurückgezogen hatte (zum einen, um Hauptdarstellerin Susanne mehr Raum zu geben, zum anderen, um von ihrer Darbietung mit vollem Körpereinsatz nicht erschlagen zu werden), beobachtete seine Mutter fasziniert. Als Mutter Courage war sie eine Katastrophe. Aber als Katastrophe war sie richtig gut.

Frank Kühne fuchtelte hinter der Bühne mit den Armen. „Mehr Chaos, bitte! Wir brauchen Chaos!"

Ein Schauspieler sprang mit ausgebreiteten Armen und einem futuristischen Schrubber in der Hand von der Bühne und kletterte auf den Rückenlehnen durchs erschrocken kreischende Publikum. Manfred fuhr auf dem Klapprad durch den Mittelgang, bimmelnd, auf die Bühne zu. Währenddessen marschierte ein dritter Schauspieler als Ein-Mann-Orchester mit einer Basstrommel auf dem Rücken, Schellen an den Füßen und einer Tröte in der Hand über die Bühne und blies, wenn nicht gerade in die Tröte, Luftschlangen aus Klopapier ins Publikum. Frank Kühne selbst bediente von der Empore die Beleuchtung und überzog Publikum und Bühne mit einer flackernden Lichtshow in schwindelerregenden Bonbonfarben.

Die Leibwächter waren in höchster Alarmbereitschaft, blickten wie Unheil witternde Wachhunde ins unüberschaubar gewordene Publikum, schritten hastig die Reihen entlang, vor und zurück, um alles im Blick zu behalten.

Erich Honecker aber, ganz großer Staatschef, bewahrte die Ruhe. Er saß mit geradem Rücken, die Hände auf den Armlehnen, in der ersten Reihe und sah interessiert zur Bühne. Die einzige Regung in seinem Gesicht zeigte sein Mund, der leicht geöffnet war. Der Staatschef staunte.

Plötzlich kreischte die halbe Rentnerbrigade auf, als ein Wasserschwall von der Empore auf sie herabrauschte. Frank Kühne duckte sich samt Eimer, bevor ihn jemand entdecken konnte. Die Zuschauer sprangen auf, schüttelten sich das Wasser aus den Haaren und drängten aus den Reihen zum Ausgang. Im gleichen Moment fuhr Manfred auf der Bühne mit dem Klapprad auf Susanne zu, die einen hohen Schrei ausstieß, fast vom Bühnenrand ins Publikum kippte und dabei wie geplant ihre Tasse mit lauwarmem Kamillentee über den hohen Gast in der ersten Reihe schüttete.

Nicht geplant war, dass der Tee auf dem Schoß des Staatsratsvorsitzenden landete. Susanne hatte auf die Brust zielen sollen. Schließlich wollten sie, dass Genosse Honecker sein Hemd auszog und nicht die Hose.

Der Leibwächter, der neben Honecker saß, drehte sich gerade nach dem flüchtenden Publikum um und bekam vom Teeguss nichts mit.

Noch erstaunlicher aber war, dass auch der Staatsratsvorsitzende offenbar nichts davon mitbekam. Er zeigte keinerlei Reaktion. War er so gefangen von der einmaligen Theaterkunst, die ihm präsentiert wurde?

„Herrlich, das Wuhling!“, sagte Letscho, der vom Bühnenrand zusammen mit Jule und Jobst das Tohuwabohu im Kleinstadttheater beobachtete. „Ich sollte öfters ins Theater gehen.“

„Die Leibwächter, wir müssen sie irgendwie ablenken“, sagte Jobst.

„Um die kümmert sich Bud Spencer.“ Letscho sprang von der Bühne, mischte sich im Mittelgang unters zeternde, zitternde, tippelnde Publikum und rief über den Lärm hinweg: „Da draußen machen sich Rowdys an den Limousinen zu schaffen!“

Die Leibwächter setzten sich sofort Richtung Ausgang in Bewegung, als stünde ihr eigenes, höchstes Hab und Gut auf dem Spiel. Der Leibwächter neben Erich Honecker zuckte kurz, rührte sich aber nicht von seinem Platz. Bei ihm musste Letscho zu härteren Mitteln greifen. Er schnappte sich eine halbe Rolle Klopapier, die im Publikum gelandet war, und warf sie dem Leibwächter an den Hinterkopf. Als dieser aufsprang, sich erbost umdrehte und den Mittelgang entlangstürmte, hatte Letscho sich längst hinter eine Sitzreihe geduckt.

„Jetzt!“, sagte Jobst.

Jule schnappte sich wie vereinbart den Koffer, den sie sich von Malermeister Schulte geborgt hatten, und hüpfte zusammen mit Jobst seitlich vom Bühnenrand. Jule kroch mit dem Koffer durch die zweite Sitzreihe, bis sie hinter dem Platz des Staatsratsvorsitzenden angekommen war. Blitzschnell tauschte sie den Koffer des Malermeisters gegen den Koffer des Staatschefs aus und kroch damit zurück zum seitlichen Bühnenrand.

Jobst stand unentschlossen am Rand der ersten Zuschauerreihe. Seine Mutter walkürte noch immer mit weit ausladenden Gesten und tierähnlichen Schreien über die Bühne. Im Theatersaal wütete ein Tumult-Tornado. Nur Erich Honecker saß wie ein Fels in der Brandung in der ersten Reihe, als hätte ihn Susanne hypnotisiert.

Eigentlich hätte sein Hemd voller Kamillentee sein sollen und eigentlich hätte der Staatsratsvorsitzende das Hemd ausziehen und somit den Weg zum Berliner-Bär-Brustbeutel freigeben sollen. Eigentlich war dieser Plan ganz schöner Mist, dachte Jobst. Was sollte er jetzt tun? Den Staatschef der DDR einfach fragen, ob er mal seinen Brustbeutel sehen darf? Ihm drohen – womit? Sich den Schlüssel gewaltsam holen – wie? Jobst hatte keine Ahnung, was er tun sollte, aber er musste irgendetwas tun, und zwar sofort.

Langsam ging Jobst die erste Reihe entlang und setzte sich zögernd auf den Sitz rechts neben dem Staatschef. Jobst warf einen kurzen Blick auf die Bühne, wo seine Mutter gerade ein Rad schlug, bei dem sich ihr Rock in ihren Haaren verfing, wodurch sie halb blind über die Bühne stolperte.

Jobst schielte zu Erich Honecker. Aus dem leicht geöffneten Mund des Staatsratsvorsitzenden drang ein leises „*chhh chhh*". Jobst musterte Honeckers Gesicht genauer. Es sah sehr entspannt aus. Jobst lehnte sich etwas zurück und sah von der Seite hinter die Brillengläser. Honeckers Augen waren geschlossen. Der Staatschef der DDR schlief.

## Hoppe, hoppe, Honni

Irgendwann, vermutlich schon während der ersten Szene, hatte Honecker sich unbemerkt zwei Bildchen hinter die Brillengläser gesteckt, die wie seine Augen aussahen. Das erklärte auch seinen starren Blick auf den Parteitagen, dachte Jobst, der Fotos davon in Jules Schulbüchern gesehen hatte.

Im ersten Moment war Jobst perplex darüber, dass Honecker mitten in ihrer liebevoll vorbereiteten Theateraufführung einfach schlief. Doch im nächsten Augenblick begriff er, dass das seine Chance war. Jetzt musste er schnell handeln. Schnell, aber ganz behutsam.

Vorsichtig streckte Jobst die Hand aus und klappte den Schlips des Staatschefs über dessen Schulter. Dann öffnete er die Knöpfe vom Hemd, einen nach dem anderen. Nach jedem Knopf hielt Jobst kurz inne und blickte prüfend hinter Honeckers Brillengläser. So öffnete er das Hemd vom Genossen Honecker bis zum Bauchansatz. Ein weißes Feinrippunterhemd kam zum Vorschein. Um Honeckers Hals hing ein Lederband. Der Brustbeutel, der daran hing, steckte unter dem Unterhemd.

Als Jobst an dem Lederband zog, zuckte der Staatschef zusammen, stieß einen ähnlich tierischen Laut aus wie Susanne vorher auf der Bühne, schmatzte mit den Lippen, brummte „Soschjalismus" und griff mit der rechten Hand nach dem Brustbeutel. Er murmelte etwas im Halbschlaf, dann rutschte die Hand auf den Bauch und aus dem Mund war wieder ein leises „*chhh chhh*" zu hören.

„Oh, geliebter Pioniersohn, Gefahr droht! Eile ist das Gebot der Stunde!", rief Susanne von der Bühne, die einen Leibwächter entdeckt hatte, der sich durch den Strom der fliehenden Zuschauer zurück ins Theater drängte.

Jobst dachte nicht darüber nach, was er als Nächstes tat. Denn hätte er nachgedacht, hätte er es nicht getan. Er schwang sich über den Sitz und setzte sich auf den Schoß des Staatsratsvorsitzenden der DDR. Mit einer schnellen Bewegung zog er den Berliner-Bär-Brustbeutel aus dem Unterhemd hervor, klappte die Bärenschnauze auf, holte einen kleinen silbernen Schlüssel heraus und ersetzte ihn durch einen ebenso kleinen silbernen Schlüssel, der zu dem Schloss passte, das sie nachträglich am Koffer des Malermeisters befestigt hatten. Jobst steckte den Brustbeutel wieder unter das Unterhemd, knöpfte das Hemd zu und gerade, als er den Schlips zurück in Staatschef-Position bringen wollte, ging ein Ruck durch den Genossen Honecker.

Der Staatsratsvorsitzende fuhr aus dem Schlaf hoch, zog mit geübter Hand die Bildchen hinter seiner Brille hervor, ließ sie schnell in der Jacketttasche verschwinden und starrte Jobst, der noch immer auf seinem Schoß saß, mit großen Augen an.

Jobst blinzelte und tat das Erstbeste, woran er dachte, da er auf dem Schoß eines Erwachsenen saß. Er sang: „*Hoppe, hoppe Reiter, wenn er fällt, dann schreit er. Fällt er in den Graben, fressen ihn die Raben ...*"

Erich Honecker machte ein Gesicht, als wäre er selbst in den Graben gefallen.

Um die Laune des Staatschefs etwas zu bessern, schob Jobst schnell ein paar Parolen in der sozialistischen Fremdsprache (die er nicht ganz beherrschte) hinterher: „Proletarier aller Länder, reinigt euch!", rief Jobst und ballte die Faust. „Frieden schaffen, auch für Affen!", skandierte Jobst. „Den Sozialismus in seinem Lauf halten weder Ochs noch Esel auf!"

Honecker zog beeindruckt die Augenbrauen hoch. „Das Letzte war gut. Das merke ich mir." Dann wurde sein Gesicht streng und sehr staatstragend. „Was hast du auf meinem Schoß zu suchen?"

Plötzlich sprang Jule von der Bühne, direkt vor die Füße des Staatsratsvorsitzenden. „Ihr Schoß. Sein Kampfplatz für den Frieden!" Sie griff Jobst an der Hand, zog ihn vom Schoß des Staatschefs und zerrte ihn mit sich Richtung Bühne.

Jobst sah sich nach Erich Honecker um. Der oberste Genosse der DDR starrte zwei Sekunden dumpf vor sich hin, dann griff er unter seinen Sitz und machte ein erleichtertes Gesicht, als seine Hände den Koffer fanden. Er richtete sich wieder auf, stutzte und musterte den nassen Fleck auf seiner hellgrauen Hose. Er sah Jobst fragend nach. Jobst schüttelte den Kopf.

Honecker blinzelte, Jobst blinzelte zurück. Dann erhob sich der Erste Sekretär des Zentralkomitees der Sozialistischen Einheitspartei Deutschlands und Staatsratsvorsitzende der Deutschen Demokratischen Republik, nahm den falschen Koffer und machte sich mit leicht breitbeinigem Schritt auf die Suche nach den Toiletten. Er musste mal dringend für kleine Staatschefs.

## Auf der Flucht

Jule schob den Zeitreisekoffer auf die Bühne und kletterte mit Jobst im Schlepptau hinterher. Gleichzeitig preschte Letscho von der anderen Seite auf die Bühne zu.

„Endlich!“, rief Susanne und griff nach dem Koffer.

„Habt ihr den Schlüssel?“ Frank Kühne kam mit einem von Wasserflecken übersäten Hemd aus den Kulissen geeilt.

„Der Staatsratsvorsitzende!“, brüllte einer der Leibwächter mit entsetztem Blick auf den leeren Platz in der ersten Reihe.

Die Leibwächter hatten sich mittlerweile durch die fliehenden Zuschauer zurück ins Theater gedrängt und stürmten die Gänge entlang auf die erste Reihe zu.

„Da, der Koffer!“, schrie ein Leibwächter vom linken Seitengang und zeigte anklagend auf die Bühne. „Die haben den Koffer!“

„Tempo, ihr Bohnen!“, schnaufte Letscho und hechtete mit einem Satz auf die Bühne. „Rumstehen und labern is nich. Eine Horde Honni-Gorillas ist hinter uns her.“

„Hier entlang!“, rief Frank Kühne und stieß die Klappe einer Falltür auf.

Jule, Jobst, Letscho, Frank und Susanne polterten samt Koffer die Treppe hinab. Frank lief voraus, bahnte sich im Halbdunkel den Weg durch den Keller des Theaters, vorbei an alten Kulissen, alten Möbeln und alten Kostümen.

„Verdammt!“, schrie Susanne, als sie mit dem Koffer ein Regal mit Einmachgläsern umstieß, die auf dem Kellerboden laut klirrend zu Bruch gingen.

Jobst rannte über die Scherben, sie knirschten, er rutschte, fiel auf die Knie, rappelte sich auf und rannte weiter. Seine Knie schmerzten, bluteten vermutlich, aber er hatte keine Zeit, darüber nachzudenken. Über ihnen polterte es auf der Treppe der Falltür.

Sie stürmten durch den Keller, bogen links ab, rechts ab, folgten einem engen Gang, bis das Tageslicht schließlich die Umrisse der hinteren Kellertür ins Dunkel zeichnete.

Frank Kühne eilte die Stufen zur Kellertür mit zackigen Stakkatoschritten nach oben, riss die Tür auf und kurz darauf standen sie alle auf dem Hinterhof.

Es war, als wären sie durch eine Wetterschleuse getreten, hätten den Sommer vor dem Theater hinter sich gelassen. Der Regen spülte alles davon – die Hitze, den Staub, das lange Gestern. Binnen Sekunden waren sie vom Regen durchnässt, Wasser tropfte von ihren Haaren und Nasenspitzen, die Kleidung klebte an ihren Körpern, Pfützen bildeten sich zu ihren Füßen. Der Himmel grollte hexenlila. Blitze zuckten über das donnernde Dunkel über ihnen.

„Scheiße!“, schrie Letscho dem Gewitter entgegen, prasselnde Regentropfen auf den Sommersprossen. „Und jetzt?“

„Na, weg hier!“, schrie Susanne und presste den Koffer an sich. „Wir sind zu langsam zu Fuß.“

„Mein *Saporosch* parkt vor dem Theater“, Frank Kühne fuhr sich verzweifelt durch die nassen Haare, „aber dort stehen auch die anderen Leibwächter bei den Limousinen.“ Seine Brillengläser waren blind von Regentropfen.

Neben dem tiefen Donnern und wütenden Zischen der Blitze war auf einmal noch ein Geräusch zu hören. Es kam nicht aus dem Keller, auch nicht aus dem Theater, sondern von der anderen Seite des Hinterhofs. Wie durch einen Vorhang aus Bindfäden bahnte sich ein Motorrad den Weg durch den Regen. Es war ein Motorrad mit Beiwagen.

„Das ist Lothar, Vati!“, rief Jule.

Frank Kühne wischte sich über die Brillengläser und starrte den Motorradfahrer an. „Welch sonderlicher Zufall, dass unser Herr Nachbar just in diesem Moment über den Hinterhof des Theaters tuckert. Nun, es wäre auch einem Wunder gleichgekommen, wenn *die* nicht längst über alles Bescheid wüssten.“

Nachbar Lothar fuhr direkt auf sie zu und blieb knatternd vor ihnen stehen. Regentropfen hüpften wie Popcorn von seinem Helm, tröpfelten von seiner großen Nase. Sein Blick und seine Wangen wirkten traurig und müde. Dann brachen kleine Lachfalten um seine Augen durch, wie feine Sonnenstrahlen. „Herrliches Wetterchen, was?“

„Ganz wunderbar“, erwiderte Frank Kühne. „Wie geschaffen für einen kleinen Ausflug am Nachmittag, nicht wahr?“

„Spart mir das Waschen von meiner Else.“ Lothar klopfte auf den Tank seines Motorrads.

Plötzlich klirrte es laut und deutlich. Jule und Jobst schreckten herum und sahen zum Kellerausgang. Letscho zog den Kopf ein und ging in Angriffsstellung, den Blick auf die Kellertür gerichtet.

„Frank, wir müssen hier weg! Die sind jeden Moment hier.“ Susanne zupfte Frank am Ärmel und wippte ungeduldig von einem Bein aufs andere.

„Probleme, was?“, sagte Lothar, sah an seinem Nachbarn vorbei und spähte zur Kellertür. „Ich kann euch mitnehmen. Da müssen wir aber ’n bisschen Tempo machen.“

„Mitnehmen?“ Frank Kühne presste die Lippen aufeinander. „Ich weiß nicht, ob wir … ob wir das annehmen können.“

Lothar fuhr sich über das nasse Gesicht. „Na ja, schon klar. Eure Entscheidung. Ich will nur helfen.“

Im Keller polterte es abermals.

„Was ist jetzt, wollt ihr mit?“

Energische Schritte drangen aus dem Keller.

Frank Kühne seufzte. „Entschlossenheit im Unglück ist immer der halbe Weg zur Rettung, sagt Pestalozzi“.

„Auf den sollten wir hören“, fand Jobst.

„Fahren wir!“ Susanne stieg kurzerhand samt Koffer aufs Motorrad.

„Aber …“, wandte Frank ein.

„Bin dafür“, sagte Letscho und sprang mit einem Satz in den Beiwagen, der sich ein gutes Stück nach unten senkte.

Jobst quetschte sich schnell zu Letscho in den Beiwagen.

„Macht mal hinne!“, rief Lothar. „Wir rücken zusammen und ihr klemmt euch noch mit auf die Sitzbank.“

Jule schielte zu ihrem Vater, der schließlich mit den Schultern zuckte und sich schnell hinter Susanne auf die Motorradsitzbank zwängte. Jule schwang sich als Letzte aufs Motorrad. Doch die Sitzbank war zu kurz für drei Erwachsene, einen Koffer und ein Kind.

Lothar gab Gas, seine Else ruckte los, und Jule rutschte hinten runter.

„JULE!“, schrie Jobst.

Jule rappelte sich auf, sah hektisch zur Kellertür, dann zurück zum Motorrad. „Ich nehme das Rad, ich komme nach!“

Frank reckte den Hals. „Zu *Karls Kegel*!“

Jobst klammerte sich an Letschos Schultern und sah sich um. „Nein! Jule! Wir können sie doch nicht …“

„Jule kommt klar“, sagte Letscho. „Die ist schneller, als die Polizei erlaubt.“ Aber auch Letscho blickte sich nach Jule um, als könnte er sie zum letzten Mal sehen.

Lothars Motorrad knatterte über den Hinterhof. Jobst starrte durch den Regen zurück. Von Jule war weit und breit nichts mehr zu sehen. Die Kellertür flog auf und Gorillalaute dröhnten ihnen drohend nach.

## Immer bereit!

Lothar röhrte durch die Straßen wie ein wildgewordenes Wisent. Er hatte den Kopf zwischen die Schultern gezogen, die Augen zugekniffen und den Gasgriff mit der rechten Hand bis zum Anschlag gedreht.

Regen prasselte auf ihre Gesichter, die Pionierhemden von Letscho und Jobst waren vollkommen durchnässt. Jobst spürte nicht, ob der Regen warm, kalt oder nass war. Die Regentropfen liefen wie Tränen über seine Brillengläser, über sein ganzes Gesicht. Das Donnern fuhr Jobst in den Magen und jeder Blitz zuckte wie ein beängstigender Gedanke durch seinen Körper. Der Koffer. Der Schlüssel. Honecker. Die Gorillas. Jule.

Jule.

Lothar bog in letzter Sekunde in eine Nebenstraße und nahm die Kurve so rasant, dass Jobst um ein Haar aus dem Beiwagen gefallen wäre. Letscho umklammerte Jobst mit beiden Armen, zog ihn an sich heran und ließ ihn nicht mehr los.

„Wo fahren Sie denn hin? Wir wollen zur alten Kegelbahn. Das ist der falsche Weg“, brüllte Frank Lothar durch den Regen zu.

Lothar wandte kurz den Kopf nach hinten. „Abkürzung." Dann zog er den Kopf wieder zwischen die Schultern und gab Gas.

Letscho blickte sich um. Das Gewitter hatte die Menschen von den Straßen und Gehwegen gefegt. Noch nicht einmal eine Katze war zu sehen.

„Siehst du Jule?", fragte Jobst.

„Nee, mit dem Rad fährt sie ganz woanders lang, Schleichwege und so. Wenn sie den Täve macht, ist sie schneller bei *Karls Kegel* als wir", erwiderte Letscho. „Auf jeden Fall keine Gorillas in Sicht."

Vielleicht haben die Jule, dachte Jobst. Er sagte es nicht laut, weil er Angst hatte, dass es dadurch wahr werden könnte.

„Wir müssen links, LINKS!", brüllte Frank.

„Jetzt halt doch mal die Knabberkiste, Herr Nachbar!", schrie Lothar zurück. „Ich weiß schon, wie wir am schnellsten hinkommen."

„Fragt sich nur, wohin", murmelte Frank.

In dem Moment bog Lothar in eine kleine Gasse, in der zwischen Beiwagen und Häuserwand nur zehn Zentimeter Platz blieben. Letscho und Jobst pressten sich aneinander und hielten die Luft an. Die Gasse endete abrupt in einem Feldweg, der um einen vom langen Sommer ausgetrockneten Teich herumführte. Auf der anderen Seite des Teichs, etwas zurückgesetzt unter zwei großen Kastanienbäumen, stand ein alter Kiosk. Wie ein langer, überdachter Eingang lag daneben eine Kegelbahn.

Hinter dem Kiosk breitete sich eine Wiese aus, dahinter schloss sich ein Wohngebiet an.

Sie holperten über den Feldweg und hielten vor dem Kiosk. Der Fensterladen am Ausschank war geschlossen. Jemand hatte mit Kreide *geöffnet* darauf geschrieben. Der Gummibelag auf der Kegelbahn wellte sich, durch das gelbe Plastikdach tropfte an mehreren Stellen der Regen.

„So, da wären wir“, sagte Lothar, während Frank und Susanne abstiegen und sich Letscho und Jobst aus dem Beiwagen pellten.

Frank trat zu Lothar und strich sich über die nassen Haare. „Nun ja, lieber Herr Nachbar, was soll ich sagen. Ich bin … Ihnen zu höchstem Dank verpflichtet und …. und …“

Lothars Bulldoggen-Gesicht lächelte, so gut es ging. „Schon gut. Is nun mal so, was?“

„Jule. Sie ist nicht da“, sagte Jobst.

„Die kommt sicher jeden Moment wie ein Sputnik um die Ecke gezischt“, sagte Letscho, doch er sah beunruhigt durch den Regen.

„Ich guck mal, ob ich sie irgendwo aufgabele“, sagte Lothar, winkte ihnen kurz zu, legte den ersten Gang ein und fuhr knatternd über den Feldweg davon.

Susanne trat mit dem Koffer unter das Kegelbahndach und legte ihn auf den Boden. „Jobst, den Schlüssel!“

Jobst hatte den Koffer fast vergessen. Er steckte die Hand in die Tasche seiner nassen Cordhose, holte den kleinen silbernen

Schlüssel heraus und reichte ihn seiner Mutter. Sie öffnete das kleine Vorhängeschloss, das Erich Honecker an ihrem Koffer angebracht hatte.

Frank und Letscho stellten sich neben Jobst um den Koffer.

„Das ist er also, euer Zeitreisekoffer", sagte Letscho. „Ich glaub's ja immer noch nicht."

Susanne ließ die Riegel aufklicken und klappte den Kofferdeckel nach oben. Aus dem Koffer schimmerte ein verheißungsvolles Licht.

Letscho ging in die Hocke und betrachtete den Koffer genau. „Na, den hätte ich aber auch mitgenommen. Dieses Leuchten, urster Hammer. Und da hat Honni seinen Hintern reingesetzt. Wisst ihr, wie wertvoll das Ding jetzt ist?"

Susanne grinste und nickte.

„Moment, da steckt was in der Innentasche." Jobst bückte sich und holte ein dickes dunkelblaues Buch heraus. *KARL MARX, DAS KAPITAL, ERSTER BAND* stand in goldenen Buchstaben darauf. „Hat Honecker sich zum Lesen in den Koffer gesetzt?"

„Na, gutes Licht zum Lesen hat er da auf jeden Fall", meinte Letscho.

Frank Kühne nahm Jobst das Buch aus der Hand und schlug es auf. Er stutze, hielt sich das Buch näher vor die Augen und seine Lippen zitterten, als er laut vorlas: „Meinem geschätzten Genossen Erich zur freundlichen Erinnerung. London, 25. August 1867."

Susanne stieß einen kurzen bühnentauglichen Schrei aus, riss Frank das Buch aus der Hand und starrte auf die persönliche Widmung von Karl Marx. „Das gibt es doch nicht. Honecker ist in die Vergangenheit gereist!“

„Der alte Fuchs.“ Letscho grinste anerkennend. „Hab ich doch gesagt, der Mann hat einen Plan. Wobei … Wenn ich einen Zeitreisekoffer hätte, würde ich aber woanders hindüsen als zu Karl Marx.“

„Jawohl. Zu Goethe!“ Frank Kühne nickte entschlossen.

„Äh. Na ja“, erwiderte Letscho.

„Mir ist egal, wohin Honecker mit unserem Koffer gereist ist“, sagte Susanne und steckte das Buch zurück in die Kofferinnentasche. „Hauptsache, wir haben den Koffer und können wieder nach Hause.“

„Apropos, das ist ein ausgezeichnetes Stichwort, denn ihr solltet besser …“ Frank sah sich nach einem weißen *Lada* um, der langsam durch den Regen fuhr und in das Wohngebiet bog, dann blickte er auf den Koffer. „Nun denn, was auch immer als Nächstes passiert. Ihr solltet euren Koffer nehmen und in die Weite ziehen, bevor Genosse Honecker bemerkt, dass in seinem Koffer das Licht defekt ist.“

„Und was wird aus euch?“, fragte Susanne. „Bekommt ihr keinen Ärger? Ihr habt uns zwar nicht bei der Flucht in den Westen, aber bei der Flucht in die Zukunft geholfen.“

Frank Kühne lächelte teils gequält, teils verschmitzt. „Mit Ärger, meine Liebe, habe ich bereits gewisse Erfahrungen und weiß, wie er zu umgehen ist. Gräme dich nicht und ziehe von dannen, liebste Susanne, der Zukunft entgegen!"

Susanne nickte entschlossen. Dann warf sie sich auf Frank, umarmte ihn und nahm ihm fast den Atem mit ihrer Herzlichkeit. „Danke, ich danke dir für alles." Sie hielt ihn fest an sich gedrückt für eine Sekundenewigkeit. Dann holte sie einen zerknitterten Zettel aus der Rocktasche. „Hier, falls ihr mal nach München kommt, unsere Adresse."

Frank sah kurz auf den Zettel. „München?" Er stieß ein Lachen aus. „Na ja."

„Doch, doch. Wir sehen uns in der Zukunft", beharrte Susanne. Sie griff Frank an den Schultern, sah ihm fest in die Augen und sagte langsam: „Auf WIEDERSEHEN!"

Frank schmunzelte mit den Augen und nickte.

Dann drehte Susanne sich um, lächelte Letscho zu. „Mach's gut, Paprikatunke!" Sie raffte den Rock und stieg in den Koffer. „Jobst, komm schon, verabschiede dich!"

Jobst sah zum Feldweg und zur kleinen geteerten Straße, die zum Wohngebiet hinter der Wiese führte. Alles war grau vom Regen und vom Loch, das Jule in Jobsts Welt hinterlassen hatte. „Wir müssen auf Jule warten."

„Fahrt lieber", sagte Frank und im gleichen Moment war in der Ferne eine Polizeisirene zu hören. Er fuhr Jobst über die nassen Haare. „Es war mir eine außerordentliche Ehre, dich kennengelernt zu haben, Jobst."

Jobst schüttelte roboterhaft Franks Hand. „Aber Jule …"

„Ihr könnt nicht auf sie warten. Das Risiko ist zu groß“, erwiderte Frank Kühne.

Letscho boxte Jobst mit der Faust in den Oberarm, ganz sanft. Er zog Jobst an sich heran und umarmte ihn. „Bis die Tage, du Pflaume. Bist mächtig gewaltig.“

Jobst lächelte Letscho traurig an. Dann schweifte sein Blick an Letscho vorbei zur Straße. Jobst spürte seine Füße in den durchweichten Turnschuhen. Er wollte, dass seine Füße mit dem Boden verwuchsen, Wurzeln trieben in der regendurchtränkten Erde, ihn hier festhielten. Die ganze Zeit, die ganzen letzten Sommertage, hatte er nur eins gewollt: den Koffer finden und zurück nach Hause.

Und jetzt wollte er warten. Warten auf Jule, warten auf einen klaren Gedanken, warten auf das Gefühl, das Richtige zu tun, warten auf die Zukunft, zusammen darauf warten, mit Jule und Letscho.

„Jobst?“, fragte Susanne so sanft, als wollte sie ihm mit dem Wort über den Kopf streichen, und steckte die Hand aus dem Koffer.

Jobst seufzte zentnerschwer. Er sah zögernd zu seiner Mutter, dann zu Frank Kühne. „Sagen Sie Jule, dass …“, begann er, dann stockte sein Atem.

Auf der kleinen Teerstraße näherte sich etwas durch den Regen. Es war kein Auto und kein Motorrad. Es war ein Fahrrad! Jule beugte sich mit pitschnassen Haaren über den Lenker, war aus dem Sitz gegangen und trat wie verrückt in die Pedale.

Jobst lief Jule entgegen. „Jule! JULE!“

Jule bremste kurz, sprang vom Rad, ließ es vor dem Kiosk fallen und stieß beinahe mit Jobst zusammen. Jule war außer Atem, ihre spätsommerblonden Haare tropften herbstdunkel.

„Du hast es geschafft“, sagte Jobst.

Jule nickte keuchend und lächelte. „Wir haben es geschafft.“ Ihr Blick wanderte zum Koffer hinter Jobst. „Der Koffer. Dieses Mal ist es der richtige, was?“

Jobst nickte, zuckte mit den Schultern und grinste gleichzeitig. Es sah vermutlich genauso verworren aus, wie er sich fühlte.

„Es stimmt übrigens, das mit den Ratten in der Datsche“, sagte Jule. „Na ja, gut, es sind Mäuse.“ Jule grinste. „Und das mit dem Koffer stimmt auch.“

„Vielleicht funktioniert er ja nicht, weil er nass geworden ist.“

Jules Augen lächelten matt. „Gute Reise, Jobst.“

Jobst fuhr sich durch die Haare, strich über die Cordhose, schlenkerte mit dem Arm und griff schließlich nach Jules Hand. Jules Finger waren nass und kalt und warm zugleich, jetzt so nah und bald so fern und doch für ewig in seinen.

Jule zog Jobst an sich heran und als sie ihn an sich drückte, roch er ihre Haare, er roch den vergangenen Sommer, es roch nach Marzipan und Mandel und nach julimondgoldenem Glück.

„In Wien“, flüsterte Jule.

„Bei Nacht“, sagte Jobst.

„Unter dem Riesenrad."

Dann lösten sich ihre Leben voneinander.

Fünf Sekunden später kletterte Jobst in den Zeitreisekoffer. Er rollte sich wie ein Embryo neben seiner Mutter zusammen. Susanne griff nach dem Kofferdeckel. Jobst sah nacheinander in die Gesichter von Frank, Letscho und Jule. Er blinzelte, um jedes Bild zu speichern.

„Orr Mann, jetzt macht mal hinne. Ich krieg schon Cowboybeine und im Fernsehen kommt gleich 'ne Wiederholung von *Plattfuß am Nil.*" Letscho grinste.

Es war das traurigste Grinsen, das Jobst jemals gesehen hatte.

Jobst nickte. Er wollte nicht ‚tschüss' sagen und auch nicht ‚macht's gut'. „Seid bereit!", sagte er leise.

„Immer bereit!" Jule und Letscho salutierten grinsend.

Dann klappte Susanne den Koffer zu. Die Welt um sie herum verschwand und sie flogen durch die Zeit, der Zukunft entgegen.

## Pionierblase

„Ich muss mal."

„Jobst, wir sind gerade erst losgefahren!"

„Meinst du, ich bin bei dem ganzen Chaos dazu gekommen, vorher noch mal aufs Klo zu gehen?"

Susanne warf ihrem Sohn einen wissenden Blick zu und grinste.

„Ich kann nichts dafür. Pionierblase!" Jobst stand auf und zog an der Notbremse.

Es pfiff, quietschte und rumpelte. Der Koffer eierte. Das Klicken der Jahreszahlen am Zahlenschloss wurde immer langsamer, dem Klocken der Stäbe bei einem Glücksrad gleich. Das Zahlenschloss klickte ein letztes Mal.

„Pullerpause!", rief Jobst.

Kaum war das letzte Klicken verklungen, verwandelte sich das Abteil wieder in den Koffer. Jobst schob den Innenriegel zur Seite. Langsam öffnete er den Koffer und warf einen Blick auf die Jahreszahl am Schloss.

„1989", las Jobst ab.

Dann drehte er sich mit funkelnden Augen zu seiner Mutter.

Susanne lächelte und wuschelte Jobsts Haare durcheinander. „Ich wollte schon immer mal Revolution machen."

Jobst holte tief Luft, sein Atem zitterte vor Glück. Dann kletterte er aus dem Koffer ins Sonnenlicht.

## Kleines Pionierwörterbuch

**Adi:** voller Name: Gerhard Adolph; Moderator der beliebten *DDR*-Kindersendung *Mach mit, mach's nach, mach's besser*, der stets im Jogginganzug auftrat
**Agitator:** in der *DDR* gewählte Schüler oder Schülerinnen einer Klasse, zuständig für die (politischen) Wandzeitungen, die mit Zeitungsschnipseln oder selbst gemalten Bildchen von glücklichen *sozialistischen* Sonnen beklebt wurden
**Aluchips:** in der *DDR* scherzhaft für die Münzen, die aus Aluminium waren; nur die 20-Pfenning-Münze war aus Messing und lag schwerer in der Hosentasche
**antifaschistischer Widerstand:** Widerstand gegen das Nazi-Regime, der meist im Untergrund stattfand
**Bonze:** in der *DDR* umgangssprachlich, abwertend für einflussreiche Personen wie z. B. hochrangige Parteimitglieder
**BRD:** kurz für Bundesrepublik Deutschland; von 1949–1990 nur das heutige Westdeutschland, heute Gesamtdeutschland (Ost- und West-)
**Briefe an Freunde:** Buch, das fast alle Kinder in der *DDR* hatten; enthält russisch-deutsche Phrasen, mit denen man seine

*sowjetischen* Brieffreunde erfreuen oder wahlweise langweilen konnte

**Bruderland:** ebenfalls *sozialistische* Staaten, mit denen die *DDR* eine politische Freundschaft verband, allen voran die *Sowjetunion*, die als „großer Bruder" auf die *DDR* aufpasste; die Staatschefs gaben sich bei Treffen innige Bruderküsse

**Bundi:** umgangssprachlich für Bürger der Bundesrepublik Deutschland, damals Westdeutsche

**Das Kapital:** vollständiger Titel *Das Kapital. Kritik der politischen Ökonomie*; veröffentlicht zw. 1867 und 1894; dreibändiges Hauptwerk *Karl Marx'*, in dem er die kapitalistische Gesellschaftsform analysiert und kritisiert; quasi die „Bibel" der *Kommunisten*

**DDR:** kurz für *Deutsche Demokratische Republik*

**DDR 1:** erster von zwei Kanälen des staatlichen *DDR*-Fernsehens mit beliebten Kindersendungen wie *Unser Sandmännchen, Frau Puppendoktor Pille* oder *Spuk im Hochhaus* und weniger beliebten Propagandasendungen wie *Die aktuelle Kamera* und *Der schwarze Kanal*

**Deutsche Demokratische Republik:** kurz: *DDR*; 1949, nach der Teilung Deutschlands Ende des 2. Weltkriegs, aus der *sowjetischen* Besatzungszone im Osten Deutschlands entstandener *sozialistischer* Staat, *kommunistische* Diktatur; 1961 durch den Bau der Berliner Mauer vom Rest Deutschlands getrennt; 1989 leitete das Volk mit einer friedlichen Revolution die Wende ein, die letztlich zur Wiedervereinigung mit der *BRD* führte

**Die aktuelle Kamera:** quasi die *Tagesschau* der *DDR*; älteste deutsche Fernseh-Nachrichtensendung (1952–1990), vom Staat zu Propagandazwecken kontrolliert; wer wissen wollte, was wirklich in der Welt passierte, guckte daher Westfernsehen

**Do swidania, Tawarisch!:** russisch: Auf Wiedersehen, Genosse!

**FDJ:** kurz für *Freie Deutsche Jugend*

**Ferienspiele:** Ferienbetreuung in der *DDR* in Schulen oder Pionierhäusern für Kinder, die nicht bei Oma und Opa oder in einem Ferienlager unterkommen konnten; zum Programm gehörten Wanderungen, Ausflüge in Schwimmbäder und Sportwettkämpfe (ja, auch Sackhüpfen und Eierlaufen)

**Freie Deutsche Jugend:** kurz: *FDJ*; eine (nicht besonders freie) *sozialistische* Organisation in der *DDR*, in der die meisten Jugendlichen ab dem 14. Lebensjahr Mitglied waren; Kennzeichen waren das blaue *FDJ*-Hemd und der (meist sehr lasch gemurmelte) Gruß „Freundschaft!"

**Gagarin, Juri:** voller Name: Juri Alexejewitsch Gagarin (1934–1968); *Kosmonaut* und absoluter Held in der *DDR*, denn er war der erste Mensch im Weltraum und Bürger der *Sowjetunion* (also einer der *sozialistischen* Brüder)

**Genosse/Genossin:** in der *DDR* Anrede für Mitglieder der *SED*; auch heute noch vor allem innerhalb linker Parteien als gleichbedeutend mit „Kamerad", „Gefährte" verwendet

**Glasnost:** russisch: Offenheit, Transparenz; eine der politischen Reformen, die Staatschef Michail Gorbatschow (genannt: Gorbi)

ab 1985 in der *Sowjetunion* einführte; betraf vor allem die Presse- und Meinungsfreiheit

**Handelsorganisation:** kurz: *HO*; staatliches Einzelhandelsunternehmen in der *DDR*; z. B. Supermärkte, die in Konkurrenz zu den Märkten der *Konsum*-Kette standen

**HO:** kurz für *Handelsorganisation*

**Honecker, Erich:** voller Name: Erich Ernst Paul Honecker (1912–1994); in den 70er- und 80er-Jahren als Generalsekretär der *SED* und Vorsitzender des Staatsrats der *DDR* der mächtigste *DDR*-Politiker (oder „Oberindianer", wie ihn Sänger Udo Lindenberg im Song *Sonderzug nach Pankow* betitelte); nach dem Ende der *DDR* setzte er sich mit seiner Frau Margot nach Chile ab, wo er 1994, sie 2016 starb

**Imperialismus:** vom lateinischen „imperare", dt. „herrschen"; Bestrebungen eines Staates, die Herrschaft / Kontrolle über angrenzende Länder und / oder Völker zu erringen; in der *DDR* als Teil der kapitalistischen Unterdrückung abgelehnt

**Kalter Krieg:** 1947–1989; Konflikt zwischen den Supermächten USA und ihren Verbündeten (darunter die *BRD*) und *Sowjetunion* und ihren Verbündeten (darunter die *DDR*); „kalt", da von keiner Seite ein direkter Angriff erfolgte, allerdings wurde ständig damit gedroht

**Klassenfeind:** im Kapitalismus stehen sich (nach *Karl Marx*) die Klasse der Kapitalisten (z. B. Fabrikbesitzer) und die der Arbeiter als Feinde gegenüber; die äußeren Klassenfeinde der *DDR* waren die kapitalistischen Staaten, also auch die *BRD*

**Kollektiv:** Abteilung, Arbeitsgruppe oder Team in einer Firma
**Kommunist:** Anhänger des kommunistischen Wunschbildes einer sozial gerechten, klassenlosen Gesellschaft mit Gemeineigentum, in der alle Menschen gleich sind
**Komsomol/Komsomolzen:** Mitglied(er) der Jugendorganisation der Kommunistischen Partei der Sowjetunion (KPdSU), ähnlich der *Freien Deutschen Jugend* (*FDJ*) in der *DDR*
**Kosmonaut:** russisch: „Astronaut", auch in der *DDR* verwendet; berühmte Kosmonauten waren *Juri Gagarin* (der erste Mensch im Weltall) und Sigmund Jähn (der erste Deutsche im Weltall)
**Letscho:** ungarisches Schmorgericht aus Paprika, Tomaten und Zwiebeln; in der *DDR* und im heutigen Ostdeutschland beliebt als Beilage zu Fleischgerichten
**Marx, Karl:** (1818–1883); einer der wichtigsten deutschen Gesellschaftstheoretiker; seine Theorien zum *Sozialismus* und *Kommunismus* haben bis heute großen Einfluss
**MOCKBA 1980:** kyrillisch (also in russischen Buchstaben): Moskau 1980; in der damaligen Hauptstadt der *UdSSR* (heute Russland) fanden 1980 die Olympischen Sommerspiele statt; Maskottchen war Braunbär Mischka
**Muckefuck:** verbreitetes Kaffee-Ersatz-Getränk in der *DDR*, wo echter Bohnenkaffee schwer zu bekommen und teuer war
**Oktoberrevolution:** gewaltsame Machtübernahme durch radikale *Kommunisten* im Jahr 1917 in Russland
**Parteisekretär:** allgemein: führende Mitglieder einer Partei; in der *DDR SED*-Vertreter, die in Betrieben und Verwaltungen

ein Auge darauf hatten, dass alles im Sinne der Partei/des Staates vonstattenging

**Patenbrigade:** in der *DDR* Personengruppen, meist aus Industrie- oder landwirtschaftlichen Betrieben, die eine Patenschaft für eine Schulklasse oder eine Kindergartengruppe übernahmen; die Kinder sollten so bereits an die Arbeitswelt herangeführt werden

**PGH:** kurz für Produktionsgenossenschaft des Handwerks; Zusammenschluss von Handwerkern und Geschäftsleuten in der *DDR*, z. B: Frisöre und Klempner

**Pionier:** Mitglied der Pionierorganisation *„Ernst Thälmann"*, einer Massenorganisation für Kinder nach sowjetischem Vorbild; fast alle Schüler in der *DDR* waren vom 1. bis 3. Schuljahr Jungpioniere (blaues Halstuch), vom 4. bis 7. Schuljahr Thälmannpioniere (rotes Halstuch)

**Pittiplatsch:** Koseform: Pitti; Kobold-Puppenfigur des *DDR*-Fernsehens; vor allem bekannt aus der Kindersendung *Unser Sandmännchen*

**Plaste und Elaste:** in der *DDR* übliche Bezeichnungen für Kunststoffarten (Plastik), basierend auf dem Werbeslogan eines großen Kunststoffwerks in Schkopau, Sachsen-Anhalt

**Proletarier:** Angehörige der besitzlosen (Arbeiter-) Klasse

**Saporosch:** kurz: Sapo, scherzhaft: Zappelfrosch, Sabberfrosch; Automobil-Baureihe des sowjetischen/ukrainischen Herstellers Saporisky Awtomobilebudiwny Sawod (SAS) von 1960–1994

**SED:** kurz für Sozialistische Einheitspartei Deutschlands; größte und alles bestimmende Partei der *DDR* („Die Partei, die Partei, die hat immer Recht“, besagt sogar ein Lied). Es gab zwar andere Parteien, um den demokratischen Anschein zu wahren, doch hatten diese keinen Einfluss auf die Politik in der *DDR*; Nicht-*SED*-Mitglieder bekamen häufiger Ärger mit der Staatsmacht und hatten schlechtere Bildungs- und Karrierechancen

**Spencer, Bud:** (1929–2016) bürgerlich: Carlo Pedersoli; italienischer Actionkomödienheld der 80er-Jahre, der immer einen kessen Spruch auf den Lippen und die Fäuste locker sitzen hatte; häufig in Begleitung seines Filmpartners Terence Hill (Mario Girotti)

**Sowjetunion:** vollständig: Union der Sozialistischen Sowjetrepubliken, kurz: *UdSSR*; von 1922–1991 bestehender Einparteienstaat aus 15 Unionsrepubliken (heute eigenständige Staaten, u. a. Russland), der sich von Osteuropa über den Kaukasus bis nach Zentral- und Nordasien erstreckte

**Sozialismus:** Gesellschaftskonzept, dessen Ziel es ist, dass die Produktionsmittel (z. B. die Maschinen in den Betrieben) allen gehören und dass die erzeugten Produkte und Güter gerecht verteilt werden; in der *DDR* klappte die Verwirklichung allerdings nicht ganz

**Spartakiade:** in der *DDR* und anderen *sozialistischen* Ländern regelmäßig stattfindende Sportwettkämpfe für Kinder und Jugendliche, ähnlich den Bundesjugendspielen

**Sputnik:** Bezeichnung für Satelliten in der *sowjetischen* und *DDR*-Raumfahrt

**Staatsratsvorsitzender:** Amt des Vorsitzenden des Staatsrats und somit Staatschef der *DDR*; von 1976–1989 *Erich Honecker*

**Stoffidas:** in der *DDR* scherzhaft für (sehr einfache und sehr uncoole) Stoffturnschuhe; von der Sportmarke *Adidas* abgeleitet

**Tal der Ahnungslosen:** zu *DDR*-Zeiten scherzhaft für Gebiete, in denen kein Westfernsehen und -radio empfangen werden konnte (z. B. Raum Dresden) und die Menschen sich nur über die staatlich zensierten *DDR*-Medien informieren konnten, sodass sie teilweise „ahnungslos" bzgl. der wahren Geschehnisse im Rest der Welt blieben

**Täve:** Spitzname von Gustav-Adolf Schur; erfolgreicher Radrennfahrer und Sportheld der *DDR*

**Thälmann, Ernst:** (1886–1944); vor dem 2. Weltkrieg führender Politiker der Kommunistischen Partei Deutschlands (KPD); von den Nationalsozialisten ermordet; *DDR*-Staatsheld, nach dem u. a. viele Schulen, Straßen und Betriebe benannt wurden

**Trabi:** kurz für *Trabant*, Spitznamen: Gehhilfe, Plastebomber oder (Renn-) Pappe; neben dem *Wartburg* einzige Automarke, die in der *DDR* produziert wurde; aufgrund des Mangels an Material und Produktionsstätten betrug die Wartezeit durchschnittlich etwa 17 Jahre; man bestellte den Trabi oder *Wartburg* daher am besten schon bei der Geburt eines Kindes

**UdSSR:** kurz für *Sowjetunion*

**Volkssolidarität:** 1945 in Dresden gegründeter Sozial- und Wohlfahrtsverband; in der *DDR* der *SED* unterstellt; kümmerte sich meist um ältere Menschen (Veteranenclubs)

**Westbesuch:** in der *DDR* Bezeichnung für Besuch aus dem Westen, meist durch Verwandte aus der *BRD*; um die innerdeutsche Grenze passieren zu dürfen, brauchte der Westbesuch die Einladung eines *DDR*-Bürgers, jede Menge Papierkram (Angabe aller möglichen Daten inklusive Aufzählung der mitgebrachten Geschenke) und ein Visum; *DDR*-Bürger konnten ihre westdeutschen Familienangehörigen nach dem Bau der Mauer 1961 überhaupt nicht oder nur schwer besuchen

**Westpaket:** in der *DDR* umgangssprachlich für Geschenkpakete von Verwandten oder Freunden aus der *BRD*; beliebte Inhalte waren u. a. Kleidung, Süßigkeiten und Kaffee; verboten waren z. B. Tonbandkassetten, Zeitschriften und Westgeld

*Beim vorliegenden Werk handelt es sich um eine rein fiktive Geschichte, in der Übereinstimmungen mit lebenden, verstorbenen oder verschollenen Personen und Gepäckstücken durchaus möglich sind.*

MIX
Papier | Fördert gute Waldnutzung
FSC® C002795
FSC www.fsc.org

*Taschenbuchausgabe*
*1. Auflage 2024*

Umschlaggestaltung & Illustrationen: Horst Klein
Satz: Tropen Studios, Leipzig
Herstellung: Florian v. Wissel, hoop-de-la design, Köln
Druck & Bindung: Livonia Print, Riga
Printed in Latvia
ISBN 978-3-95470-306-7

www.klett-kinderbuch.de

HO-Markt
JOBST
SUSANNE
FRANK KÜHNE
LETSCHO
JULE
Helden des Buches

SVEN
PATRIZIA
INGO
COL
COL
COL
OLA
LEGO-MANN
OBSTONKEL